aufbau taschenbuch
AUFBAU VERLAGSGRUPPE

BEATE BAUM, Jahrgang 1963, lebt als freie Journalistin in Dresden. Zuletzt erschien im Aufbau Taschenbuch Verlag ihr Kriminalroman »Dresdner Geschäfte«.

Nach einer dramatischen Dreiecksgeschichte hat sich die Dresdner Journalistin Kirsten Bertram endlich für Andreas Rönn entschieden und sich mit ihm in trauter Zweisamkeit eingerichtet. Doch das Glück währt nicht lang. Kurze Zeit nach seinem Dienstantritt als Lokalchef des *Sächsischen Merkur* fällt ein fürchterlicher Verdacht auf Andreas: Er soll seinen Kollegen und Konkurrenten Helmut Salzinger getötet haben.

Andreas vermutet ein Komplott seiner Kollegen. Um den hausinternen Machenschaften auf die Spur zu kommen, schleust er Kirsten in die Redaktion ein. Sehr bald findet seine Freundin heraus, daß der *Sächsische Merkur* seit Jahren einen Gefälligkeits-Journalismus praktiziert, den die Redakteure sich teuer bezahlen lassen. Doch auch Andreas scheint keine weiße Weste zu haben, und Kirsten muß sich fragen, ob er ihr nicht schon lange nur die halbe Wahrheit erzählt.

Verzweifelt sucht sie Zuspruch und Zuflucht ausgerechnet bei Dale, dem Privatdetektiv, den sie wegen Andreas verlassen hat. Halsbrecherische Ermittlungen führen die beiden in die Halbwelt von Dresden, wo der Tote und sein Mörder sich bestens ausgekannt haben müssen.

Beate Baum

Mörderische Hitze

Kriminalroman

Aufbau Taschenbuch Verlag

ISBN-10: 3-7466-2262-X
ISBN-13: 978-3-7466-2262-0

1. Auflage 2006

Umschlaggestaltung gold, Anke Fesel / Kai Dieterich
unter Verwendung eines Fotos von Bilderberg
Druck und Binden Nørhaven Paperback A/S, Viborg
Printed in Denmark

www.aufbau-taschenbuch.de

Der Inhalt dieses Buches ist rein fiktiv und soll ausschließlich der Unterhaltung seiner Leserschaft dienen. Bis auf die Stadt Dresden, Dresdner Straßennamen sowie wenige neutral genannte Örtlichkeiten und Unternehmen wurden Namen, Personen oder Personenzusammenschlüsse, Orte und Ereignisse von der Autorin frei erfunden oder fiktionalisiert. Jedwede Ähnlichkeit mit aktuellen oder sonstigen tatsächlichen Begebenheiten, Namen, Orten oder Personen wäre rein zufällig und ist nicht beabsichtigt.

Für Thomas

1. Kapitel

»Verdammt!« Andy wälzte sich auf die Seite, blinzelte mich an und vergrub dann den Kopf wieder im Kissen. Er hatte eine Fahne, seine Haare stanken nach Rauch.

Ich blickte auf die Digitalanzeige des Radioweckers, der schon einige Zeit vor sich hin dudelte. 7 Uhr 41.

»Wann bist du denn nach Hause gekommen? Und vor allem: Wie?« Ich konnte mir ein Lachen über seine Grimasse nicht verkneifen.

»Weiß nicht. So gegen zwei. Es kam kein Taxi, da bin ich zu Fuß gegangen. Und vorher hatte irgend jemand angefangen, Brandy zu bestellen.«

»Zu Fuß? Vom Alberthafen in die Neustadt?!«

Am Abend zuvor hatte Andreas seinen Einstand als neuer Lokalchef des *Sächsischen Merkur* gegeben. Mit einem Essen im *Tapas y Pescados* auf der anderen Elbseite.

»War ja warm«, murmelte er kaum mehr verständlich, da er sich in der Zwischenzeit auf den Bauch gedreht hatte.

»Hey, du wolltest doch heute früher in der Redaktion sein. Und ich sollte dich auf jeden Fall wecken ... Also, ich geh schon mal Kaffee kochen.«

Andy brummelte etwas ins Kissen, ich stand auf und zog die Vorhänge zurück, ließ die strahlende Sonne hinein. Dann ging ich auf bloßen Füßen in die Küche. Seit fast einem Monat lag eine drückende Hitzewelle über Dresden; mittlerweile hatten sich auch alte Gemäuer wie das Haus, in dem wir wohnten, so aufgeheizt, daß man selbst nachts kaum noch Abkühlung fand.

Ich setzte Kaffee auf und deckte den Frühstückstisch. Als ich aus dem Bad kam, schlief Andreas schon wieder tief und fest, obwohl aus dem Radio neben ihm weiter das angeblich »Beste der Achtziger, Neunziger und von heute« plärrte. Ich zog ein ärmelloses weißes Leinenkleid über und band meine Haare zusammen, dann schaltete ich den Wecker aus und die Stereoanlage auf der alten Kommode ein. Ich entschied mich für eine CD von den Toten Hosen und startete *Eisgekühlter Bommerlunder* auf Lautstärke acht. Andy fuhr hoch und hielt sich den Kopf.

»Du Biest!«

»Mit Brandy ist mir auf die Schnelle nichts eingefallen.«

Er stöhnte noch einmal, stand dann aber auf und folgte mir in die Küche.

»Warum hast du dich denn bei einem Essen so fürchterlich abgeschossen?« fragte ich, als er, die Ellenbogen auf den Tisch gestützt, in seinen Kaffeebecher starrte. Er war blaß, seine grünen Augen lagen in tiefen, dunklen Höhlen.

»Ich glaube, die wollten mich abschießen, und ich Idiot hab's zu spät gemerkt. Ich dachte, daß ich endlich einen Draht zu ihnen bekäme.« Er setzte sich aufrecht hin. »Um so wichtiger, daß ich heute morgen wenigstens einigermaßen früh und fit in der Redaktion auftauche.« Entschlossen trank er noch einen großen Schluck Kaffee, stellte den Becher ab und verschwand im Bad. Kurz darauf hörte ich das Rauschen der Dusche.

Nun tat er mir doch leid. Ich war zwar nicht begeistert gewesen, als er sich auf die Stelle beworben hatte, aber solch ein Team hatte er wirklich nicht verdient.

»Hast du denn erfahren, ob der Salzinger tatsächlich davon ausgegangen war, den Job zu kriegen?« rief ich durch den Flur, als sich die Badezimmertür wieder öffnete. Anscheinend hatte keiner seiner Kollegen damit gerechnet, einen neuen Chef von außerhalb vorgesetzt zu bekommen, und das hatten sie Andy von Anfang an spüren lassen.

»Ja, da bin ich mir ziemlich sicher«, tönte es frustriert aus dem Schlafzimmer. Kurz darauf kam Andy in einem frischen schwarzen T-Shirt und Jeans in die Küche. Sein kurzes blondes Haar glänzten feucht. »Wir haben uns sogar am Ende noch angegiftet. Er hat wieder so eine blöde Bemerkung gemacht, und da konnte ich mich einfach nicht mehr beherrschen. Ich hab ihm gesagt, daß die Stelle öffentlich ausgeschrieben war und er sich ja hätte bewerben können.« Er goß sich frischen Kaffee ein. »Offensichtlich sei ich aber der bessere Mann gewesen. Dämlich. Was solche Situationen angeht, bin ich bestimmt kein geeigneter Chef.«

In Gedanken stimmte ich ihm zu. Wie Andy mit seiner impulsiven Art überhaupt ein Team führen konnte, war mir immer ein Rätsel gewesen. Dennoch versuchte ich ihn zu trösten: »Na komm, schließlich hast du fast vier Jahre die Redaktion in Gera geleitet.«

»Da gab's ja auch oft genug Streß. So, ich muß jetzt los. Bis heute abend.«

Nachdem er zur Tür hinaus war, kam ich mir einen Moment lang vor wie die liebende Ehefrau, die ihren Mann in die harte Welt verabschiedet und selbst im geschützten Heim bleibt.

Ich ließ das schmutzige Geschirr auf dem Tisch stehen, ging ins Arbeitszimmer und setzte mich an den Schreibtisch, schaltete den Rechner ein. Eigentlich war ich sehr glücklich über meine endlich erreichte Freiberuflichkeit. Andreas hatte natürlich recht: Unser beider Kontostand sprach nicht dafür, die Möglichkeit einer gutbezahlten Festanstellung auszuschlagen. Andererseits hatten wir uns immer vorgestellt, einmal gemeinsam als »Freie« größere Reportagen anzugehen.

Ich seufzte und holte das Porträt von Jimi Hendrix auf den Schirm, das ich am nächsten Tag abliefern mußte. Arbeiten wie diese machten Spaß, genug Geld brachten sie indes nicht ein.

Zwei Stunden später, als ich mit der ersten Version des Textes so gut wie fertig war, klingelte es. Noch tief in Gedanken, öffnete ich die Wohnungstür. Vor mir standen zwei Männer und streckten mir kleine, eingeschweißte grüne Ausweise entgegen.

»Kriminalpolizei, können wir einen Moment reinkommen?«

Ich nickte überrascht und führte sie an der unordentlichen Küche vorbei ins Arbeitszimmer, wies auf den alten Lehnsessel und Andys Schreibtischstuhl, die beiden schüttelten jedoch den Kopf.

»Sie sind die Lebensgefährtin von Andreas Rönn, ist das korrekt, Frau Bertram?«

»Ja. Was ... Ist Andreas ... ich meine, ist Herrn Rönn etwas passiert?«

»Nein, nein, keine Angst. Wir benötigen nur eine Auskunft von Ihnen: Um wieviel Uhr ist Herr Rönn gestern nacht nach Hause gekommen?«

»So gegen zwei«, wiederholte ich Andys Auskunft vom Morgen. »Wieso?«

Der jüngere Beamte notierte meine Aussage in einem kleinen, schwarzen Buch, während der ältere, ein dunkelblonder, hagerer Typ mit unmodischem Haarschnitt, mich aufmerksam betrachtete.

»Heute nacht, im Anschluß an die Einstandsfeier im *Tapas y Pescados*, ist ein Kollege Ihres Lebensgefährten in der Bremer Straße zu Tode gekommen.«

»Zu Tode gekommen? Ein Unfall? Am Autostrich?!«

»Sie kennen die Straße also?« hakte der Ältere nach. »Herr Rönn gab an, sie nicht zu kennen.«

Was sollte das? Reflexartig schüttelte ich den Kopf. »Ich lebe schon länger in Dresden als Herr Rönn«, antwortete ich schließlich so reserviert wie möglich.

»Verstehe.« Der Schreibende blickte auf und lächelte mich freundlich an. »Ist Ihnen an Herrn Rönn heute nacht etwas aufgefallen, als er nach Hause kam?«

»Nein.«

»Nichts Außergewöhnliches? Er selbst hat gesagt, er wäre stark angetrunken gewesen, seine Kollegen bestätigen das.«

Verdammt, worauf wollten sie hinaus? »Ja, das schon, natürlich.«

»Natürlich?«

Ich ließ die Frage unbeantwortet im Raum stehen.

»Wie beurteilen Sie das Verhältnis Ihres Lebensgefährten zu seinen Kollegen?«

»Er hat erst vor zwei Wochen dort angefangen. Ich glaube nicht, daß man da schon etwas sagen kann. Und wenn Sie mich jetzt bitte entschuldigen, ich habe noch einen wichtigen Termin.«

Die beiden hatten gerade das Arbeitszimmer verlassen, als das Telefon klingelte. Ich wollte die Polizisten so schnell wie möglich loswerden und ließ den Anrufbeantworter anspringen. Als wir an der Wohnungstür standen, tönte Andys Stimme laut durch den Flur:

»Kirsten, ich bin's. Du, wahrscheinlich werden bald die Bullen bei dir aufkreuzen. Ich erklär's dir später, aber sag doch bitte, du hättest mitbekommen, daß ich kurz vor zwei nach Hause gekommen bin.«

»Na ja, sie haben sich ganz normal verabschiedet«, berichtete ich Andreas zwei Stunden später.

Wir saßen in der Küche am noch immer nicht abgedeckten Frühstückstisch. Ich hatte frischen Kaffee gekocht, der in der Kanne vor sich hin dampfte. Andy berichtete das wenige, was er wußte: daß es sich bei dem Toten um Helmut Salzinger handelte. Man hatte ihn mit einer tiefen Wunde am Kopf aufgefunden. Ob es tatsächlich ein Unfall gewesen war oder eine Gewalttat, dazu hatten sich die Polizisten nicht klar geäußert. Andreas schob mit einem Messer Krümel auf dem leuchtend gelben Teller hin und her, ließ es dann mit einem Klirren fallen und schlug mit der Faust auf den Tisch.

»Schlimm genug, das Ganze. Aber mich nach Hause zu schicken, nur weil mich irgendein netter Kollege angeschwärzt hat, ist eine Sauerei!«

»Was heißt denn ›angeschwärzt‹? Wer hat wann was gesagt?« Ich versuchte logisch an das Unglaubliche heranzugehen.

»Die Bullen waren da und haben uns vernommen. Als sie weg waren, kam der Chefredakteur auf mich zu und teilte mir mit, daß es wohl besser sei, wenn ich ›meine

Tätigkeit für den Moment ruhen‹ lasse, wie er sich ausdrückte.«

»Die Polizisten hatten sich vorher für deinen Streit mit Salzinger besonders interessiert?« Andy nickte. »Und du meinst, daß ein Kollege das deinem Chef brühwarm berichtet und dich quasi gleich als Verdächtigen mitgeliefert hat?« Es war schon wieder unerträglich warm. Ich strich mir eine klebrige Haarsträhne aus der Stirn.

»Ja. Und anscheinend bin ich das ja auch. Ich weiß nicht, ob sie auch bei den anderen nachgeprüft haben, wann die nach Hause gekommen sind. Aber bei mir ist das mit dem Alibi ja schiefgegangen.« Er grinste schwach. »Also, solange die keinen anderen haben ...«

»Aber wenn er am Strich erschlagen wurde, dann müssen sie doch auch in dem Milieu Nachforschungen anstellen.«

Andreas richtete sich auf. »Am Strich?«

Offensichtlich hatten die Polizisten dazu nichts gesagt. Ich klärte ihn darüber auf, daß in der Bremer Straße Dresdens Autostrich war.

»Der Salzinger? Das gibt's doch gar nicht.« Er stand auf und schenkte uns Kaffee ein. »Der ist ... war so ein Papi-Typ, immer ein bißchen besserwisserisch. Der bei einer Nutte?«

»Es sind doch immer die, denen man es nicht zutraut.«

Im Arbeitszimmer klingelte das Telefon, ich blickte Andy fragend an.

Er winkte ab. »Ich bin nicht hier.«

Es war jedoch nur die Magazin-Redaktion, die mir mitteilte, soeben sei die Nachricht eingetroffen, daß man in London verschollen geglaubte Bänder von alten Hendrix-Aufnahmen gefunden habe. Sie hatten eine Kostprobe über das Internet zugeschickt bekommen, die sie an mich weiterleiten wollten. Außerdem solle ich unbedingt auf das Konzert damals auf der Isle of Wight näher eingehen. Am liebsten hätte ich der äußerst jugendlichen Stimme am anderen Ende gesagt, ich wüßte schon selbst, wie ich den Artikel aufziehen würde. Schließlich war das zugesagte Honorar lächerlich niedrig. Dann riß ich mich zusammen und schaffte es, das Gespräch einigermaßen souverän zu beenden.

Als ich zurück in die Küche kam, hatte Andreas den Tisch abgeräumt und wischte auf der Arbeitsplatte herum.

»Die Bullen haben nichts von einem Raubüberfall gesagt.« Er sprach mehr zu sich selbst als zu mir. »Das wäre doch naheliegend bei einem Verbrechen am Strich, oder?«

Ich zuckte die Schultern. »Keine Ahnung. Aber du kannst jetzt sowieso erst mal nichts anderes machen als abwarten.«

Genau das fiel ihm fürchterlich schwer. Meinen Vorschlag, sich hinzulegen und etwas Schlaf nachzuholen, schob er gleich mit einer ungeduldigen Bewegung beiseite. Er tigerte durch die Küche, fuhr sich mit den Händen durch das Haar, wiederholte, daß »die« ihn »in die Pfanne hauen« wollten.

»Wer sind denn ›die‹? Jetzt fang nicht an, Gespenster zu sehen. Komm mal her.« Ich ging auf ihn zu, er zögerte, dann ließ er sich in den Arm nehmen, legte seinen Kopf auf meine Schulter. Ich spürte, daß er zitterte. »Du bist übernächtigt und mit den Nerven am Ende. Dein

Chef mußte wahrscheinlich so reagieren, um selber auf der sicheren Seite zu sein.« Andreas hob den Kopf, wollte etwas einwenden. Ich packte ihn fester um die Schultern. »Du kannst jetzt nichts machen. Sieh das ein.« Entschlossen schob ich ihn ein Stück weg und blickte ihm fest in die Augen. »Wenn du nicht ins Bett willst, dann setz dich doch auf den Balkon. Da kommst du vielleicht auch ein bißchen zur Ruhe.«

Er legte den Kopf wieder auf meine Schulter, seufzte und stimmte mir zu.

Eine Stunde später unterbrach ich meine Arbeit, um nach ihm zu sehen. Quer durch das Wohnzimmer lief das Kopfhörerkabel. Auf dem Plattenspieler lag die Hülle von Lou Reeds *Berlin*. Andy starrte aus dem Schatten des Sonnenschirms hinaus in den wolkenlosen blauen Himmel und bemerkte mich nicht. Er hatte die Jeans gegen verwaschene grüngraue Shorts getauscht; seine kräftigen Beine wiesen mehr Farbe auf als sein Gesicht, das noch immer leichenblaß wirkte. Und gequält. Er preßte die Kiefer aufeinander.

Ich kannte Andreas fast zehn Jahre, knapp fünf hatten wir in der Erfurter Lokalredaktion zusammen gearbeitet. Er war nicht übertrieben ehrgeizig, wenn er aber etwas anfing, wollte er es auch zu Ende führen. Gut zu Ende führen. Und ihm die Arbeit wegnehmen hieß, ihm den Boden unter den Füßen zu entziehen. Ich hoffte wirklich, daß sein Chef ihn bald zurückbeorderte.

Ohne mich bemerkbar zu machen, ging ich wieder ins Arbeitszimmer und kramte so lange in meinen alten Notizen, bis ich die Telefonnummer einer ehemaligen Hure fand, über die ich ein Jahr zuvor einen Artikel geschrieben hatte. Jasmin war damals gerade achtzehn gewesen, jedoch schon Mutter eines zweijährigen Kindes, die eine steile Drogenkarriere hinter sich hatte. Mit Unterstützung einer sozialen Einrichtung hatte sie entzogen und den Absprung vom Strich geschafft. Als ich sie kennenlernte, lebte sie in einem Wohnheim und wollte sogar wieder zur Schule gehen. Sie war sehr offen gewesen und voller Enthusiasmus und Optimismus.

Jetzt allerdings meldete sich niemand unter der Nummer, und als ich die Verwaltung des Wohnheims anwählte, teilte man mir mit, daß Jasmin bereits zwei Monate zuvor ausgezogen sei. Ihre neue Adresse kannte man nicht, bot mir aber an, mich mit ihrer besten Freundin zu verbinden, die noch dort lebte.

Nicole war jedoch nicht bereit, Jasmins Adresse weiterzugeben. Meine Beteuerungen, daß ich von keinem Amt sei und ihre Freundin lediglich in einer privaten Angelegenheit sprechen wolle, nützten nichts. Immerhin erklärte sie sich schließlich bereit, Jasmin von meinem Anruf zu erzählen und sie zu bitten, mich zurückzurufen.

Kurz nach sechs hörte ich, wie die Wohnungstür ins Schloß fiel. Andreas war weg. Ich konnte mir denken, wohin er wollte, und ärgerte mich, daß er tatsächlich so dumm war. Wenn jemand von der Kripo ihn dort am Tatort sah, würde das nicht gerade für ihn sprechen.

»Ich bin bloß langsam mit dem Auto durch die Straße gefahren. Ein Wagen stand da, der vielleicht eine Zivilstreife hätte sein können …«

»Na prima«, fiel ich ihm ins Wort. »Und du bist dann ganz unauffällig und langsam an ihnen vorbeigefahren. Wirklich clever.«

Wütend riß ich Andy die Bierflasche aus der Hand, trank einen großen Schluck und musterte ihn zornig. Die letzte halbe Stunde hatte ich im wesentlichen damit verbracht, zu überlegen, was ich tun sollte, wenn er nicht bald wieder auftauchte.

»Natürlich werden die sofort dein Kennzeichen überprüfen und sich freuen, wenn sie auf jemanden stoßen, den sie sowieso verdächtigen.«

Andreas verschränkte die Arme vor der Brust, abwehrbereit. Seine Antwort klang jedoch eher schwach: »Ich weiß doch gar nicht, ob es wirklich Bullen waren.« Er wich meinem Blick aus, nahm eine weitere Flasche Bier aus dem Kühlschrank. »Verdammt noch mal, welches Motiv sollte ich denn gehabt haben?«

»Du weißt genau, daß euer Streit erst mal reichen kann.«

»Ja, ich weiß.« Seine Stimme war sehr leise. Er schluckte einmal trocken, setzte dann die Bierflasche an. »Von Straßenstrich war übrigens gar nichts zu sehen«, bemerkte er nach einer Weile.

»Hättest du mich vorher gefragt, hätte ich dir sagen können, daß es da erst spät losgeht.«

Er fragte nicht, woher ich das wußte, und ich sagte nichts weiter dazu. Ich erkundigte mich auch nicht, wo er die restliche Zeit gewesen war. Die untergehende Sonne schickte ein phantastisches Farbenspiel durch das große Fenster, Andreas lehnte sich gegen die Arbeitsplatte und schloß die Augen. Sein T-Shirt hatte große Schweißflecke unter den Achseln.

»Hast du was gegessen?« fragte ich schließlich.

Er schüttelte den Kopf. »Nein. Ich werd sowieso zu fett.«

»Dann solltest du vielleicht als erstes das Bier weglassen.«

Ich nahm ihm die Flasche aus der Hand, stand dicht vor ihm. Er zog mich an sich, faßte mich bei der Taille. Ich streichelte ihn hinter den Ohren, fuhr ihm durch das Haar. Er ergriff meine Hände, drückte sie leicht und strich mir über den Rücken bis zum Verschluß meines Kleides. Wir küßten uns. Andy löste mein Haarband, ich streifte ihm das T-Shirt über den Kopf, öffnete den Knopf seiner Jeans, das Kleid rutschte mir über die Schulter und glitt zu Boden. In Unterwäsche standen wir uns gegenüber, zwei Menschen Mitte Dreißig, verschwitzt, verstört, erregt.

»Ich weiß doch«, sagte er leise.

Ich legte drei Finger auf seinen Mund, zog ihn über den Flur in unser Schlafzimmer, wo die abendlichen Geräusche der Stadt durch die weit offenen Fenster drangen.

Als er später, den Kopf an meiner Schulter, eingeschlafen war, dachte ich an unser erstes Mal. Es war alles sehr schnell gegangen damals. Ich kam direkt nach meinem Volontariat in die Erfurter Redaktion, in der Andreas schon ein halbes Jahr arbeitete. Er schien mir so viel erfahrener; gleichzeitig durch seine Energie und Phantasie unglaublich jung. Fast auf Anhieb verliebten wir uns ineinander – und fanden uns an einem späten Abend auf dem Fußboden des kleinen Fotolabors wieder.

Dann lernte ich auf einem Termin Dale kennen. Womit eine schier unendliche Dreiecksgeschichte begann.

Andy seufzte im Schlaf und drehte sich von mir weg. Vielleicht verdankten wir es gerade dieser bewegten

Vergangenheit, daß unser Sex auch nach so vielen Jahren noch so aufregend sein konnte.

Als ich am nächsten Morgen aufwachte, lag ich alleine im Bett. Hinter den Vorhängen strahlte wieder die Sonne, dieser Sommer schien eine unerschöpfliche Kraft zu haben. Einen Moment blieb ich noch liegen und lauschte auf Geräusche, hörte jedoch nichts. Es war schon kurz vor neun. Ich hatte Andy am Abend schlafen lassen, während ich noch bis Mitternacht an meinem Hendrix-Text herumfeilte.

Schließlich reckte ich mich noch ein letztes Mal und stand auf, schaute in alle Zimmer. Andreas war schon wieder unterwegs. Auf dem Küchentisch lag ein Zettel: »Bin Brötchen holen.« In der Hoffnung, daß er jeden Augenblick zurückkommen würde, kochte ich Kaffee und Eier und deckte den Tisch. Dann räumte ich ein wenig in der Küche herum, bevor ich mit einem Becher Kaffee ins Arbeitszimmer ging und den Rechner startete. Endlich tauchte Andy auf, er trug ein weißes T-Shirt, und alte Shorts. Die Sachen klebten ihm durchgeschwitzt am Leib.

»Tut mir leid, hast du lange gewartet? Ich spring nur eben unter die Dusche.« Er drückte mir eine Brötchentüte in die Hand.

»Ich mußte mich irgendwie abreagieren«, sagte er, als wir endlich am Frühstückstisch saßen. »Also bin ich aufs Fahrrad und einmal raus nach Pillnitz.«

»Um den Kopf auszuschalten«, vermutete ich.

Andy nickte und belegte eine Brötchenhälfte mit Camembert. »Kurzfristig funktioniert's«, antwortete er mit vollem Mund.

Längerfristig nicht. Bereits eine Stunde nach dem Frühstück – ich hatte meinen Hendrix-Text an das Magazin gemailt und räumte meinen Schreibtisch auf – lief er wie ein eingesperrtes Tier durch die Wohnung. Als er zum dritten Mal ins Arbeitszimmer kam, das Telefon anstarrte und prüfte, ob es funktionierte, hielt ich ihn am Arm fest.

»Jetzt ruf Hantzsche an und frag ihn, ob er etwas weiß oder dir helfen kann«, sagte ich.

Er hielt den Telefonhörer noch gedankenverloren in der Hand, schüttelte aber den Kopf. Unser Verhältnis zu Hauptkommissar Hantzsche war seit einem Mordfall im vergangenen Herbst ziemlich unklar. Hantzsche erkannte zwar an, daß wir nicht nur damals den richtigen Riecher gehabt hatten, schätzte es aber überhaupt nicht, wenn man sich in seine Arbeit einmischte. Dale als Ex-Kollegen akzeptierte er, gerade bei Andreas sah die Sache aber ganz anders aus.

»Soll ich anrufen? Es ist doch nur eine Frage. Wir wollen ja nichts unternehmen.«

»Wenn du meinst.« Er wich meinem Blick aus, legte den Hörer auf.

»Oder hast du gestern abend noch was gemacht, außer deinem Abstecher an den Strich?«

Andy fuhr sich durch das kurze Haar, auf seiner Stirn glänzten Schweißtropfen.

»Nein, ich bin nur bei ein paar Kollegen, von denen ich die Adresse wußte, vorbeigefahren. Ich hätte gern mit Martin gesprochen«, endlich hob er den Blick, »das ist der, der mit Salzinger zusammen rausgegangen ist, wenn ich mich richtig erinnere, aber er war nicht zu Hause.«

Ich sagte nichts, wählte statt dessen die Nummer der Kripo und ließ mich mit Hantzsche verbinden.

»Nu, ich habe die Akte hier auf dem Tisch«, bestätigte er, nachdem ich erklärt hatte, worum es ging. Wie immer ließ er sich nicht in die Karten gucken. Da ich nicht undiplomatisch nachfragen wollte, ob er sie schon gelesen habe, erkundigte ich mich nach dem »Stand der Ermittlungen«.

»Frau Bertram, Ihnen muß ich doch wohl nicht sagen, daß ich darüber keine Auskunft geben darf.« Ich hätte zu gern sein Gesicht gesehen, um zu ergründen, ob er mich hinhielt oder ob er tatsächlich keine Ahnung hatte. »Ich nehme an, Sie wollen wissen, ob Herr Rönn in der Sache belastet ist?«

»Ja, deshalb rufe ich an.«

»Nu, die Kollegen haben hier vermerkt, daß sie ihn gestern abend noch einmal in der Bremer Straße beobachtet haben, ›in unklarer Absicht‹, wie es heißt, aber ich denke nicht, daß er weiterhin als verdächtig gilt.«

»Gut.« Ich zeigte Andy, der an einem Bleistift herumspitzte und dabei die Holzraspel auf meinem Schreibtisch verteilte, einen nach oben gerichteten Daumen. »Gibt es neue Verdachtsmomente?« Wenn Hantzsche sich doch nicht jedes Wort einzeln aus der Nase ziehen ließe.

»Frau Bertram«, seufzte er.

»Es ist wichtig. Herrn Rönns Arbeitsstelle hängt daran.«

Andreas verzog das Gesicht, als wollte er sagen: »Ist mir doch egal.«

»Nu, guddi, aber nur für den Privatgebrauch: Wir haben einen im Milieu tätigen Herrn arretiert, der bereits einmal eine Auseinandersetzung mit dem Opfer hatte und außerdem kein Alibi für die Tatzeit nennen konnte. Obwohl der Herr Rönn das ja auch nicht konnte.«

Ich ahnte ein kleines Lächeln auf Hantzsches Gesicht. Nachdem ich mich bedankt hatte, legte ich auf und berichtete Andreas, was der Hauptkommissar gesagt hatte.

Andy strahlte mich an, drückte mir einen Kuß auf die Wange. »Danke.«

Gleich darauf wählte er die Nummer seines Chefs. »Herr Müller, Rönn hier. Die Kriminalpolizei hat inzwischen einen Tatverdächtigen verhaftet, und ich bin entlastet. Ich würde sehr gerne meine Arbeit wiederaufnehmen.« Endlich, das war der Andreas, den ich kannte! »Nein, ich würde sofort kommen, es ist schon zuviel liegengeblieben«, sagte er nach einer kleinen Pause und verabschiedete sich.

Mit einer Hand wischte er die Holzspäne von der Tischplatte in den Papierkorb, mit der anderen griff er in die Keksschachtel neben dem Monitor, gab mir noch einen Kuß und verschwand. Ich schaute auf meine Armbanduhr: kurz vor zwölf. Höchste Zeit auch für mich, etwas Ordentliches anzuziehen und in die Sächsische Schweiz aufzubrechen, wo ich um halb zwei einen Termin mit mehreren Hoteliers hatte, die ihre Häuser neu vermarkten wollten.

Ich war völlig erledigt, als ich um neun Uhr abends den Golf wieder in der Böhmischen Straße parkte. Fünf Herren und eine Dame hatten mich mit einem wunderbaren Mittagsmenü empfangen, mir dann stundenlang ihre Hotels präsentiert und Konzepte erläutert, nur um schließlich einzugestehen, daß ihr Etat zur Zeit eine größere Kampagne nicht zuließe. Aber sie würden gerne später auf mich zurückkommen.

Müde löste ich den Sicherheitsgurt, spürte, wie mein seidenes Top am Rücken klebte. Ich verfluchte mich selbst, den Kontakt überhaupt aufgenommen zu haben, nachdem eine ehemalige Kollegin mir von der Gelegenheit berichtet hatte. Ich hatte nie in der Werbung tätig sein wollen, auch wenn man damit, im Vergleich zur journalistischen Arbeit, das Dreifache verdienen konnte. Und um diesen Auftrag hatte ich mich nur deshalb gekümmert, weil die Hoteliers ausdrücklich jemanden mit Kontakten zu einer Tageszeitung suchten. Ich hätte bei meinen Prinzipien bleiben sollen.

Als ich aus dem Auto stieg, sah ich Andy die Straße hinunterschlendern. Er war so tief in Gedanken, daß er mich erst bemerkte, als er fast über mich stolperte. Kurz entschlossen überredete ich ihn, ins *Raskolnikoff* zu gehen. Ich wollte meinen Ärger hinunterspülen.

Wir hatten Glück und fanden einen freien Tisch in dem herrlichen Biergarten – im Sommer einer der beliebtesten Plätze in der Neustadt. Alte Ziegel und Terrakottatöpfe mit blühenden Pflanzen gaben dem Innenhof eine südländische Note, ein blinkendes Wasserspiel erinnerte daran, daß das *Raskolnikoff* auch Künstlerhaus war. Neben uns unterhielten sich drei Taubstumme in atemberaubender Geschwindigkeit, fasziniert schaute ich so lange hinüber, bis die junge Frau, die mir schräg gegenüber saß, mich anlächelte.

»Natürlich hätte ich dort auch ein Bierchen bekommen, wenn ich denn gewollt hätte. Ein Hotelzimmer zum Übernachten ebenfalls.« Ich trank einen großen

Schluck. »Ach ja, und wenn wir beide mal ein schönes Wochenende in der Sächsischen Schweiz verbringen wollen – kein Problem.«

»Ist doch prima.« Andy grinste. »Sieh's doch mal so: Die mögen deine Arbeit, wollen den Kontakt halten und werden dir irgendwann einen Auftrag geben. In der Freiberuflichkeit braucht man einen langen Atem.«

»Den du ja im übrigen nicht hattest«, gab ich bissig zurück.

»Na ja, immerhin über ein Jahr im Vergleich zu den drei Monaten, die du bisher durchgehalten hast.«

Wider Willen mußte ich zustimmen.

»Dafür darfst du nun wieder so richtig schön lange arbeiten, was? Oder warum hast du erst jetzt Feierabend?« fragte ich, schlug mir dann aber die Hand vor den Mund. »Mein Gott, ich hatte den toten Kollegen total vergessen!«

Andreas strich sich über das Kinn.

»Deswegen habe ich keine Überstunden gemacht«, sagte er und nahm der Kellnerin seine überbackenen Pelmeni ab.

»Wieso dann?« Ich war heute mittag und nachmittag so gemästet worden, daß ich überhaupt keinen Hunger hatte. Ich leerte jedoch mein Bierglas und bestellte gleich noch eins, zog die Pumps aus und legte meine Füße auf den freien Stuhl neben mir.

»Ach, es scheint wirklich, als hätten die dringend einen Lokalchef von außerhalb nötig.« War für Andy der tote Salzinger nun wirklich kein Thema mehr? fragte ich mich, während er weiterredete. »Wenn sie alleine wurschteln, kommt alles dabei raus, aber kein Journalismus.« Oder war es Verdrängung? »Ich hab mir, als ich in die Redaktion kam, erst mal die Ausgabe von heute vorgenommen.«

Ich nickte. Zu Hause lasen wir noch immer das Konkurrenzblatt, für das ich ein Jahr lang gearbeitet hatte. »Weißt du, was der Aufmacher auf der Eins war? Ein riesiger Werbeartikel über ein neues Einkaufszentrum.« Er schob sich einen großen Bissen in den Mund. »Wirklich, schiere Werbung.«

»Na ja, die Anzeigenkunden können in der derzeitigen Wirtschaftslage so einiges verlangen«, sagte ich und verkniff mir ein Grinsen, weil ich wußte, daß er gleich wie ein HB-Männchen in die Luft gehen würde.

»Ha, ha«, machte er jedoch nur müde. »Für morgen hatten sie irgendwas eingeplant, das dann auf einmal von der Liste verschwunden war, nachdem ich wegen der Geschichte Terror gemacht hab.«

»Deshalb habt ihr so lange gebraucht, um die Ausgabe fertigzustellen?«

»Nein, ich habe alte Zeitungen durchgesehen, um mir ein Bild davon zu machen, was sie früher so verbrochen haben. Ich hatte ja vor der Bewerbung nur kurz zwei Ausgaben überflogen, und da war mir so etwas nicht aufgefallen.«

Als die Kellnerin vorbeikam, bestellte auch er noch ein Bier.

»Ist mir während meiner Zeit bei der *Rundschau* auch nicht aufgefallen, obwohl man ja immer mal guckt, was die Konkurrenz so treibt. Wobei die *Rundschau* selbst ja nicht der Gipfel des Journalismus ist. Wenn ich an die gute Frauke denke ...«

Andy grinste. »Ich erinnere mich. Aber das rechtfertigt nicht diese Menge an abgeschriebenen Pressemitteilungen, die Eigenrecherche ist gleich null.« Er schob seinen leeren Teller zur Seite.

»Dann hast du jetzt also einen noch schwereren Stand in dem Team, wenn du ihnen heute den Marsch geblasen hast, was?«

»Ich fürchte, ja.« Andy lehnte sich zurück »Als ich heute kam, haben sie erst alle ganz freundlich getan: Sie hätten ja gewußt, daß es sich um einen Irrtum handelte, und so weiter. Nachher hat keiner mehr mit mir gesprochen, wenn er nicht unbedingt mußte. Dafür haben dann einzelne durchblicken lassen, daß ich nach wie vor verdächtig sein könnte. Ganz dezent, natürlich.«

Deshalb sein Schweigen zum Thema Salzinger.

»In deiner Haut möchte ich wirklich nicht stecken.«

»Aber du könntest mir helfen.«

Auf meinen fragenden Blick hin erklärte er, daß der Chefredakteur ihm zugestanden hat, einen Journalisten gegen Pauschalhonorar zu verpflichten, bis entschieden war, ob Salzingers Stelle neu besetzt würde.

Der Gedanke, meine Freiheit schon wieder aufzugeben, gefiel mir überhaupt nicht. »Und als deine Freundin hätte ich es bestimmt nicht leicht.«

»Das müssen wir ja nicht publik machen. Im Gegenteil. Als einfache Kollegin unter Kollegen erfährst du vielleicht, wo in der Redaktion der Wurm drinsteckt. Und wo ich ansetzen könnte. Ich weiß nämlich wirklich nicht mehr weiter.«

2. Kapitel

Die Lokalredaktion des *Sächsischen Merkur* lag auf der anderen Elbseite, im ersten Stock eines Plattenbaus am Ende der Hauptgeschäftstraße. Kurz nach neun betrat ich das heruntergekommene Gebäude. Im Erdgeschoß warben Plakate für Leserreisen, im Verlag des Hauses herausgegebene Bücher und von der Zeitung unterstützte Veranstaltungen. In der Etage darüber empfing mich die abgestandene, heiße Luft eines langgezogenen Flurs. Auf dem Linoleumfußboden stapelten sich Zeitungen, daneben stand ein Kopierer und in einer Nische am Fenster ein Tischchen mit zwei Stühlen. Dort saß eine etwa fünfzigjährige Frau mit einer auffallenden roten Brille und rauchte. Ich grüßte und fragte sie, wo ich Herrn Rönn fände. Sie deutete auf die Tür am Ende des Gangs, ich bedankte mich und betrat nach kurzem Anklopfen Andys Büro.

Es war ein relativ kleiner Raum, allerdings mit zwei großen Fenstern. Das eine gab den Blick frei auf die gigantische Baugrube am Wiener Platz, das andere auf die Prager Straße. Beide waren weit geöffnet und ließen ein wenig frische Luft, jedoch auch jede Menge Lärm in das überheizte Zimmer. Andreas saß hinter einem alten Holzimitat-Schreibtisch, der übersät war mit Zetteln und Zeitungen. Auf dem Bildschirmschoner schoben kleine Mäuse ein großes Rad Käse hin und her. Wir grinsten uns an, ich gab ihm einen kurzen Kuß, er nickte mir verschwörerisch zu.

»Alles klar?«

»Alles klar.«

Zusammen traten wir auf den nun leeren Flur und steuerten einen großen Raum am Endes des Gangs an. Dort waren acht Schreibtische jeweils paarweise angeordnet, ein einzelner mit einem übergroßen Monitor – also der Platz zum Layouten – stand direkt in der Ecke neben der Tür. Bislang waren erst drei Tische besetzt; die Raucherin und zwei Männer schauten auf, als wir hereinkamen.

»Ich möchte Ihnen Frau Kirsten Bertram vorstellen. Vielleicht kennen Sie sich sogar vom Sehen, Frau Bertram hat ein Jahr lang bei der *Rundschau* gearbeitet und geht uns als Pauschalistin zur Hand, bis geklärt ist, ob Herrn Salzingers Stelle neu besetzt wird.«

Ich grüßte in die Runde, die drei nickten zurück. Die beiden Männer waren deutlich jünger als die Frau, den einen schätzte ich auf höchstens Mitte Zwanzig, den anderen auf Ende Dreißig. Nachdem Andy mich tags zuvor doch noch überredet hatte, mir seine Leute anzuschauen, hatte ich ihn gebeten, nichts weiter über die Kollegen zu erzählen, da ich möglichst unvoreingenommen sein wollte. Die Raucherin und den älteren Mann hatte ich bestimmt schon mal auf einem Termin gesehen, konnte aber keine Gelegenheit damit verbinden.

»Wenn Sie sich dort zu Frau Brandt setzen?« Andreas wies auf den Platz gegenüber der Dame. »Das ist eigentlich der Tisch von Frau Leitmeyer, aber sie hat seit dem Tod von Herrn Salzinger das Layout übernommen. Und dabei wollen wir es auch erst einmal belassen.«

Er macht das gut, dachte ich. Keiner wäre auf den Gedanken gekommen, daß wir vor zwei Stunden zusammen gefrühstückt hatten und ich ihn mit seiner ständigen Jammerei über seinen Bauch aufgezogen hatte.

»Ja, gerne«, sagte ich und durchquerte den Raum, ohne Andy noch eines Blickes zu würdigen.

»Um zehn haben wir die Konferenz, bis dahin können Sie sich vielleicht schon ein wenig mit allem vertraut machen.« Damit verließ er den Redaktionsraum wieder.

Ich reichte zunächst der sehr dünnen Frau Brandt die Hand über den Tisch, sie sah mich prüfend an und schenkte mir ein zurückhaltendes Lächeln. Dann ging ich zu den beiden Männern, um auch sie mit Handschlag zu begrüßen.

Der jüngere, ein dicklicher, dunkelhaariger Typ, schaute mich sehr freundlich und offen an und stellte sich als »Martin Alex« vor, wobei ich nicht wußte, ob er mir damit das Du anbieten wollte oder Alex sein Nachname war; der ältere stand höflich auf, blickte jedoch eher mißtrauisch drein: »Karge. Darf man fragen, woher Sie so schnell wußten, daß hier was zu holen ist?«

»Gute Journalisten wissen immer alles etwas schneller als die anderen«, entgegnete ich, schob aber gleich hinterher: »Eine ehemalige Kollegin von der *Rundschau* hat mir den Tip gegeben.«

Leise meldete sich mein Gewissen wieder, das mich schon die ganze Zeit davon abhalten wollte, für Andreas die Redaktion auszuspionieren. Er hatte mich überzeugt, daß ich nichts Unrechtes tun würde, dennoch spielten wir meinen neuen Kollegen ein ganz schönes Theater vor.

Karges Blick blieb skeptisch. »Sie haben bei der *Rundschau* im Frühjahr zwei große Betrugsfälle aufgedeckt.«

Das war eine Feststellung, keine Frage, und so korrigierte ich ihn auch nicht, sondern nickte nur möglichst freundlich. Karge setzte sich ohne weiteren Kommentar wieder an seinen Platz. Er trug trotz der Hitze ein Hemd mit Krawatte zu einer gut sitzenden Anzughose, und ich fragte mich, ob er heute noch einen wichtigen Termin hatte oder ob er sich immer so kleidete. Ich ging zurück zu dem Schreibtisch, den Andy mir zugewiesen hatte. Zwischen Monitor und Stiftschale standen zwei Fotos, auf dem einen war eine Frau in meinem Alter zu sehen, das andere zeigte ein junges Mädchen, eingerahmt von einem Mann und einer fülligen Frau. Ebendiese füllige Person kam gerade zur Tür herein und stutzte, als sie mich auf ihrem Platz sah, ihre Miene signalisierte Abwehr.

Schnell erhob ich mich, trat auf sie zu und streckte ihr meine Hand entgegen, in die sie widerstrebend einschlug. Ich stellte mich kurz vor, betonte dann, daß ich ihr keinesfalls ihren Platz wegnehmen wolle.

»Der Chef«, kommentierte Frau Brandt in abschätzigem Ton.

»Ist schon in Ordnung«, wiegelte Frau Leitmeyer ab. Im Gegensatz zu ihrer Kollegin war sie rein äußerlich ein sehr mütterlicher Typ. »Ich bin ja jetzt sowieso für das Layout zuständig. Dann werde ich mal den Platz hier räumen.«

Begeistert sah sie dabei allerdings nicht aus. Ich fragte mich, ob sie freiwillig angeboten hatte, für den toten Salzinger einzuspringen, oder ob Andreas das verfügt hatte.

Während sie die Schubladen und Fächer leerte, erklärte sie mir freundlich, daß ich in dem kleinen Sekretariat in der Mitte des Flurs einen Block, einen Kalender, Stifte, und was ich sonst noch benötigte, bekommen würde. Dort, bei Frau Hübner, stand auch die Kaffeemaschine, und ich wurde darüber aufgeklärt, daß ich am nächsten Morgen meinen eigenen Becher mitbringen solle und der Kaffee reihum gekauft werde. Jetzt konnte ich eine der für Gäste vorgesehenen Tassen benutzen. Sie war randvoll, als ich sie in die Redaktion zurücktrug.

Nach und nach trudelten vier weitere Kollegen ein, zwei davon Fotografen, deren Gesichter ich schon irgendwo gesehen hatte. Es kam mir so vor, als würde ich allgemein eher distanziert begrüßt, was vielleicht an der generell gedrückten Stimmung lag, vielleicht aber auch daran, daß die meisten schon jahrelang zusammenzuarbeiten schienen. Dementsprechend hoch lag der Altersdurchschnitt. Ich gehörte mit Martin Alex und Herrn Karge zu den Jüngsten. Und mit Andreas natürlich. Als Chef, einer der Jüngsten? Eigentlich konnte das gar nicht gutgehen.

Gerade kam er herein, in der einen Hand seinen Kaffeebecher, in der anderen einen Stoß Papier. Er lehnte sich an die Kante des Layout-Schreibtisches und räusperte sich. Die Texter setzten sich auf ihre Plätze, die beiden Fotografen blieben am Fenster stehen. Ich fand, daß Andy jetzt, vor neun Menschen, wesentlich unsicherer wirkte als vorhin. Er hielt sich an seinen Zetteln fest, während er mich noch einmal kurz vorstellte und dann die Termine für den Tag verteilte. Mir wies er einen hundertsten Geburtstag und eine Scheckübergabe zu.

»Und danach könnten Sie sich mit dem Thema Schließung von Bibliotheken beschäftigen. Das Material habe ich in meinem Büro.«

Direkt nach der Konferenz machte ich mich mit einem Fotografen auf den Weg zu der Geburtstagsfeier.

Frau Erna Mügelsen wohnte am Altmarkt, wir konnten zu Fuß hingehen.

»Wenn der Chef die Termine nicht immer so eng legen würde, könnte das ja ganz nett sein«, lamentierte der Endfünfziger mit dem grauen Pferdeschwanz, als wir die volle Fußgängerzone hinaufgingen.

Ich brummelte bloß etwas vor mich hin. Ich fand eine Stunde für einen solchen Routinetermin und den Weg zu der Scheckübergabe – die ebenfalls in der Innenstadt stattfinden sollte – nicht zu knapp. Als wir jedoch bei Frau Mügelsen eintrafen, begriff ich, was Heinz Weinberg gemeint hatte. Gleich nachdem er drei Fotos von der alten Dame gemacht hatte, stürzte er sich auf den Sekt und die belegten Brötchen, die die ebenfalls schon betagte Tochter der Jubilarin vorbereitet hatte.

Erna Mügelsen war ein winziges, schmales Persönchen mit sehr hellem, violett schimmerndem Haar. Aufrecht saß sie in einem großen Sessel und freute sich, daß so viele Menschen zu ihrem Geburtstag gekommen waren, daß sogar der Herr Oberbürgermeister ihr einen Besuch abstattete und die Zeitung – dabei war sie doch gar nicht berühmt.

Ich schlängelte mich zu dem freien Plüschhocker neben ihr durch und bat sie, ein wenig aus ihrem Leben zu erzählen. Wenngleich sie sich dabei oft wiederholte, war ihre Geschichte doch so interessant, daß ich etliche Seiten auf meinem Block vollkritzelte. Wenn wir den nötigen Platz hatten, würde ich ein längeres Porträt über die alte Dame schreiben.

»Nette Frau«, sagte ich, als wir wieder im Aufzug standen. »Hat einiges erlebt.«

Heinz Weinberg murmelte etwas Zustimmendes.

»Ich weiß zwar noch nicht, wie lange ich bleiben werde, aber ich wollte auf jeden Fall morgen einen Einstand geben«, machte ich einen neuen Versuch. »Können Sie mir einen Tip geben, was da so üblich ist?«

Anscheinend war damit das Eis gebrochen: »Wir können uns ruhig duzen«, antwortete er. »Also, der neue Chef hat am Montag richtig teuer zum Essen eingeladen …«

»Ich fürchte, dafür reicht mein Honorar nicht«, fiel ich ihm ins Wort. »Ich hatte an einen Sekt gedacht oder Kuchen.«

Er nickte. »Ja, ja, so ein Redaktionsleitergehalt hat nicht jeder. Aber es gab Leute, die es verdient hätten.«

Ich überlegte, wieviel ich wissen durfte? Egal. »Der Mann, der getötet wurde? Fürchterliche Geschichte.«

Wieder nickte Heinz. »War ein guter Mann. Jahrelang Stellvertreter, und dann wird ihm so ein Schnösel vor die Nase gesetzt. Und wer weiß –« Den Rest verschluckte er, aber es war ohnehin klar, was er sagen wollte: daß dieser »Schnösel« vielleicht sogar seinen Kollegen getötet hatte. Keiner hatte das heute morgen ausgesprochen, aber es klang bei vielen zwischen den Sätzen hindurch.

»Weiß man denn, warum es so gekommen ist?« Wir befanden uns schon kurz vor dem Karstadt-Hauptgebäude, wo der nächste Termin war. Ich blieb stehen und kramte umständlich in meiner Tasche nach einem Haarband.

Heinz zögerte kurz, unsicher, wie er meine bewußt doppeldeutig gehaltene Frage beantworten sollte. Dann entschied er sich für den einfachen Weg: »Keine Ahnung. Da mußt du den Chef, also den Müller, fragen.«

Ich zuckte die Achseln, um zu signalisieren, daß ich

das nicht vorhatte. Zumal ich wußte, was Müller Andreas gesagt hatte – daß er frischen Wind in die Lokalredaktion bringen wollte. »Wer ist denn jetzt eigentlich Stellvertreter?« fragte ich.

»Müßte der Markus sein. Markus Staude. Ist momentan krank. Der war immer so was wie der Stellvertreter vom Stellvertreter. Also wäre er an der Reihe. Aber wer weiß, wie der Chef das sieht ...«

Anscheinend war Andreas' Hauptfehler, nicht schon seit zwanzig Jahren treu und brav jeden Tag in dieselbe Redaktion gedackelt zu sein. Nur mit Mühe schluckte ich eine Entgegnung herunter.

»Und was meinst du jetzt zu meinem Einstand?« fragte ich, als wir die Glitzerwelt des Kaufhauses betraten.

»Nu, Sekt und Kuchen reichen doch völlig zu.« Heinz machte seine Kamera schußbereit.

Am späten Nachmittag saßen alle Texter, die bereits am Morgen dagewesen waren, wieder in der Redaktion. Die Hitze war mittlerweile trotz drei geöffneter Fenster und Durchzug unerträglich. Ich wünschte mich weit fort an ein kühles, schattiges Plätzchen. Während ich in die Gegend starrte, fiel mein Blick auf Herrn Karge, der telefonierte. Er war dabei, sich die perfekt sitzende Krawatte zu lockern, sein ernster Gesichtsausdruck wurde traurig.

»Das war Markus«, sagte er laut, als er aufgelegt hatte. »Er hat gerade von Helmuts Frau erfahren, daß jetzt doch schon morgen die Beerdigung ist.«

Ringsum setzte Gemurmel ein.

»Also war es der Zuhälter?«

»War es denn Mord?«

»Ist der Fall jetzt abgeschlossen?«

Karge zuckte die Schultern. »Dazu hat er nichts gesagt. Nur, daß die Leiche zur Beisetzung freigegeben ist.«

»Um wieviel Uhr morgen?« fragte meine Tischnachbarin.

»Um zwölf. Ich meine, es wäre angebracht, daß wir geschlossen hingehen. Soll er doch den Laden alleine schmeißen.« Er wies mit dem Kopf in Richtung Flur.

»Stimmt, das sind wir Helmut schuldig.«

»Kommt Markus denn auch?«

»Wir müssen einen Kranz bestellen.«

»Ja, Markus will auf jeden Fall kommen.« Karge übernahm die Organisation, ging herum und sammelte Geld ein.

Wie die anderen legte ich zehn Euro auf die Untertasse, als er an meinen Tisch kam. »Ich würde mich gern anschließen und morgen mitgehen, wenn es Ihnen recht ist. Aber ich könnte natürlich auch dafür sorgen, daß hier nicht alles zusammenbricht, wenn Sie alle gehen wollen.«

»Sie kannten ihn doch gar nicht«, sagte Frau Brandt kühl, während sie in ihrem Portemonnaie herumfingerte. Nachdem sie ihr Geld auf die übrigen Scheine gelegt hatte, nahm sie Zigaretten und Feuerzeug und ging auf den Flur. Frau Leitmeyer folgte ihr.

»Ich könnte mit Frau Bertram hier bleiben«, hörte ich Martin Alex vorschlagen. »Ich kannte Herrn Salzinger ja auch kaum. Dann können wir die Produktion aufrechterhalten ... Ich bin erst seit einem Monat hier«, führte er, an mich gewandt, aus. Ich nickte.

»Gut, dann hätten wir das ja geklärt«, beendete Karge die Diskussion. »Martin, würden Sie das dem Chef mitteilen?«

Der junge Mann verließ wortlos das Büro und kam gleich darauf zusammen mit Andreas zurück.

»Selbstverständlich ist das in Ordnung, wenn Sie morgen zu Herrn Salzingers Beerdigung gehen wollen«, sagte Andy. »Terminlich bekommen wir das schon hin.« Er wirkte wieder sehr verkrampft, als er jetzt sein Portemonnaie aus der hinteren Hosentasche zog. »Ich würde mich gerne wenigstens finanziell beteiligen.«

»Nicht nötig, Herr Rönn. Wir haben schon genug«, beschied ihn Karge, ohne zu zögern.

Andys Miene versteinerte sich. Er steckte sein Geld wieder ein und ging hinaus. Kaum eine Minute später hörte man die Etagentür ins Schloß fallen. Die beiden Frauen kehrten aus dem Flur zurück, beide blickten fragend zu Karge hinüber.

»Scheint so, als hätte der Chef für heute das Handtuch geschmissen«, sagte der, und es war ihm anzusehen, daß er das als persönlichen Erfolg verbuchte.

»Ich will nicht drüber reden«, sagte Andy sofort, als ich ihn endlich im *Café Europa* gefunden hatte. Er hatte ein Whisky-Glas vor sich stehen, in dem nur noch ein winziger Tropfen schimmerte, und rauchte.

Als die Kellnerin an unseren Tisch im hinteren Teil des Cafés kam, bestellte ich Mineralwasser und einen Milchkaffee.

»Noch einen?« fragte sie Andreas.

Er nickte und rutschte nervös auf seinem Stuhl hin und her.

»Ich fang nicht wieder an«, sagte er mit Blick auf die Zigarettenschachtel. »Beziehungsweise ich hör auf jeden Fall wieder auf, wenn ich hiermit durch bin.«

Auf einmal hatte ich die kindlich klingende Stimme von Holly Cole im Kopf: »Make it go away or make it better – isn't that what love's supposed to do.« Ich dachte daran, wie er mir geholfen hatte vor noch gar nicht allzu langer Zeit. »This is not the way you should see me ...«

»Ich laß mir das nicht mehr gefallen«, preßte er hervor. »Ich sollte diesem Karge morgen mittag einen richtig fiesen Termin reindrücken oder ihn am besten gleich für eine Woche zum Recherchieren in die städtische Kanalisation schicken.«

»Da würde er sich gut machen in seinen Klamotten.«

Die Kellnerin stellte die Getränke ab. Sie sah müde aus, und ich überlegte, ob sie am Ende oder am Anfang ihrer Schicht war. Hier, im Innenraum des Cafés, saßen kaum Gäste, während draußen jeder Stuhl besetzt war. Auf der Königsbrücker Straße liefen noch die letzten hektischen Einkäufer auf und ab, die Autos stauten sich vor der Ampel.

»Können wir dann auch bezahlen?« bat ich.

Sie nickte.

Durstig stürzte ich das Wasser hinunter. »Die meinen das nicht persönlich«, tröstete ich Andreas.

»Das hilft mir enorm.« Er drehte sein Glas in der Hand. »Vor allem, weil sie mir durchaus zutrauen, daß ich Salzinger umgebracht habe. Glaubst du, das hätte ich nicht gemerkt? Weißt du, was die Brandt heute zu einem Leser gesagt hat: Man wüßte zur Zeit nicht so recht, woran man in der Redaktion sei, da es nur einen

Interimschef gebe. Zu einem Leser! Und als sie mich sah, hat sie nicht einmal mit der Wimper gezuckt. Hat einfach kurz aufgeblickt und dann das Thema gewechselt.«

»Das sind uralte Hierarchien«, sagte ich, ohne auf seine Antwort einzugehen. Ich wollte mich an das Greifbare halten. »Plus eine für uns ziemlich unverständliche Arbeitseinstellung. Guck mal, selbst du hast mich mit einem Fotografen zu den beiden Mini-Terminchen geschickt. Das hätten wir doch in Erfurt selbst fotografiert.«

»Genau.« Das klang auf einmal sehr ruhig. »Ich habe versucht, ihnen entgegenzukommen. Aber damit ist jetzt Schluß. Die sollen mich kennenlernen.« Er trank den restlichen Whisky mit einem großen Schluck aus und schob der Kellnerin, die an unseren Tisch trat, einen Zwanzig-Euro-Schein zu. Als sie herausgeben wollte, winkte er ab. »Ich geh noch mal in die Redaktion. Bis später.«

Ich ließ meinen Kaffee in der großen Tasse kreisen und schaute ihm nach, wie er sich, leicht schwankend, seinen Weg durch die Passanten bahnte. Er blinzelte in die untergehende Sonne, steckte mit Zigaretten und Streichholzbriefchen die Hände tief in die Taschen seiner Jeans und nahm Kurs auf die Altstadt.

Am nächsten Morgen brannte die Luft in der Redaktion. Die Hitze schien ihren Höhepunkt erreicht zu haben, draußen wie drinnen lief alles auf ein reinigendes Gewitter hinaus.

Andy hatte unübersehbare rote Karteikarten auf jede Tastatur gelegt: reichlich Termine und Aufgaben für jeden einzelnen – die Zeit war dabei so bemessen, daß sie gerade eben für die Beisetzung frei waren. Bei den meisten lagen daneben noch Ausdrucke von längeren Texten mit Kommentaren am Rand.

»Ich habe gestern abend noch mit Maria telefoniert und ihr gesagt, daß wir mit zum Kaffeetrinken kommen.« Ursula Brandt sah in einem schwarzen langen Baumwollkleid noch hagerer aus. Wütend starrte sie auf ihre Karte.

»Der will Krieg«, sagte Dieter Büchner, ein Kollege, der mir zuvor außerordentlich ruhig erschienen war, jetzt aber einen hochroten Kopf hatte.

Frau Leitmeyers Nicken ging in ein Kopfschütteln über. Sie wirkte fassungslos, zupfte an dem Stehkragen ihrer Bluse herum. »Er hat hier an meinem Porträt des neuen City-Managers herumgekritzelt, als wäre ich eine Praktikantin.«

Ich versuchte mich unsichtbar zu machen. Zwar hatte auf meinem Platz auch ein rotes Kärtchen gelegen, darauf stand jedoch lediglich ein Termin um halb eins – vermutlich einer der ganz wenigen, die er den anderen nicht aufs Auge drücken konnte.

Ich hatte keine Ahnung, was Andreas plante. Als er tags zuvor spät aus der Redaktion zurückkehrte, wirkte er wieder halbwegs nüchtern, wollte jedoch noch immer nicht reden, sondern setzte sich vor den Fernseher und ließ sich von der x-ten Wiederholung des *Profi* mit Belmondo berieseln. Am Morgen schien er dann regelrecht gutgelaunt; frisch rasiert und mit einer hellen Leinenhose und dazu passendem Hemd für seine Verhältnisse sehr ordentlich gekleidet, hatte er sich eine halbe Stunde vor mir auf den Weg in die Altstadt gemacht.

Ich schaute zu Karge hinüber, der gar nichts sagte. Er hatte die Karteikarte und den Ausdruck zur Seite gelegt und ordnete andere Unterlagen.

Als alle Mitarbeiter eingetroffen waren, verkündete Andreas mit kurzen Worten, daß es heute keine Konferenz geben werde, da die Zeit wegen der Beerdigung knapp sei.

»Die konkrete Seitenplanung habe ich soweit vorbereitet, ich würde Herrn Alex bitten, heute das Layout zu übernehmen.« Er blickte in die Runde; als kein Kommentar erfolgte, fuhr er fort: »Ich habe Ihnen noch zu überarbeitende Artikel hingelegt. Erledigen Sie das bitte noch heute, damit wir sie dann auch mal mitnehmen können. So, wie sie sind, sind sie nicht zu verwerten.« Er machte auf dem Absatz kehrt und stieß beim Verlassen des Raumes fast mit Frau Hübner zusammen.

Frau Brandt hatte gerade den Telefonhörer in der Hand, legte aber wieder auf, als die Sekretärin sie ansprach: »Ich hab die Hansen von Karstadt in der Leitung, die fragt, warum die Spendenübergabe so klein drin ist. Sie will mit dir sprechen – aber ich kann sie ja auch mit dem Chef verbinden.«

»Nein, laß mal«, sagte sie mit einem undefinierbaren Blick auf mich. »Ich nehme das Gespräch bei dir drüben an.«

Etwa eine halbe Stunde lang schlugen die Wogen der Empörung hoch. Die Männer hatten ihre schwarzen Krawatten gelockert und die Hemden aufgeknöpft, die Frauen saßen fast die ganze Zeit in der Raucherecke auf dem Flur. In Andreas' Büro wagte sich niemand, und keiner riskierte es, die Termine einfach platzen zu lassen. Obwohl sie sich ständig aufs neue aufregten, packte schließlich einer nach dem anderen seine Sachen und machte sich auf den Weg. Sie konnten natürlich das nächste Café ansteuern oder den Großen Garten, ich glaubte jedoch nicht, daß sie das tun würden. Hatte Andy gewonnen? Büchners Worte gingen mir ebensowenig aus dem Kopf wie Karges gestrige Reaktion.

»Ordentlich was los hier, wie?« Ich schreckte hoch. Neben mir stand Martin Alex. Alle anderen waren mittlerweile weg.

»O ja, ist das hier immer so?«

Er schüttelte den Kopf. »Nein, als ich angefangen habe, war das der reinste Friedhof.« Erschrocken hielt er inne. »Das war jetzt ziemlich unpassend, glaube ich.«

Unwillkürlich mußte ich lachen. Er wirkte sehr jung, trug offensichtlich ebenso schwer an dem Babyspeck, der durch das modisch-enge T-Shirt noch betont wurde, wie an seinen Aknenarben; am meisten aber vielleicht daran, hier der Jüngste und damit der Laufbursche für alle zu sein. Ich schlug vor, daß wir uns duzten, was er sichtlich erfreut annahm, und fragte ihn, was er gemacht habe, bevor er beim *Merkur* gelandet war.

»Ich bin direkt von der Uni hierher. Leipzig. Der Diplomstudiengang.«

Ich nickte anerkennend. Die hohe Qualität der kombinierten theoretischen und praktischen Ausbildung war allgemein bekannt.

»So reagiert nicht jeder.« Er zog eine Grimasse. »Die sind natürlich fast alle von da.«

»Aber das ist doch nicht das gleiche«, fiel ich ihm ins Wort. Zu DDR-Zeiten hieß die Journalismus-Fakultät der Pleißestadt »rotes Kloster«. Ich hatte schon viele

Kollegen davon erzählen hören, wie sie »auf Linie« getrimmt worden waren.

Martin zuckte die Achseln. »Sie betonen gerne, daß Studium und Praxis zweierlei Paar Schuhe sind. Und in der Praxis machen sie alles so, wie sie es schon seit Jahren machen, und damit basta.«

Hinter ihm sah ich Andreas im Türrahmen erscheinen, ich wandte jedoch den Blick nicht von meinem Gesprächspartner. Kurz darauf war er wieder verschwunden.

»Aber wenn dir das hier so stinkt, findest du doch bestimmt auch irgendwo anders was«, sagte ich.

»Irgendwo, irgendwann vielleicht. Aber meine Freundin ist schon seit einiger Zeit arbeitslos, und vor drei Monaten bin ich Vater geworden. Also, ganz so sorglos kann ich nicht darangehen.«

Das hätte ich nicht gedacht. Für einen jungen Vater sah er eigentlich zu ausgeruht aus.

»Und was hast du so gemacht?« fragte er mich.

Ich erzählte von Studium und Volontariat in Dortmund, der Redakteurszeit in Erfurt und der Mutterschaftsvertretung in Dresden, daß ich danach als Freie angefangen hätte, momentan aber das Pauschalhonorar gut gebrauchen konnte.

»Ja, immer das Geld. Auf jeden Fall mußt du das hier nicht machen. Und ich glaube, der neue Chef auch nicht. Wenn sie den weiter so mobben, dann geht der einfach.«

Das glaubte ich nicht. Im Moment hatte ich eher das Gefühl, daß Andy bis aufs Messer kämpfen würde. »Heute hat er ja zurückgeschlagen«, sagte ich und fuhr, als er etwas antworten wollte, gleich fort: »Seit wann ist denn die Stimmung so explosiv?«

Martin überlegte. »Eigentlich erst seit Dienstag. Aber vorher war ja auch der Salzinger noch da. Der hat Staude und Karge immer ein bißchen zurückgehalten, hatte ich den Eindruck.«

»Das ist wirklich interessant«, stimmte Andy mir zu. Ich war unter einem Vorwand in sein Büro gegangen und hatte ihm berichtet, was ich von Martin erfahren hatte. »Warum hat Salzinger selbst mich dann angegiftet, wenn er das bei den beiden anderen verhindert hat?« Fragend blickte er mich an, eine steile Falte zwischen den Augen. Durch das offene Fenster dröhnten die schweren Motoren der Bagger, ich hatte das Gefühl, daß sogar der Baudreck hereinwirbelte und sich auf meiner klebrigen Haut absetzte.

»Keine Ahnung. Vielleicht auch wieder so ein Hierarchie-Ding. Er hatte das Erstrecht auf Meckern«, mutmaßte ich.

Ratlos schüttelte Andy den Kopf. »Markus Staude war der engste Kumpel von Salzinger, er ist am Dienstag, nachdem die Polizei hier war, nach Hause und hat sich dann krank gemeldet«, erklärte er.

»Ja, Martin meinte, die beiden seien wie ein ›altes Ehepaar‹ gewesen. Aber sag mal, ist das nicht eigentlich verdächtig, wenn sich jemand direkt nach der Todesnachricht krank meldet?«

Andreas hatte bei dem »alten Ehepaar« einmal kurz aufgelacht, war aber sofort wieder ernst. »Er sah wirklich sehr schlecht aus, die Kripobeamten haben ihn regelrecht nach Hause geschickt. Das habe ich mitbekommen, weil wir ja alle in der Redaktion warteten, und sie uns einzeln in meinem Büro vernommen haben. Ich war nach Staude dran.« Nachdenklich drückte er seine Zigarette aus. »Ich bin deshalb davon ausgegangen, daß er ein gutes Alibi haben muß.«

»Vermutlich.« Auf jeden Fall wird die Polizei ihn gründlich überprüfen, dachte ich und fragte Andreas nach der Tür an der rechten Seite des Raumes.

»Mein eigener Zugang zum Klo. Der alte Chef hatte es wohl mit der Prostata. Hast du die Tür neben den Waschbecken nicht gesehen?«

Ich schüttelte den Kopf. »Aber ist doch toll, dann kann ich ja ganz unbemerkt zu dir kommen.«

Von der Schreibtischecke, auf die ich mich gesetzt hatte, beugte ich mich vor, um ihm einen Kuß zu geben. In dem Moment klopfte es, und eine Sekunde später stand Martin auf der Schwelle. Ich war gerade rechtzeitig zurückgezuckt, blieb aber mit meinem dünnen Batikrock an einer Schublade hängen, so daß ich einen ziemlich seltsamen Eindruck abgeben mußte. Fluchend bückte ich mich und tat so, als würde ich etwas vom Boden aufheben. Martin entschuldigte sich, offensichtlich wußte er nicht genau, wie er die Situation einordnen sollte. Andreas war wieder ganz Chef und fragte Martin, was er wolle. Ich nickte beiden etwas tölpelhaft zu und ging hinaus.

Das Gewitter ließ noch immer auf sich warten, als wir uns gegen neun auf den Weg zur Geburtstagsfeier meiner ehemaligen Kollegin Ines machten. In den Straßen der Neustadt gab es keinen Windhauch, die Hausmauern strahlten die tagsüber gespeicherte Hitze ab, so daß man sich instinktiv von ihnen fernhielt. Eine Menge Menschen waren unterwegs, begannen gutgelaunt das

Wochenende. Ich schaute Andy an, der alles andere als gutgelaunt aussah. Anscheinend hatte er noch bis kurz vor acht die Redakteure einzeln in die Mangel genommen. Um halb sieben war auf jeden Fall Dieter Büchner als erster wieder aus seinem Büro in die Redaktion gestürmt und hatte mit haßerfüllter Miene angekündigt, alles hinzuschmeißen. Dann war er gegangen und hatte die Tür hinter sich zugeknallt. Als Andy Frau Leitmeyer zu sich bat, war ich möglichst unauffällig verschwunden.

Überspannte Andreas den Bogen? War das Team wirklich so unmöglich – journalistisch und menschlich? Oder schlug er nur blindlings zurück? So langsam war ich sicher, daß es keine gute Idee gewesen war, mich in die Redaktion einzuschleusen. Obwohl meine neuen Kollegen mir nicht gerade sympathisch waren, hatten sie doch fast automatisch mein Mitgefühl, wenn Andy sie abkanzelte.

Als wir Ines' wunderschöne Altbauwohnung im Dammweg erreichten, waren schon eine Menge Leute dort. Ines begrüßte uns mit einer Umarmung, wischte sich einmal theatralisch über die Stirn, als es um ihr Alter ging, und freute sich aufrichtig über das Geschenk, ein Buch von Marlene Streeruwitz und eine CD von Suzanne Vega. Das heiterte auch meine Stimmung auf. Ines entwickelte sich immer mehr zu einer wirklichen Freundin, wovon ich nach meinen unsteten Jahren nicht mehr viele hatte. Es klingelte schon wieder, und Ines schob uns in Richtung Küche: »Bedient euch am Büfett. Wir unterhalten uns später.«

Ich wußte, daß sie das Essen hatte kommen lassen, alles sah jedoch sehr liebevoll arrangiert aus. Andy kämpfte sich gleich zum Kühlschrank durch und reichte mir ungefragt eine Flasche Bier. Dann zog er seine Zigaretten aus der Hemdtasche, drehte sie in der Hand und bedeutete mir, daß er hinausgehen würde.

Ich stellte einen Teller mit verschiedenen Salaten und kaltem Braten zusammen und gesellte mich zu einigen Leuten, die ich kannte. Ich genoß es, ein bißchen zu plaudern und herumzualbern. Andreas tauchte schon nach kurzer Zeit wieder auf, holte sich jedoch nur ein neues Bier und verschwand. Aus den Zimmern jenseits des Flurs dröhnten die Pretenders, immer mehr Menschen bevölkerten die Wohnung.

Ines kam mit ihrem kleinen Sohn auf dem Arm in die Küche, und ich bot ihr an, ihn mit zu der Nachbarin ins Erdgeschoß zu bringen, wo er heute nacht schlafen sollte. Nachdem wir etliche Male auf dem Weg zur Wohnungstür aufgehalten worden waren, standen wir schließlich mit Jonas und einer Flasche Sekt im Hausflur. Die Musik dröhnte bis hierher.

»Hast du alle Nachbarn eingeladen?« fragte ich.

»Es zumindest überall angeboten. Wie ich überhaupt halb Dresden eingeladen habe. Gekommen sind bis jetzt nur die wenigsten – von den Nachbarn, meine ich. Aber Ärger wird es nicht geben.«

Die alte Dame im Erdgeschoß nahm den dreijährigen Jungen liebevoll in Empfang und sagte Ines, sie solle sich morgen ruhig Zeit lassen, er könne so lange bei ihr bleiben, wie sie wolle.

»Dankeschön«, sagte Ines und reichte ihr die Flasche Sekt. »Dann feiern Sie aber wenigstens etwas mit uns.«

Die Nachbarin winkte ab. »Ich darf doch nicht mehr. Meine Bauchspeicheldrüse, wissen Sie. Aber trotzdem sehr nett von Ihnen.«

Nachdem sie die Flasche auf keinen Fall behalten wollte, fanden wir uns auf einmal auf dem Treppenabsatz zum ersten Stock wieder, ließen den Korken knallen und machten uns daran, den Sekt zu leeren. Ines strich ihre langen blonden Haare zurück, lehnte sich gegen die Wand und schloß für einen Moment die Augen. Sie lächelte.

»Ein schöner Tag«, sagte sie. »Ich hätte nie gedacht, daß es mir Spaß machen könnte, vierzig zu werden.« Dann erzählte sie von ihrem elf Jahre älteren Mann Klaus und den Problemen, die sie lange Zeit hatten. »Aber ich habe das Gefühl, das wird immer weniger, je älter ich werde. Zur Zeit bin ich glücklicher mit ihm als vor neun Jahren, als wir uns kennenlernten.«

Ich nahm einen Schluck Sekt und gestand mir ein, daß ich Ines beneidete.

Gerade als ich sie fragen wollte, ob sie Helmut Salzinger gekannt habe, kamen drei weitere Freunde die Treppe hoch. Sie brachen in Gelächter aus, als sie uns auf den Stufen sitzen sahen, Ines legte den Finger auf den Mund, und gemeinsam stiegen wir wieder in den dritten Stock.

Oben begann gerade der stampfende Rhythmus von *Undercover of the Night*, ich überließ Ines den Neuankömmlingen, ging ins ausgeräumte Wohnzimmer und drängte mich zwischen die anderen Tanzenden. Ich sah Andreas am weit geöffneten Fenster lehnen, trinken, rauchen und auf die gegenüberliegenden Gleisanlagen starren, die immer wieder im hellen Licht eines Wetterleuchtens aufschienen, das das erlösende Gewitter ankündigte. Als der Song zu Ende war, ging ich zu ihm.

»Na, schöner Mann, so allein hier?«

Seine Augen sahen bereits ziemlich glasig aus, die Bewegung, mit der er die Zigarette ausdrückte, war unkoordiniert.

»Ich amüsier mich prächtig«, sagte er, während ganz nah ein Donnerschlag knallte und auf einmal auch der Regen losprasselte. »Hans da drüben«, er wies auf einen schlanken Mittvierziger in einem schwarzen Designerhemd, »hatte genau die gleichen Probleme wie ich, als er Chef beim *Wochenboten* wurde.« Er streckte den Arm aus dem offenen Fenster, um ein paar kühle Tropfen einzufangen.

Ich stutzte. »*Wochenbote*? Ja, weißt du denn überhaupt, was die für Arbeitsbedingungen hier bei den Anzeigenblättchen haben?« Ich hatte einmal eine Kollegin kennengelernt, die einige Zeit dort gearbeitet hatte. Sie hatte von einer Bezahlung weit unter Tarif berichtet, bis zu zwanzig unbezahlten Überstunden pro Woche und keinerlei Sonderzahlungen.

»Na und? Können ja woanders hingehen, wenn es ihnen nicht paßt.«

Ich starrte ihn an, als sähe ich ihn zum ersten Mal. Das war doch nicht Andreas, der Andreas, der sich stets mit allen Chefs angelegt hatte, der gegen jede soziale Ungerechtigkeit protestierte und von dem eine ehemalige Volontärin in Gera erzählte, daß er ihre Übernahme mit der Drohung, selbst zu gehen, erwirkt hatte. Wer weiß, was da wirklich gewesen war zwischen ihm und ihr, dachte ich jetzt gehässig und entsetzt zugleich.

Der *Wochenboten*-Chef kam mit zwei Bierflaschen in der Hand auf uns zu, aus den Boxen knallten die Baßtöne von *You're so Vain*, und ich verschwand wieder auf die Tanzfläche. Kurz darauf bahnten sich die beiden den Weg in die Küche.

Als ich mir nach dem Lied ebenfalls noch ein Bier holen wollte, tönte Andreas' Stimme bis auf den Flur: »Aber dann hab ich es ihnen gezeigt. Und ich laß sie die Geschichten noch dreimal umschreiben, dann wissen sie endlich, wer der Boß ist.«

Angewidert überlegte ich, ob ich ihn nach Hause zerren sollte, als ich auf einmal im Türrahmen zum Nebenzimmer Martin Alex auftauchen sah. Zum Glück hatte er mich noch nicht erkannt, also faßte ich Ines, die gerade vorbeikam, am Arm und bat sie, mir zu helfen.

»Bitte, geh zu Andreas und sag ihm, er soll sein verdammtes Maul halten. Und er soll mir vom Leib bleiben!«

Belustigt guckte sie mich an, wollte einen Kommentar abgeben, ich schob sie aber schnell in die Küche, denn gerade kam Martin auf uns zu, offenbar erfreut, mich hier zu sehen.

Wie sich herausstellte, kannte er Ines von einem Praktikum in der Pressestelle des Landtags.

»Ja«, sagte ich, »Ines kennt wirklich Gott und die Welt – und zumindest die Welt hat sie auch eingeladen.« Und wir waren reichlich naiv gewesen, nicht darüber nachzudenken, daß wir bei einer alteingesessenen Journalistin Kollegen treffen könnten!

Martin lachte, fragte, ob ich auch noch etwas trinken wolle.

»Gerne, ein Bier. Aber erschrick nicht: Unser Chef ist in der Küche, und zwar schon reichlich hinüber.«

Martin schien kaum erstaunt, ich trat hinter ihm einen Schritt in den Raum hinein und bekam gerade noch mit, wie er versuchte, Andy zu begrüßen, der jedoch mit seinem neuen Freund zu härteren Getränken übergegangen und dementsprechend kaum noch ansprechbar war. Die beiden standen mit einer Flasche Whisky vor der Spülmaschine und veranstalteten eine Riesenschau, weil jemand schmutziges Geschirr einräumen wollte. Schnell nahm ich selbst zwei Flaschen Bier aus dem Kühlschrank und lotste Martin in den Nebenraum. Ich prostete ihm zu.

»Danke. Eigentlich wollte ich gar kein Bier, aber ehe ich noch mal reingehe und den Chef frage, wo ich eine Cola Light finde ...« Er lachte wieder.

O ja, dachte ich. Den Kommentar meines geliebten Freundes konnte ich mir gut vorstellen. »Also, ich glaube, Bier ist sowieso gesünder«, sagte ich laut und hielt mir die kalte Flasche einen Moment lang an die Wange, bevor ich durstig einen großen Schluck hinunterstürzte.

Sollte ich Andreas nun hier seinem Schicksal überlassen oder versuchen, ihn unauffällig hinauszuschleusen? Die Antwort wurde mir von ihm selbst abgenommen. Zum Glück war Martin gerade im Bad verschwunden, als Andy zu Prince's *Kiss* in den Raum und auf mich zu torkelte, mir um den Hals fiel und lallte, daß er mit mir tanzen wolle.

»Wir werden nicht tanzen. Du reißt dich jetzt zusammen, läßt mich los, und wir gehen nebeneinander hier raus.« Ich sprach direkt in sein Ohr, er reagierte jedoch nicht, sondern wiederholte, er wolle tanzen. Immerhin schaffte ich es, ihn bis in den Flur zu schleppen, wo wir auf einmal Herrn Karge gegenüberstanden. Zuerst erkannte ich ihn in Jeans und T-Shirt gar nicht, die Stimme allerdings zerstreute jeden Zweifel:

»Ach, so ist das. Das hätte man sich ja denken können.« Dabei musterte er uns beide von oben bis unten, wandte sich dann voller Verachtung an Andreas: »Daß Sie sich überhaupt unter Kollegen trauen. Am Tag von Helmuts Beerdigung!«

Andy starrte zurück, schwankte, und auf einmal, als er begriff, was Karge gesagt hatte, machte er sich mit einer einzigen Bewegung von meinem Arm los und stürzte sich auf ihn. Ich erwischte ihn gerade noch, als er schon beide Hände an der Gurgel seines Gegenübers hatte. In dem Moment trat auch Martin hinzu, er war völlig entgeistert, half mir aber sofort, seinen Chef von Karge wegzuzerren. Andy stolperte und fiel fast hin.

»Das hat ein Nachspiel, Rönn«, sagte Karge und faßte sich geschockt an die Kehle. »Ich werde Sie anzeigen, verlassen Sie sich darauf. Zeugen gibt es ja hier genug.«

3. Kapitel

Als es an der Tür klingelte, hatte ich schon eine Weile wach gelegen und darüber nachgegrübelt, was passiert war. Mein Zorn auf Andreas, der neben mir im alkoholisierten Tiefschlaf lag, war dabei ständig gewachsen. Er schien nichts zu hören, sondern wälzte sich noch einmal schwer atmend auf die andere Seite. Es war bereits kurz vor elf. Ich zog eine dünne Bluse über und stapfte durch die Wohnung, um zu öffnen.

»Schönen guten Tag, Frau Bertram.« Hauptkommissar Hantzsche schnaufte wie nach einem Marathonlauf, als er im zweiten Stock ankam. »Ich hoffe doch, ich störe nicht.« Er schaute auf meine bloßen Beine.

Ich entschuldigte mich und bat ihn ins Wohnzimmer, da sowohl die Küche als auch das Arbeitszimmer in einem fürchterlichen Zustand waren. Nachdem ich Shorts angezogen hatte, gesellte ich mich zu ihm. Noch immer gegen die Atemlosigkeit ankämpfend, stand er an der Balkontür und blickte hinaus auf den strahlend-sonnigen Innenhof. Er trug ein kurzärmeliges Karohemd, dessen Polyesterstoff unerträglich nach Schweiß roch und dessen Knöpfe am Bauch abzuspringen drohten. Einmal mehr fragte ich mich, ob es bei der deutschen Polizei keine Vorschriften zur körperlichen Fitneß gab. Um Zeit zu gewinnen, erkundigte ich mich, ob er einen Kaffee wolle.

»Nu, Kaffee wäre nicht schlecht«, stimmte er zu und ließ sich auf dem Sofa nieder.

»Sie werden sich schon denken, daß ich Herrn Rönn sprechen möchte«, sagte er endlich, als ich mit dem dampfenden Kaffee zu ihm zurückkehrte. Ich hatte in der Küche vor der tröpfelnden Maschine gestanden und überlegt, was ich tun sollte. Ich konnte Andy verleugnen oder ihm beistehen, ich konnte ihn aber auch allein dem Kommissar zum Frühstück vorwerfen.

»Ja, dann muß ich ihn wecken«, antwortete ich mit einem angedeuteten Lächeln. Hantzsche nickte bedächtig und löffelte Zucker in seinen Kaffee.

»Andy, Andreas, wach auf. Hantzsche ist da und will mit dir sprechen.«

Ganz langsam öffnete Andy die Augen, nur um sie gleich wieder zuzukneifen. Mit der linken Hand faßte er sich an die in tiefe Falten gelegte Stirn, mit der rechten hielt er sich die Seite, als täten ihm die Rippen weh. Ich zog den Vorhang zurück, wiederholte, daß der Kommissar im Wohnzimmer auf ihn warte, und fügte hinzu, daß ich jetzt einkaufen gehen würde. Das wirkte. Er fuhr hoch, stöhnte laut auf und bat mich, zu bleiben.

»Ich weiß ja, daß ich mich gestern aufgeführt hab wie ein Idiot ...«

»Wie ein riesengroßes Arschloch«, fiel ich ihm ins Wort.

»Okay, auch das. Und es tut mir leid.« Er schwang die Beine über die Bettkante und stützte den Kopf in seine Hände, schaute dann bittend hoch. »Wirklich. Aber bei dem Gespräch mit Hantzsche mußt du mir noch einmal helfen. Bitte.«

»Gut. Dann solltest du dich allerdings einmal in deinem Leben etwas zurückhalten.«

Er nickte zerknirscht. »Meinst du, der ist wegen Karge hier?« Bei der Erinnerung an das Ende des gestrigen Abends stöhnte er noch einmal.

»Wohl kaum. Hantzsche gehört zur Mordkommission.« Ich ging ins Bad und brachte ihm Aspirin und ein Glas Wasser. »Es sei denn, Karge ist inzwischen auch verstorben«, schickte ich hinterher und registrierte, daß der Schlag saß.

Andreas spülte zwei Tabletten mit verzerrtem Gesicht hinunter, zog T-Shirt und Shorts über, und zusammen gingen wir ins Wohnzimmer. Hantzsche begrüßte ihn überaus freundlich, entschuldigte sich noch einmal für den Besuch, reichte ihm die Kaffeekanne.

»Wir befassen uns nach wie vor mit dem Tod Helmut Salzingers«, begann er, während Andy vorsichtig an seinem Kaffee nippte. Als ich sah, wie schlecht es ihm ging, stand ich noch einmal auf und holte eine Flasche Mineralwasser und Gläser. Sofort griff Andy danach und füllte sich ein Glas bis zum Rand.

»Also war es kein Unfall?« fragte ich.

»Nu, nach der Obduktion sieht alles danach aus«, antwortete Hantzsche, den Blick unverwandt auf Andreas gerichtet. »Herr Rönn, noch einmal zurück zu Ihrem Streit mit dem Toten. Um was ging es da?«

»Das habe ich doch alles schon Ihren Kollegen gesagt!« Der Kommissar nickte nur, wartete ab. »Um meine neue Stelle, die er wohl auch gerne gehabt hätte.«

»Möglichst genau: Wer hat was gesagt?« Aus seiner Hemdtasche zog er ein kleines Notizbuch und einen Kuli, aus dem er umständlich die Mine herausdrehte.

Andy seufzte und griff sich mit beiden Händen an die Stirn. Wenn ich an die Alkoholmengen dachte, die er seither konsumiert hatte, konnte ich mir kaum vorstellen, daß er sich an irgend etwas erinnerte. Nach einer langen Schweigepause begann er schleppend:

»Ich hab selbst seitdem immer wieder drüber nachgedacht, weil es so wenig Sinn machte. Die Stimmung war eigentlich, dachte ich zumindest«, er grinste schwach, »ganz gut. Dann habe ich etwas gesagt wie, daß wir gemeinsam eine ordentliche Zeitung machen würden. Ein bißchen pathetisch, aber ich war so froh, daß es endlich besser zu laufen schien.« Hantzsche nickte bedächtig. »Und dann kam von Salzinger ganz giftig zurück, daß wir gemeinsam bestimmt einen völlig neuen Pressekodex erarbeiten würden.«

»Das ist ein Richtlinienkatalog für journalistische Arbeit«, erklärte ich.

»Der rechtsverbindlich ist?« fragte der Kommissar.

Andreas und ich blickten uns unsicher an.

»Ich glaube schon«, sagte ich zögernd.

Hantzsche winkte ab. »Egal. Und dann?«

Andy zuckte die Schultern. »Dann bin ich auch schon ausgeflippt. Ich meine, meine Nerven waren sowieso angespannt, und ich hatte gerade gedacht, der Durchbruch wäre geschafft, da kommt schon wieder so ein blöder Spruch ...« Er drehte das Wasserglas in seinen Händen.

»Würden Sie sich selbst als jähzornig einschätzen, Herr Rönn?«

Müde schüttelte Andy den gesenkten Kopf. »Nein. Aber nützt mir das was?«

Der Kommissar betrachtete ihn aufmerksam. »Ich habe Sie am Sonnabend hier zu Hause aufgesucht, weil ich Ihnen weitere Scherereien bei der Arbeit ersparen will.« Mühsam stand er auf. »Also entschuldigen Sie noch einmal die Störung. Und danke für den Kaffee.«

Gemeinsam brachten wir ihn zur Tür.

»Dann war es dieser Zuhälter nicht?« fragte ich.

»Das wissen wir noch nicht.« Hantzsche ließ Andreas nicht aus den Augen. Bevor ich nachbohren konnte, hatte er mit einem kurzen »Tschüssi« die Wohnung verlassen.

»Den Aufwand hätte er sich sparen können«, sagte Andreas, als er die Tür schloß. »Um die Scherereien kümmere ich mich schon allein.«

Ich ging in die Küche und inspizierte den Inhalt des Kühlschranks, entschied mich für einen Joghurt.

»Was willst du jetzt machen?« In der Besteckschublade war kein sauberer kleiner Löffel mehr, also nahm ich einen großen und stach ihn hungrig in die weiße, kühle Masse.

»Was wohl? Am Montag meine Kündigung einreichen. Bevor Karge dafür sorgen kann, daß ich gefeuert werde. Wenn der erfährt, daß die Bullen mich noch auf ihrer Liste haben …« Er fingerte an den Taschen seiner Shorts herum.

»Das ist nicht dein Ernst!« Ich hielt ihn am Arm fest, als er den Raum verlassen wollte. »Jetzt versuch endlich, dich der Situation zu stellen, anstatt den Kopf in den Sand zu stecken!«

Er verzog das Gesicht. »Du hast leicht reden. Verdammt, ich werde verdächtigt, einen Kollegen umgebracht zu haben! Und ich habe eine ganze Redaktion gegen mich. Also, was soll ich deiner Meinung nach machen?«

In diesem Moment klingelte das Telefon. Ich nickte in Richtung Arbeitszimmer. »Zum Beispiel da rangehen.«

Ich hatte die vage Idee, daß es Karge sein könnte, der

eine Entschuldigung hören wollte, Andy kam jedoch sofort zurück und bedeutete mir, daß es für mich sei.

Eine weibliche Stimme fragte, obschon ich mich mit Namen gemeldet hatte, noch einmal nach, ob Kirsten Bertram am Apparat sei. Es war Jasmin, die von ihrer Freundin erfahren hatte, daß ich sie sprechen wollte. Ja, sie könne sich mit mir treffen, aber sie habe in letzter Zeit so viele Ausgaben gehabt. Ob ich sie nicht im Gegenzug ein bißchen unterstützen könnte. Sie nahm also wieder Drogen. Ich versprach vage, sie nicht im Stich zu lassen, und verabredete mich mit ihr eine Stunde später im Großen Garten.

Als ich in die Küche zurückkehrte, hatte Andy begonnen zu spülen. Ich griff nach einem Geschirrtuch, und einige Minuten arbeiteten wir schweigend. Es war so verlockend, zu alltäglichen Themen überzugehen. Ich könnte ihn fragen, ob er einkaufen ginge, eine Liste erstellen und von Jasmin erzählen. Aber das wäre feige. Ich knüllte das feuchte Tuch in meinen Händen zusammen.

»Wie wäre es, wenn du zunächst einmal Karge den Wind aus den Segeln nimmst und dich bei ihm entschuldigst?«

Andreas starrte mich entgeistert an. »Wie bitte? Das würde der doch bloß voller Genuß zur Kenntnis nehmen.« Wütend schrubbte er an einem Kaffeebecher herum. »Ich brauch diesen Job nicht. Und du solltest froh sein, wenn ich da aufhöre. Ich dachte, das willst du!« Das Spülwasser spritzte durch die Gegend, als er mit dem Schwamm abrutschte.

»Aber doch nicht so, verdammt! Doch nicht einfach den Schwanz einkneifen und abhauen, sobald es schwierig wird!« Ich dachte daran, wie er mich in der Vergangenheit immer wieder hatte gehen lassen, anstatt zu kämpfen. Und auch jetzt stand er sprungbereit da, auf dem Weg zu seinen Zigaretten, raus aus der Wohnung, egal wohin, Hauptsache weg. »Salzingers Tod wird sich aufklären. Und was die Redaktion angeht: Daran bist du ja nun nicht ganz unschuldig.« Ich stellte mich ihm in den Weg. »Also, mach was. Sprich mit ihnen, biete ihnen noch einmal die Zusammenarbeit an, was weiß ich. Aber tu was!«

Meine Worte kamen nicht an, das las ich in Andys Zügen, die sich zusehends verhärteten.

»Ich werde jetzt duschen«, war alles, was er sagte.

Ob Hantzsche Andreas tatsächlich verdächtigte? Ich hatte mein altes Fahrrad aus dem Keller geholt und rollte gemächlich über die Albertbrücke, genoß den leichten Fahrtwind. Wieso sagte der Kommissar so wenig, hielt sich so ganz und gar bedeckt? Wie er Andy beobachtet hatte ...

Im letzten Moment wich ich einem mir auf dem Radweg entgegenkommenden Jogger aus. Es war absurd. Andys aufbrausendes Temperament hatte ihn schon in etliche Schwierigkeiten gebracht, Prügeleien inklusive, er würde jedoch nie jemandem ernsthaft Schaden zufügen. Oder wenn etwas passierte, etwas Unvorhergesehenes, dann würde er sofort Hilfe rufen. Das zumindest.

Ich blickte auf meine Hände, die den Lenker so fest umklammerten, daß die Knöchel schneeweiß waren. Was ging hier vor? Wie konnte ich auf solche Gedanken kommen? Auch Hantzsche war mit Sicherheit nur verpflichtet, alle Möglichkeiten einzubeziehen, nichts von vornherein auszuschließen.

Als ich die Gläserne Manufaktur passiert und den Eingang zum Großen Garten erreicht hatte, entdeckte ich Jasmin bereits. Schmal und verloren wirkte sie neben einer der großen griechischen Statuen, ein Hindernis für die unzähligen Jogger, Skater und Radfahrer. Trotz der Hitze trug sie ein langärmeliges Hemd und einen Rock, der fast bis auf den Boden reichte. Als ich sie erreichte, sah ich, wie blaß ihre Haut, wie stumpf ihr rotblondes, langes Haar war. Ich lächelte sie an, sie reagierte jedoch erst, als ich sie ansprach.

»Oh, hallo.« Sie fingerte an ihrem Rock herum. »Ein schöner Tag, nicht wahr?« Die Stimme klang hohl, ohne Höhen und Tiefen. Die Augen verbarg sie hinter einer Sonnenbrille mit großen Gläsern. Die dunklen Flächen vervollständigten den leblosen Gesichtsausdruck.

Ich schloß mein Fahrrad ab und fragte, ob wir ein wenig durch den Park spazieren sollten.

»Meinetwegen.« Sie nickte gleichgültig. »Haben Sie Zigaretten? Ich bin pleite.«

Ich wußte, daß das eher die Frage nach Geld war, kaufte ihr aber zunächst an der Theke der Torwirtschaft Zigaretten und eine Cola. Essen wollte sie nichts.

Als wir nebeneinander den breiten Parkweg entlangschlenderten, fiel es mir unendlich schwer, ein Gespräch zu beginnen. Meine Frage nach ihrem Kind quittierte Jasmin mit einem Kopfschütteln. Es sei bei ihrer Mutter. Dort ginge es ihm besser. Sie rauchte, trank und schien mit den Gedanken weit weg. Ich hatte nicht viel Erfahrung mit Junkies, sie schien jedoch weder richtig high noch auf Turkey zu sein. Also war es wahrscheinlich der geeignetste Moment, den ich erwischen konnte, um mit ihr zu reden.

»Ich habe mich gefragt, ob du auch heute noch über den Strich hier was weißt«, tastete ich mich vor. Jasmin hatte mir bei unserem damaligen Gespräch das Du angeboten, mich umgekehrt jedoch siezen wollen. So gesehen, machten wir da weiter, wo wir aufgehört hatten: Ich als die erfahrene Erwachsene, die Autoritätsperson, sie als das unmündige Kind.

»Ich mach das nicht mehr!« Sie schien entrüstet. »Ich hab einen Freund.«

»Aber vielleicht kennst du da ja noch jemanden?« bohrte ich weiter, ohne auf ihre Antwort einzugehen. Sie zuckte die Achseln.

»In der Nacht von Montag auf Dienstag ist am Straßenstrich ein Mann getötet worden. Hast du davon gehört?«

Im Vergleich zu ihrem bisherigen Verhalten wurde sie nun regelrecht lebhaft: »Von wegen am Strich! Das war viel weiter davor.« Sie schnipste die Kippe weit weg. »Und trotzdem haben sie den Matze eingelocht.« Jetzt erst schien ihr einzufallen, daß sie davon ja kaum etwas wissen konnte. »Alle sagen, daß die Bullen bloß mal wieder einen von uns ... einen von ihnen drankriegen wollten.«

»Schon klar. Kennst du den Matze?«

»So ein Lude halt.«

»Und du glaubst nicht, daß er es war?«

Sie rieb sich die Arme, als sei ihr kalt. »Weiß nicht. Aber ich muß jetzt auch zurück.«

Ich zog mein Portemonnaie aus der Tasche, beruhigte mein Gewissen mit dem Gedanken, daß sie auch ohne mein Geld wieder an Stoff kommen würde, und gab ihr einen Zehn-Euro-Schein. »Kanntest du das Opfer, den Freier?«

»Kann sein.« Offenbar waren zehn Euro nicht genug.

»Paß auf, ich kauf dir gleich noch eine Schachtel Zigaretten, okay?«

Sie überlegte kurz, nickte dann. »Er war ein Stammkunde. So ein Papi.« Mit dem Wort hatte auch Andy Salzinger beschrieben. »Hat sich immer eingebildet, er müßte uns – also die Frauen – beschützen. Bei so einer Aktion hatte er dann eben auch mal Streß mit Matze. Deshalb sind die Bullen auf ihn gekommen.«

»Und er hatte wahrscheinlich kein Alibi.«

Jasmin nickte. Dafür, daß sie nichts mehr mit dem Straßenstrich zu tun haben wollte, wußte sie gut Bescheid. Aber egal, ich war froh über die Informationen. Wir hatten schon fast wieder die Torwirtschaft erreicht.

»Willst du nicht vielleicht doch noch mal mit den Horizont-Leuten sprechen?« fragte ich nun doch, erntete aber wieder nur ein gleichgültiges Achselzucken. »Es ging dir doch so gut letztes Jahr.«

Das war zuviel. »Keine Predigten, okay? Und was ist jetzt mit den Zippen?«

Ich schluckte. Sie hatte ja recht. Ein Jahr lang hatte ich keinen Gedanken an sie verschwendet, und jetzt wollte ich ihr sagen, wie sie leben sollte. Ich ging durch den Biergarten und kaufte noch eine Packung Zigaretten. Als ich zurückkam, wirkte sie noch verlorener als zuvor. Sie hielt sich selbst eng umschlungen und schien ihre Umgebung wieder kaum wahrzunehmen.

»Also dann.« Ich reichte ihr die Zigaretten und sagte

nach kurzem Zögern: »Du weißt, daß du mich jederzeit anrufen kannst.«

Sie schreckte aus ihrer Trance hoch. »Ja, danke.« Nach einer Pause, in der ich dachte, sie würde noch einmal das Thema Horizont ansprechen, sagte sie unvermittelt: »Es gibt jetzt in Dresden einen Strich für ganz junge Dinger. Da sollten Sie sich mal drum kümmern.«

Ich war nicht sicher, ob sie mich mit »Sie« meinte oder ob es ein Vorwurf an die ganze Welt war, und fragte nach Einzelheiten. Jasmin lächelte mich aber nur entschuldigend an, drehte sich um und ging. Ich blickte ihr so lange nach, bis sie die Lenné-Straße überquert hatte und sich im Gewimmel der Menschen vor dem Arnold-Bad verlor, dann schloß ich mein Fahrrad auf und fuhr langsam zurück in die Neustadt.

Unsere Wohnung war leer. Und wie bei Andreas nach einem Streit üblich, hatte er mir noch nicht einmal eine Notiz hinterlassen, wo er war. Enttäuscht schaute ich in alle Räume. Er hatte zwar die Küche komplett in Ordnung gebracht, sogar die Waschmaschine lief, aber – ebenso wie ich – nichts eingekauft. Und das Arbeitszimmer sah schlimmer aus als zuvor. Auf dem Fußboden vor einem Regal lagen etliche aufgeschlagene Ordner, auf seinem Schreibtisch lose Kopien. Material von irgendwelchen Fortbildungsveranstaltungen. Ich setzte mich auf meinen Platz und betrachtete die in warmes Nachmittagslicht getauchten gegenüberliegenden Häuser. Zum Einkaufen hier im Viertel war es jetzt definitiv zu spät, es sei denn, ich würde mich in das Getümmel des Supermarkts am Bahnhof Neustadt stürzen, der auch am Wochenende bis abends aufhatte.

Andy und ich mußten miteinander reden, das schien

mir im Moment das wichtigste. Ich fuhr mit der rechten Hand durch meine langen rotbraunen Haare, schlang sie wie ein breites Band einmal um meine Finger und betrachtete die Spitzen, die dringend geschnitten werden mußten. Ich wäre gern mit ihm essen gegangen, und wir hätten uns dabei in Ruhe aussprechen können, aber nachdem er sich ohne Nachricht davongemacht hatte, wußte ich jetzt überhaupt nicht, woran ich war. Dabei hatte ich ihm noch durch die Badezimmertür zugerufen, daß ich noch einmal kurz weg müßte! Ich stand auf. Auf jeden Fall war es draußen zu schön, um hier am Schreibtisch zu sitzen und zu grübeln.

Ich ging durch die Rothenburger Straße, vorbei an einem Kebab-Imbiß, in dem schon Hochbetrieb herrschte. Der würzige Geruch ließ mir das Wasser im Mund zusammenlaufen und machte mir bewußt, daß ich außer dem Joghurt den ganzen Tag noch nichts gegessen hatte. Ich mochte mich jedoch nicht in die Hitze und das Gewühl stellen. Statt dessen folgte ich der Bautzner Straße noch ein Stück stadtauswärts, bog dann zur Elbe ein, wo ich mir an einem Stand vor dem Rosengarten ein Eis holte. Langsam schlenderte ich den Spazierpfad entlang. Hier war mindestens genausoviel Betrieb wie im Großen Garten, jede einzelne Bank im Schatten der Platanen war belegt, auf den Uferwiesen tummelten sich Menschen und Hunde. Dresden war schön, dachte ich wieder einmal. Es war für eine Stadt dieser Größe unwahrscheinlich grün und bei aller barocken Behäbigkeit sehr lebendig.

Ich durchquerte das Areal der Filmnächte, wo sich in einigen Stunden die Ränge mit Freiluftkino-Fans füllen würden. Jetzt tobten hier noch die Skater herum. Hinter der Augustusbrücke ließ der Betrieb ein wenig nach, ich ging weiter bis zum Neustädter Hafen und von dort aus dann doch zum Bahnhof. Wie erwartet, war der Betrieb im Supermarkt fürchterlich. Familien beim Wocheneinkauf kollidierten mit Obdachlosen, die ihre Centmünzen in Kornflaschen umsetzten, eilige Reisende drängelten sich durch die Menge.

Mit einer großen Tüte machte ich mich auf den Weg zurück, die Antonstraße entlang. Natürlich hatten mich die Erinnerungen fest im Griff, als sich das Gartentor zum Haus Nummer vier öffnete und Dale fast in mich hineinlief. Er entschuldigte sich.

»Oh, Kirsten, hallo. Willst du zu mir?«

»Nein, nicht direkt. Ich war gerade im Bahnhof einkaufen.« Tatsächlich war ich das erste Mal seit langer Zeit wieder durch die Antonstraße gegangen. Zuerst hatten wir beide vereinbart, uns nicht zu sehen, dann schien es, als vermied er ebenso wie ich ein mögliches zufälliges Treffen.

Er lachte, als er meine Tüte sah. »Erlebniswelt Supermarkt?«

Ich nickte, dann standen wir etwas verlegen voreinander. Er trug Shorts, ein ärmelloses Hemd und Turnschuhe, seine Haut war tiefgebräunt.

»Gut siehst du aus, wieder richtig erholt«, begann ich. »Aber du wolltest gerade laufen gehen, oder? Sieht zumindest so aus.«

Wieder lachte er, seine dunklen Augen wurden ganz schmal, die Falten um den Mund tief. Aber auch die Grübchen in den Wangen traten hervor und gaben dem Gesicht weichere Züge. »Immer noch meine Frust-Therapie. Wenn du statt dessen mit mir einen Kaffee trinkst, verzichte ich sofort darauf.«

Nebeneinander gingen wir durch den herrlichen Garten. Dale zeigte auf eine quietschbunte Hollywoodschaukel.

»Du darfst meine Neuanschaffung testen.« Er ließ mich allein und ging ins Haus.

Ich setzte mich auf die weichen Kissen und fand, daß das Ungetüm zwar scheußlich aussah, aber sehr bequem war. Wenn man sich mit dem Fuß abstieß, schaukelte man noch lange nach, konnte die Beine anziehen und sich ganz dem Schwung überlassen. Ich schloß die Augen, genoß den warmen Wind auf der Haut.

Als es klapperte, schreckte ich hoch. Dale hatte vor mir auf dem Rasen ein Tablett abgestellt.

»Schön, dich zu sehen.« Er schenkte Kaffee ein und setzte sich neben mich.

»Find ich auch. Drei Monate ...« Ich vollendete den Satz nicht. »Warum hast du Frust? Du bist doch wieder völlig in Ordnung, oder nicht?«

Niemand, der ihn jetzt sah, hätte geglaubt, daß er im April dem Tod näher gewesen war als dem Leben.

»Nein, das ist es nicht. Ich bin okay.« Er hatte die Turnschuhe gegen Sandalen getauscht und zog die bloßen, sehnigen Füße auf das bunte Polster. Dabei drehte er sich so, daß er mich ansehen konnte. »Von diesem Zeug werde ich wohl nie loskommen«, sagte er, indem er eine Zigarette anzündete.

»Na ja, du bist eben der verläßliche Typ«, hörte ich mich sagen.

»Ich hab einen Fall vergeigt«, begann er zögernd. »Einen, der mir immer noch richtig an die Nieren geht.«

Wollte er darüber reden? Früher hätte ich es gewußt: »Also kein Null-acht-fünfzehn-Fall, nichts für deine

Versicherung?« Dale war Privatdetektiv und bezog den regelmäßigen Teil seines Einkommens von einem großen Versicherungskonzern.

»Nein.« Er trank einen Schluck Kaffee. »Aber erzähl doch erst mal von dir. Was machst du denn jetzt so?«

»Ach, ich arbeite im Moment wieder halbwegs fest in einer Redaktion.«

»Ich dachte, das wolltest du nicht mehr?«

»Das Geld, weißt du«, antwortete ich.

Dale nickte. Die Fragen standen ihm ins Gesicht geschrieben, er stellte sie jedoch nicht. Statt dessen saßen wir schweigend auf der Hollywoodschaukel, während ringsumher die Vögel so laut zwitscherten, daß sie fast den Verkehrslärm übertönten.

»Wenn du Hunger hast«, Dale guckte auf die Pakkung Schokoladenkekse, die ich in den vergangenen Minuten fast geleert hatte, »können wir auch nachsehen, was ich im Kühlschrank habe. Vielleicht reicht es zum Grillen.«

Ich fing an zu lachen, gab zu, daß ich vor Hunger umkam. Kurz darauf standen wir nebeneinander in der Küche, während draußen die Holzkohle brannte. Ich machte Salat, Dale formte aus Hackfleisch und Schafskäse Frikadellen. Dazu tönte aus dem Wohnzimmer irgendeine beschwingte Melodie von Louis Armstrong. Ich ertappte mich dabei, wie ich leise mitsang, obwohl ich den Text nicht kannte.

Die Steine der Terrasse waren noch immer in einem erbärmlichen Zustand. Nur mit Mühe fand man eine Position, in der der Tisch nicht ständig wackelte. Ich legte in Alufolie gewickelte Kartoffeln in die Glut, Dale entkorkte eine Flasche Rotwein und füllte zwei Gläser. Durch die geöffnete Wohnzimmertür klang weiter alter

Jazz, und ich fühlte mich in mehr als einer Hinsicht in vergangene Zeiten versetzt. Dales Haar wurde nun auch dünner, fiel mir auf. Und das Schwarz war an den Schläfen fast komplett dem Grau gewichen.

»Hast du schon mal davon gehört, daß es hier in Dresden einen Babystrich gibt?« fragte er in lockerem Plauderton, nachdem wir uns zugeprostet hatten. Er steckte sich eine Zigarette an.

»Ja, gerade heute«, sagte ich überrascht.

Er guckte mich fragend an, und ich erzählte von meinem Treffen mit Jasmin, ohne den Hintergrund zu erwähnen.

»Meinst du, sie weiß noch mehr?«

»Schwer zu sagen. Man könnte noch einmal versuchen, ihr Geld anzubieten. Wobei es schwierig ist, mit ihr Kontakt aufzunehmen. Das ist also dein Fall?«

Dale nickte und begutachtete die Frikadellen. »Etwas wirklich Scheußliches. Eigentlich nichts, worüber man beim Essen reden möchte.« Über den Grill hinweg schaute er mich nachdenklich an.

»Du hast jetzt zwei Stunden gebraucht, um überhaupt damit anzufangen«, versuchte ich ihn zu ermuntern.

»Während du gar nicht vorhast, zu erzählen, was du auf dem Herzen hast. Warum du an einem Samstagabend hier bei mir sitzt und noch nicht mal irgendwo anrufst, um Bescheid zu sagen.«

»Gut beobachtet, Herr Detektiv.«

Er entgegnete nichts, sondern brachte das Fleisch und die Kartoffeln zum Tisch. Wir setzten uns und begannen zu essen, ich heißhungrig, Dale eher zögernd.

»Gut, wenn du meinst«, sagte er nach den ersten

Bissen. »Also, es gibt offensichtlich hier ein paar geschickte Geschäftemacher, die Straßenkinder zum Sex zwingen. Deutsche Straßenkinder, muß ich dazu sagen. Das ist der besondere Kick. Ausländische Kinder gibt es ja überall.« Dale starrte auf den Holztisch. »Die Zuhälter arbeiten mit Drogen, Einschüchterung, mit der ganzen Palette eben. Ich habe den Auftrag von einem Elternpaar, ihre Tochter aufzuspüren, die von zu Hause ausgerissen ist. Sie ist an diese Typen geraten, soviel habe ich herausgefunden.« Er stocherte mit seiner Gabel im Salat. »Aber die sind so verdammt gerissen, es ist ihnen einfach nicht beizukommen. Natürlich gibt es keinen festen Ort, und Kontaktnummern sind topsecret. Hat man endlich mal eine, ist sie sofort wieder überholt.« Er machte eine Pause, schien zu überlegen, wieviel er mir erzählen wollte.

Ich nickte, obwohl es hier um eine Welt ging, von der ich wirklich keinen Schimmer hatte.

»Die Eltern sind völlig verzweifelt. Sie meinen, daß die Polizei nichts macht, und haben mich angefleht, alles in meiner Macht stehende zu versuchen.« Er legte die Gabel, für ihn als Amerikaner das wichtigste Utensil zum Essen, ab und stützte den Kopf in die Hände. »Als ich mit allem anderen gescheitert war, habe ich mich als Freier ausgegeben. Und es wirklich geschafft, ein Date zu bekommen«, er verzog die Mundwinkel. »Dann saß ich da auf einmal mit einem elfjährigen Kid in einer unsanierten Altbauwohnung, die bis auf ein furchtbares, plüschiges Mädchenzimmer leer war. Dachte ich zumindest.«

Ich wischte mit einem Stück Kartoffel noch etwas Käse auf, dann legte ich ebenfalls Messer und Gabel auf den Teller. Wenn man auch wußte, daß so etwas passierte, war und blieb es doch eine fürchterliche Vorstellung, daß Kinder zum Sex gezwungen wurden. Auch Jasmin war ein Kind gewesen, war es in gewisser Weise noch immer – aber wenigstens war ihr Körper schon entwickelt gewesen, als sie damit anfing. Und sie hatte es freiwillig getan, wenn das Wort sich auch zynisch anhörte in Zusammenhang mit einer sechzehnjährigen Drogenabhängigen.

Dale schob den Teller weg, hielt seine Zigaretten in der Hand und blickte mich fragend an. Ich nickte, hatte zugleich selbst seit langer Zeit einmal wieder das Bedürfnis zu rauchen.

»Ich mußte feststellen, daß das Mädchen gar nichts wußte«, fuhr er nach einem tiefen Zug fort. »Oder sie war einfach zu eingeschüchtert, um etwas zu sagen. Kein Name, keine Beschreibung, überhaupt kein Ansatzpunkt. Und was das schlimmste war: Sie hätte alles getan, was ich wollte.« Er nippte an seinem Weinglas. »Sie hatte Angst, daß ich nicht zufrieden mit ihr war, daß sie etwas falsch gemacht hatte. Wie sie da vor mir saß und«, er brach abrupt ab. »Ich sollte dir das wirklich nicht erzählen.«

»Doch«, sagte ich.

Dale stand auf und legte eine neue CD ein.

»Wie schon gesagt, dann hab ich es in den Sand gesetzt«, fuhr er in nüchternem Tonfall fort, während Janis Joplin mit *Cry Baby* nach draußen drang. »Schlimmer als der naivste, blutigste Anfänger.«

Ich verteilte den restlichen Wein auf unsere Gläser, er steckte sich eine weitere Zigarette an. »Ich hab meine Tarnung aufgegeben. Überhaupt nicht mehr nachgedacht, nicht an meinen Auftrag, nicht an all die anderen Kinder, denen ich vielleicht helfen könnte. Ich wollte in dem Moment wenigstens diese eine Kleine da rausholen.« Er schüttelte den Kopf, schaute an mir vorbei. »Sie war natürlich völlig eingeschüchtert und wollte nicht mit mir gehen. Dann hab ich sie mir einfach geschnappt und aus der Wohnung herausgetragen.«

»Und dann?« Mit einem tiefen Grollen kündigte sich wieder ein Gewitter an.

Dale lachte bitter. »Bis zum Treppenhaus bin ich gekommen. Dann hatte ich eine Knarre im Rücken. Echte Profis. Ich hab nichts gesehen, nichts gehört, sie haben sich das Mädchen gegriffen, und mich ohne ein Wort die Stufen hinuntergestoßen. Als ich mich umdrehte, waren sie auch schon weg.« Er hob sein Glas. »Das ist meine große Heldengeschichte. Du bist beeindruckt, nicht wahr?«

»Und wie.« Ich suchte noch nach Worten, als urplötzlich Regen wie aus Kübeln auf uns herabprasselte. Schnell brachten wir wenigstens das restliche Essen ins Trockene. Als wir damit fertig waren, standen wir uns klitschnaß im Wohnzimmer gegenüber. Noch immer drehte sich Janis Joplin im CD-Player: »Busted flat in Baton Rouge, waiting for a train.«

»Du weißt ja, wo alles ist«, sagte Dale nach einer kurzen Pause mit belegt klingender Stimme. »Ich kann dir auch ein trockenes T-Shirt geben.«

Ich ging in das Bad im Erdgeschoß, das unbenutzt aussah, und rubbelte mich mit einem Handtuch ab. Dabei vermied ich den Blick in den Spiegel. Von außen klopfte es an der Tür, und Dale reichte mir ein frisches T-Shirt zu. Als ich zurückkam ins Wohnzimmer, hatte er sich ebenfalls umgezogen. Er hielt seine Zigarettenschachtel in der Hand, die offen auf dem Tisch gelegen hatte und nun völlig durchweicht war.

»Mal wieder eine gute Gelegenheit, es mit dem Aufhören zu probieren.«

»Du willst doch nicht auf einmal unzuverlässig werden«, versuchte ich den lockeren Ton wiederzufinden.

»Nein, das bestimmt nicht«, entgegnete er ernst.

So schnell, wie der Regen gekommen war, hatte er auch wieder aufgehört. Schon tropfte es nur noch von den Blättern der Bäume herunter.

»Ich sollte dann auch gehen«, sagte ich.

Dale nickte.

4. Kapitel

Als ich nach Hause kam, war Andreas noch immer nicht da, der Anrufbeantworter zeigte jedoch drei neue Nachrichten an.

Ich packte zunächst die Einkäufe weg, schaltete die Waschmaschine aus und hängte die feuchten Kleidungsstücke auf dem Balkon auf, dann goß ich mir einen kleinen Schluck Black Label ein, setzte mich damit an meinen Schreibtisch und ließ das Band laufen. Der erste Anrufer war Martin, hörbar überrascht, daß wir zusammen wohnten:

»Herr Rönn, äh, Kirsten, ja, hier ist Martin Alex. Ich wollte bloß sagen, daß Herr Karge keine Anzeige erstatten wird. Ich habe ihm klargemacht, daß Sie ihn umgekehrt wegen Verleumdung verklagen könnten. Auf Wiederhören.«

Die beiden anderen Nachrichten stammten von Andy. Bei der ersten hörte er sich ziemlich kleinlaut an und bat mich um einen Rückruf.

»Ich bin jetzt noch in der Redaktion, auf jeden Fall erreichst du mich auf dem Handy. Ich dachte, wir könnten heute abend zusammen essen gehen.«

Die zweite war eine halbe Stunde später aufgezeichnet worden. Eine sehr viel sicherere Stimme verkündete, daß er es geschafft habe, einen Tisch im *L'Auberge* zu bekommen, und hoffe, mich dort gleich zu treffen.

Ich schaute auf meine Armbanduhr. Es war nach neun. Andreas saß also schon seit einer Stunde in dem hervorragenden kleinen Restaurant in der Jordanstraße.

Das war seine Art, sich zu entschuldigen. Und Fakten zu schaffen.

Auf dem Handy anrufen mochte ich nicht, also trank ich schnell meinen Whisky aus und lief durch den Flur.

Als ich vor der Wohnungstür stand, fiel mir auf, daß ich Dales T-Shirt anhatte. Ich ging ins Schlafzimmer und zog es aus, roch sein Waschmittel. Sorgfältig legte ich es oben auf all die Sachen, die sich auf einem Stuhl neben dem Bett türmten, und griff nach einem anderen aus dem Stoß.

Das Restaurant im Bistro-Stil war jetzt, am späten Samstagabend, voll besetzt. Andreas saß an einem kleinen Zweiertisch ganz hinten am Fenster, so daß ich in meinen schlabberigen Shorts und dem knittrigen T-Shirt an etlichen sehr viel besser gekleideten Gästen vorbeigehen mußte. Er trug ein weißes, kurzärmeliges Hemd und hatte Mineralwasser und einen kleinen Brotkorb vor sich stehen.

»Schön, daß du gekommen bist.«

Er stand auf, lächelte etwas unsicher und beugte sich vor, um mir über den Tisch hinweg einen Kuß zu geben, den ich zögernd erwiderte. Ich merkte, daß ich noch nicht ganz im *L'Auberge* und bei ihm angekommen war. Am Nachbartisch saß eine extrem geschminkte Frau einem Mann gegenüber, der ihr Vater hätte sein können, wenn er sie nicht so lüstern betrachtet hätte.

»Ich hab schon eine Vorspeise gegessen, aber ich warte auf dich, wenn du auch noch eine willst«, bot Andy an.

Ich schüttelte den Kopf. »Ich hab schon gegessen. Vielleicht nehme ich später einen Nachtisch.«

Andreas nickte. Er fragte nicht, wo ich gewesen war,

und ich war froh darüber. Als der junge Kellner kam, bestellte ich zunächst nur einen offenen Rotwein. Andy hob sein Wasserglas: »Ich denke, mir wird ein alkoholfreier Tag guttun.«

»Schaden kann es nicht.« Mir würde es ebensowenig schaden, dachte ich. Jetzt, wo ich hier saß, spürte ich den bereits genossenen Alkohol ziemlich deutlich. Aber in diesem Moment kam auch schon mein Rioja, schimmerte dunkel-samtig in der Karaffe und schmeckte herrlich voll und schwer. Andreas schien auch auf Zigaretten zu verzichten. Es lagen jedenfalls keine auf dem Tisch. Als der Kellner ihm das Hauptgericht brachte, nahm ich mir eine Scheibe Brot und bestrich sie mit Butter.

Andy aß, lobte das Lammfleisch mit Früchten, bot mir eine Gabel voll an. Ich lehnte ab. Meine Gedanken schweiften umher. Es gab so viel, was ich ihm sagen mußte, und andererseits wollte ich gar nicht mehr reden, sondern nur den Wein genießen, der leisen Jazz-Musik lauschen und irgendwann die Augen schließen und einschlafen. Als Andreas mich ansprach, schreckte ich hoch.

»Was?«

»Ich hab dich gefragt, ob du wirklich nichts willst. Es schmeckt phantastisch.«

Ich verneinte. »Martin Alex hat angerufen. Die schlechte Nachricht ist, es ist jetzt raus, daß wir sogar zusammen wohnen, die gute, daß Karge dich nicht anzeigen wird.«

»Das will ich ihm auch raten.« Sein Blick wurde kalt.

»Wieso?«

»Ich habe heute ganz akribisch die alten Ausgaben durchgesehen. Jetzt ist klar, warum dir während deines

Jahrs bei der *Rundschau* nichts aufgefallen ist. Damals gab es diese wirklich fürchterlichen Artikel noch nicht. Oder nur sehr vereinzelt. Der Rest war belangloses Zeug.«

Ich betrachtete Andys müdes Gesicht. »Du bist den ganzen Band des letzten Jahres durchgegangen?«

»Irgendwo muß ich doch ansetzen. Irgendwas muß ich doch tun. Ich kann doch nicht alles so laufen lassen. Verdammt, es geht mir doch nicht um Super-Journalismus à la Watergate, ich will lediglich im kleinen ordentliche Arbeit!«

»Ich weiß«, sagte ich, und auf einmal wußte ich wieder, warum ich hier saß.

Die Frau am Nebentisch hob ihr Glas, um ihrem Begleiter zuzuprosten.

»Erst seit diesem Frühjahr erscheinen unendlich viele Artikel, von denen irgendwelche Firmen profitieren«, fuhr Andy fort.

»Was zum Beispiel?«

»Ein Text war über ein geplantes Bauvorhaben im Großen Garten. Bedenken von Umweltschützern und sonstigen Gegnern einer Erschließung wurden in einem Satz kurz lächerlich gemacht, ansonsten nur davon geschwärmt, daß die Stadt neue Impulse brauche.«

»Was für ein Bau?«

»Ein Druckhaus für hochwertige Kunstdrucke.«

»Ich erinnere mich. Das wurde in der *Rundschau* ganz kurz abgehandelt, eher als absurd angesehen. Von wem war der Text?«

»Der war von Markus Staude.« Andy piekte das letzte Stück Fleisch auf seine Gabel. »Aber das heißt nichts. Jeder, wirklich jeder hat so etwas abgeliefert. Mein Vorgänger auf seinem bequemen Weg zur Pensionierung, sogar dein geliebter Martin hat es in dem einen Monat, den er da ist, schon geschafft, sich anzupassen. Er hatte einen Riesenartikel über die Filiale eines großen Telekommunikationsunternehmens auf der Eins.«

Ich trank einen Schluck Wein, verzichtete auf die Gelegenheit, ihn darauf hinzuweisen, daß Martin immerhin verhindert hatte, daß er sich mit Karge prügelte.

»Martin hat sein Diplom in Leipzig gemacht. Der weiß, daß so etwas kein Journalismus ist.«

»Tja.« Andreas reichte dem Kellner seinen Teller, fragte nach der Karte für das Dessert. »Helmut Salzinger ist anscheinend der einzige, der sich nie auf so etwas eingelassen hat. Er hat ja sowieso die meiste Zeit layoutet, und wenn er mal was schrieb, waren es unverfängliche Geschichten, die niemandem weh taten, aber auch niemandem nützten.«

»Und du meinst, daß er deshalb die Bemerkung über den Pressekodex gemacht hat?«

Andy deutete auf mich, als der Kellner ihm die Karte geben wollte. »Für mich nur einen Espresso.«

Angesichts der Leckereien konnte ich nicht widerstehen.

»Ich nehme eine Mousse au chocolat mit Orangenparfait. Und auch einen Espresso«, sagte ich, an den jungen Mann gerichtet. Dann wandte ich mich wieder Andreas zu.

»Ja, ich bin sicher, daß Salzinger mit seiner Bemerkung darauf abzielte. Wobei ich ihn tatsächlich nachträglich dafür erschlagen könnte, daß er mir den gleichen Dreck wie seinen Kollegen zugetraut hat.«

»Schade, daß Hantzsche das jetzt nicht gehört hat.«

»Ist doch wahr. Wie kommt er darauf? Aber egal. Ich habe nämlich noch etwas gefunden. Etwas, das nicht nur deutlich macht, wer der Kopf dieses korrupten Geschmieres ist, sondern vielleicht auch Salzingers Mörder.« Er machte eine Pause, um die Spannung zu steigern. »Ich hatte irgendwann keine Streichhölzer mehr. Also bin ich durch die ganze Redaktion gelaufen und habe überall nach einem Feuerzeug gesucht. Die Schreibtische sind ja eigentlich immer abgeschlossen, der von Frau Leitmeyer – wo früher der Salzinger gesessen hat – war aber offen.« Andy nahm einen DIN-A4-Bogen, der neben ihm auf der Bank lag, und reichte ihn mir. »Das habe ich darin gefunden.«

Es war der Ausdruck einer Seite, wie sie täglich erstellt wurden, um das Layout zu überprüfen, bevor die Daten elektronisch an die Druckerei geschickt wurden. Früher hatte man diese Layouts mit der Hand gezeichnet und die Texte und Fotos daran geheftet, heute ging alles per Knopfdruck. Die Seite stammte vom fünften August.

»Da warst du schon da.«

»Ja, die erste Woche.«

Der Aufmacher war ein Text von Peter Karge über den Umbau eines Jugendzentrums zu einer sogenannten Event-Gastronomie. Warum das Zentrum geschlossen wurde, blieb ohne Erklärung, es gab auch keinen Verweis darauf, daß sich der *Merkur* schon einmal mit dem Thema beschäftigt hätte; dafür wurde das Restaurant bis ins kleinste Detail beschrieben und in den höchsten Tönen gelobt. Ich blickte auf.

»Das ist wirklich heftig.«

»Und so nie erschienen. Danke.« Der Kellner stellte

Espressi und Mousse auf den Tisch. »Gedruckt wurde irgend etwas über den Cityring. Auch von Karge.«

In dem Orangenparfait war reichlich Alkohol, und ich spürte, wie sich allmählich eine bleierne Müdigkeit auf mich legte.

»Aber was willst du damit beweisen? Karge hat einen fürchterlichen, durch nichts zu rechtfertigenden Artikel geschrieben, und Salzinger hat verhindert, daß er ins Blatt kommt. Und?«

»Überleg doch mal: Warum hat er den Ausdruck aufbewahrt?«

Ich zuckte die Schultern. »Wir haben doch alle zig Ausdrucke von irgend etwas in unseren Schubladen liegen.«

»Aber doch nicht Artikel von Kollegen, die hundertprozentig gegen den Pressekodex verstoßen und die nie abgedruckt wurden. Kirsten! Zumindest Karge, wenn nicht die ganze Redaktion war oder ist käuflich. Mit diesem Text hat Salzinger Karge erpreßt, und deshalb hat der ihn Montag nacht umgebracht!«

Irritiert schaute ich ihn an, um zu sehen, ob er einen Witz machte. »Wie sollte er ihn denn erpressen? Das ist doch absurd. Ich hab auch noch mal über diese Pressekodex-Bemerkung nachgedacht. Du weißt so gut wie ich, was passiert, wenn ein Verstoß bekannt wird: Es gibt eine Rüge des Presserats, die abgedruckt werden muß. Na und? Die ganzen Drecksblätter leben damit seit Jahrzehnten.« Ich trank meinen Espresso, in der Hoffnung, wieder etwas munterer zu werden.

Andy drehte die kleine Tasse in seinen Händen. »Aber der *Merkur* ist keins von diesen Drecksblättern. Wer weiß, vielleicht hätte Müller Karge rausgeschmissen, wenn er mitgekriegt hätte, wie korrupt er ist – sie sind. So ergibt das langsam für mich auch immer mehr Sinn, daß Müller jemanden von außerhalb als Chef wollte.«

»Gerade nicht. Wenn Salzinger der einzige Aufrechte war, hätte er ja ihn nehmen können.« Ich hatte das Gefühl, daß Andreas sich wieder in eine seiner Verschwörungstheorien hineinsteigerte, und überhaupt keine Lust, darüber mit ihm zu diskutieren. »Salzinger war übrigens Stammgast am Straßenstrich«, fügte ich deshalb unvermittelt an. »Und er ist nicht direkt dort, sondern lediglich in der Nähe gefunden worden.«

Gott sei Dank, er sprang darauf an.

»Woher weißt du das?«

Ich erzählte von meinem Treffen mit Jasmin. »Und sie hat Salzinger, genau wie du, als Papi-Typ bezeichnet. Wer weiß, vielleicht war er ja scharf auf kleine Kinder und ist deswegen getötet worden.« Unwillkürlich mußte ich an Dales Schilderung des elfjährigen Mädchens denken und zog die Schultern zusammen. »Ich will auf jeden Fall noch einmal Kontakt zu Jasmin aufnehmen. Vielleicht weiß sie ja noch mehr.«

»Dann hast du mit Jasmin zu Abend gegessen?« fragte Andy, der, seinem Gesichtsausdruck nach zu urteilen, ebenso wie ich an etwas ganz anderes dachte.

»Nein«, begann ich verhalten.

Er blickte auf seine Armbanduhr. »Sag mal, meinst du eigentlich, du könntest von Dale seine Dietriche bekommen?«

»Andy, bitte, hör auf! Du bist ja vollkommen verrückt geworden!«

Warum hatte ich ihn überhaupt in die Redaktion begleitet? Ja, genau deshalb: um zu verhindern, daß er Dummheiten machte. Und nun versuchte er mit einer Schere und einer aufgebogenen Büroklammer, Karges Schreibtisch zu öffnen, nachdem ich ihm gesagt hatte, ich würde auf keinen Fall Dale um sein Einbruchswerkzeug bitten. Einmal war er schon abgerutscht, die Kratzspur auf dem grauen Metall war zwar nur zu sehen, wenn man genau hinschaute, aber was war, wenn der zweite Ratscher tiefer geriet?

»Was glaubst du denn zu finden?«

Wie schon im *L'Auberge* wußte Andreas darauf keine Antwort. Immerhin ließ er von der Schublade ab, setzte sich auf den Schreibtischstuhl und ließ seinen Blick auf dem aufgeräumten Tisch ruhen, zog den Kalender zu sich heran.

»Er hat morgen Dienst«, sagte er mehr zu sich selbst als zu mir. »Ich könnte ihn einfach mit meiner Theorie konfrontieren.« Er blätterte die Seiten des Kalenders durch, verweilte beim Telefonverzeichnis.

»Und dann?« Ganz ruhig, beschwichtigte ich mich selbst. Geh auf ihn ein, er ist sonst imstande und macht das. »Wenn du recht hast, meinst du, dann bricht er zusammen und legt ein Geständnis ab?«

Müde schüttelte er den Kopf. »Ich sag ja, ich muß erst mehr in der Hand haben.« Er studierte die einzelnen Einträge. Die stickige Plattenbauluft erschien mir unerträglich. Ich dachte an Dales Garten. »Ganz schön viele Kontaktpersonen«, murmelte Andreas.

»Völlig unerklärlich bei einem Journalisten.«

Aber Andy schien mich überhaupt nicht zu hören, er schaltete Karges Rechner ein.

»Vielleicht können wir morgen erst einmal versuchen, mehr über Salzinger zu erfahren.« Warum tat ich das? Ich hatte keinerlei Interesse, mir in diesem Fall eine blutige Nase zu holen. Und das würden wir tun, das war so sicher wie das Amen in der Kirche. »Wenn Salzinger wirklich jemanden erpreßt hat, muß er zusätzliches Geld gehabt haben. Das sollte man doch irgendwie in Erfahrung bringen.« Ich tat es, um zu verhindern, daß Andy noch schlimmer auf die Schnauze fiel, wenn er alleine weiter herumschnüffelte.

»Keine schlechte Idee.« Abwesend nickte er.

Salzingers Schreibtisch hatte er schon nach seinem ersten Fund komplett durchsucht – ohne Ergebnis. Natürlich, selbst ihm war klar gewesen, daß die Polizei jedes irgendwie bedeutsame Fitzelchen Papier mitgenommen hatte. Daß im Umkehrschluß der Seitenausdruck nicht wichtig war, wollte er jedoch nicht zugestehen. Jetzt tippte er das Paßwort, das für alle Redaktionsrechner funktionierte, ein und klickte sich durch Karges Dateien.

»Schrott, Schrott, Schrott«, kommentierte er die Artikel.

Ich kam mir vor wie in einem absurden Theaterstück. In was steigerte Andy sich da hinein? Das war doch alles total verdreht. Ich faßte den Stuhl, auf dem er saß, an den Lehnen und drehte ihn so, daß Andy mich anschauen mußte:

»Andreas, jetzt sag mir, warum du das machst! Was soll das?!«

»Was das soll? Zu mir kommt die Kripo, ich bin verdächtig, und der macht hier krumme Geschäfte, hat vielleicht seinen eigenen Kollegen umgebracht und lacht sich über mich tot!«

»Niemand lacht über dich. Du leidest unter Verfolgungswahn!« Ich ließ den Stuhl los und trat ans offene Fenster in der Hoffnung, ein wenig frische Luft zu spüren. Es war mittlerweile kurz vor Mitternacht, ich war müde, gereizt und wollte nach Hause. Ob ich Andreas allein lassen sollte?

»Hier! Eine ganze Datenbank mit Extra-Paßwort. Was da wohl drin steht?!«

»Vermutlich seine Mordpläne.« Wider Willen drehte ich mich neugierig um.

Andy tippte etwas in das Kästchen ein, bekam die Meldung, daß das Kennwort falsch sei, startete neu.

»Paß auf, sonst ist der Ordner gleich gesperrt«, warnte ich ihn. Zu spät. Die Meldung, daß der Zugang zur Datenbank »mary« gesperrt sei und man sich bitte an den Netzwerk-Administrator wenden möge, prangte auf dem blauen Bildschirm.

»Verdammt!« Andreas sprang auf. »Verdammt, verdammt, verdammt!«

Ich wußte nicht, ob ich lachen oder weinen sollte. Andy hatte wirklich ein Händchen dafür, sich selbst das Leben schwerzumachen, sich in unmögliche Situationen hineinzumanövrieren. Natürlich würde Karge sofort ihn verdächtigen.

Mit der geballten rechten Faust schlug Andy sich in die linke Hand. »Egal. Soll er doch wissen, daß ihm jemand auf der Spur ist.«

Er setzte sich wieder, klickte die Meldung weg und startete den Internet-Browser. Auch hierfür galt überall dasselbe Paßwort. Auch hier fand er heraus, daß Karge eine zusätzliche Adresse mit eigenem Kennwort eingerichtet hatte.

»Um Himmels willen, Andy! ... Ach, mach doch, was du willst. Ich geh jetzt.« Ich wandte mich zur Tür.

»Ich hör ja schon auf.«

Er loggte sich über den normalen Zugang ein und klickte das Verzeichnis der zuletzt aufgerufenen Seiten an. Ich stand hinter ihm, zum Gehen bereit, aber nun auch wieder neugierig, als ich sah, daß Karge Andreas' Namen bei einer Suchmaschine eingegeben hatte. Andy rief die Ergebnisseite auf. Neben zahlreichen Nennungen, die nichts mit ihm zu tun hatten, sowie einigen Artikeln aus jüngerer Zeit fand sich auch ein Text über Alteneinrichtungen, in dem es hieß, daß die »Dresdner Journalisten Kirsten Bertram und Andreas Rönn im April dieses Jahres den langjährigen Betrug in einem Seniorenstift für wohlhabende alte Menschen aufgedeckt haben«.

»Er wußte also schon vor gestern abend, daß wir zusammengehören.« Andy sah erschöpft aus.

»Zumindest, daß wir uns kennen«, korrigierte ich und berührte ihn leicht am Arm. »Komm jetzt, laß uns nach Hause fahren.«

Als ich nach einer unruhigen Nacht am nächsten Morgen erst spät wach wurde, lag ich alleine im Bett. Durch das weit geöffnete Fenster drang das Geräusch von klappernden Tellern. Träge streckte ich mich noch einmal, stand auf und zog den Vorhang zurück. Auf dem Balkon spannte Andreas gerade den Sonnenschirm auf. Er hatte den Küchentisch und seine alten Klappstühle herausgeholt und alles für ein fürstliches Frühstück vorbereitet. Ich betrachtete ihn, wie er, mir den Rücken zugewandt, Brötchen in einen Korb legte und mit der

Hand eine Wespe verjagte. Dann stützte er sich mit den Armen auf der Brüstung ab. Unten im Hof spielten Kinder Verstecken, der Kaffeeduft von unserem Balkon mischte sich mit Geruch nach Mittagessen aus einem unter uns liegenden Stockwerk. Als ich sah, wie Andy gedankenverloren mit der Hand in seiner Hosentasche etwas suchte, rief ich ein »Guten Morgen« zu ihm hinüber.

Kurz darauf saßen wir uns gegenüber und frühstückten. Er schien gut geschlafen zu haben und wirkte wesentlich entspannter als in der Nacht. Vielleicht war er ja bereit, die Finger von dieser ganzen unseligen Geschichte zu lassen. Genußvoll trank ich meinen Kaffee und machte es mir auf dem Stuhl so bequem wie möglich.

»Wir könnten heute eine Radtour zum Waldbad Klotzsche machen«, schlug ich vor. »Es ist nett da.«

Andreas nickte. »Hört sich gut an. Aber zuerst müssen wir sehen, ob wir etwas über Salzinger herausfinden.«

Natürlich hatte er keinen Augenblick daran gedacht, die Sache auf sich beruhen zu lassen.

»Ich halte das nicht mehr für eine gute Idee.« Ich blinzelte ins Wohnzimmer, wo eine Uhr im Bücherregal stand. »Jetzt weiß Karge schon, daß jemand versucht hat, seine Dateien zu knacken.«

Andy zuckte die Achseln, als wollte er sagen: »Na und?«

»Und dann tauchen wir bei Salzingers Witwe auf … Was sollen wir denn überhaupt sagen?«

»Nur einen Kondolenzbesuch abstatten. Reine Höflichkeit.«

»Ah ja, wir waren nicht auf der Beerdigung, aber wir

belästigen eine Frau, die gerade ihren Mann verloren hat, zu Hause.«

»Dann vielleicht als Versicherungsvertreter, die ankündigen, daß sie demnächst die Lebensversicherung bekommt.« Wenigstens grinste er dabei.

»An einem Sonntag!«

»Diese Versicherungsheinis kommen doch immer nach Feierabend. Oder eben am Wochenende.«

»Andy, das ist kriminell! Und bei deinem Glück kommt genau in dem Moment jemand aus der Redaktion vorbei.«

Aus dem Grinsen wurde ein spontanes Lachen. Viele Fältchen umrahmten seine Augen, die an diesem Morgen endlich einmal wieder etwas von ihrem grünen Strahlen zeigten. Ich fragte mich, ob sie in den letzten Monaten schon dagewesen waren. Die tiefen unter den Augen mit Sicherheit nicht.

Schließlich einigten wir uns darauf, der Witwe tatsächlich schlicht unser Beileid auszusprechen. Während ich vor meinem Kleiderschrank stand und eine dünne schwarze Bluse suchte, fragte ich mich wieder, warum ich ihn nicht einfach alleine gehen ließ und mir einen netten Nachmittag im Schwimmbad machte. Aber ich konnte nicht. Andreas hatte in der Nacht, nachdem die Anspannung von ihm abgefallen war, so schwach und erledigt ausgesehen. Es war geradezu physisch spürbar gewesen, daß er ebensowenig mit dem Mordverdacht – wie haltlos er auch immer war – wie mit der Unsicherheit über die Loyalität der Redaktion leben konnte.

Kürzlich hatte ich gelesen, daß August die unbeliebteste Zeit für Städteurlaub sei. Hier in Dresden war davon nichts zu spüren. Helmut Salzinger hatte in der Südvorstadt gelebt, und wir überquerten die Elbe auf der Carolabrücke, die so voller Menschen war, daß trotz des auf dem Bürgersteig eingezeichneten Radwegs an Fahren nicht zu denken war. Wenn man nach rechts auf die Brühlsche Terrasse blickte, so meinte man auf einen Ameisenhaufen zu schauen.

»Ich wollte mir ja eigentlich ein ordentliches Fahrrad kaufen«, sagte Andy, dessen Drahtesel noch altersschwächer aussah als meiner. »Aber ob das wirklich Sinn hat?«

Die gesamte Breite des Bürgersteigs wurde von vier unglaublich dicken Menschen eingenommen, die schon von hinten wie typische amerikanische Touristen aussahen. Gerade blieben sie unvermittelt stehen und reichten eine Flasche Cola herum. Mit einem »Entschuldigung« schob ich mein Fahrrad durch die Gruppe.

»Doch, unbedingt«, sagte ich und ließ meinen Blick vielsagend von den dicken Touristen zu Andy schweifen, der sich zu Hause beschwert hatte, daß die schwarze Jeans, die er erst im letzten Winter gekauft hatte, nicht mehr richtig paßte.

Er zog eine Grimasse, schwang sich auf sein klappriges Rad und fuhr in Schlangenlinien durch die Fußgängermassen hindurch.

Hinter dem Bahnhof begann das schöne alte Viertel, dem man die Nähe zur Uni anmerkte, obwohl es etwas sehr Großbürgerliches hatte. Wir bogen ein paarmal falsch ab, bis wir schließlich an der Ecke Liebigstraße und Leubnitzer Straße vor einer unglaublich prachtvollen Villa standen. Umgeben von einem Garten, hatte der Jugendstilbau ein Hochparterre, zu dem eine Art steinerne Freitreppe führte, darüber gab es zwei weitere

Fensterreihen. Und ein Türmchen an der linken Seite mit phantasievollen kleinen Statuen und Wasserspeiern. Insgesamt wirkte das Haus wie eine seltsame Kreuzung aus Schloß und Kathedrale. Definitiv keine normale Wohnstatt für einen Lokalzeitungsredakteur. Andreas blickte mich triumphierend an.

»Noch Fragen?«

Wir schlossen die Räder ab und stiegen zögernd die Stufen zur Haustür hoch.

»Es ist nicht ihr Haus«, sagte ich, als ich die drei Klingelschilder sah.

Andy zuckte nur die Schultern und läutete. Als der Summer betätigt wurde, drückten wir die Tür auf und gingen, ohne zu reden, die ausladende Steintreppe bis zum ersten Stock hinauf, wo Familie Salzinger lebte. Eine große Frau, bei der mir das altmodische Wort stattlich in den Sinn kam, stand in der offenen Tür und blickte uns entgegen. Sie war etwa Mitte Fünfzig, trug das blonde Haar hochgesteckt und wirkte schon allein durch ihre Statur imposant. Eine attraktive Frau. Andreas reichte ihr die Hand, stellte uns vor und sagte, daß wir unser Beileid zum Tod ihres Mannes aussprechen wollten. Ihr Blick blieb neutral, und mir fiel ein Stein vom Herzen. Anscheinend hatte ihr zumindest niemand mitgeteilt, daß der neue Chef verdächtig sei.

»Sie waren nicht auf der Beerdigung.«

Das war eine Feststellung. Noch immer standen wir im Flur, und Maria Salzinger schien nicht einzusehen, warum sie uns hereinbitten sollte. Ich konnte es ihr nicht verdenken.

»Nein«, sagte Andreas. »Ich wollte den langjährigen Kollegen Ihres Mannes ermöglichen, zu kommen. Deshalb sind Frau Bertram und ich zusammen mit einem anderen jungen Redakteur im Büro geblieben. Sie wissen ja«, er lächelte sie gewinnend an, »eine Lokalredaktion muß immer besetzt sein.«

»Ich weiß nicht viel vom Zeitungsgeschäft«, erwiderte sie, immer noch seltsam emotionslos. Dann, als habe sie lange genug vergeblich gewartet, daß wir wieder gehen würden, fragte sie: »Möchten Sie hereinkommen?«

Sie ging voran durch eine lange, dunkle Diele und wies in dem riesigen Wohnzimmer auf die dreiteilige Sitzgarnitur. Sie selbst nahm in dem Sessel Platz. Ihr knielanges schwarzes Kleid raschelte, als sie sich setzte. Es war angenehm kühl in der Wohnung, was vermutlich an dem schattenspendenden Baum vor den Südfenstern lag. Die Einrichtung war gediegen, jedoch nicht übermäßig exklusiv.

Aufmerksam sah Frau Salzinger erst mich, dann Andreas an. »Was wollen Sie?« fragte sie dann direkt.

Andy begann herumzustottern. Von Beileid bekunden, Hilfe anbieten – »Sie haben ja sicherlich Freunde, aber wenn wir etwas tun können …« – bis hin zu »Ehre erweisen«. Es war jämmerlich, und ich schämte mich für ihn.

»Wir fragen uns, wer Ihren Mann getötet haben könnte«, sagte ich.

»Und das meinen Sie hier herausfinden zu können?« Ihr Blick wirkte so stoisch, daß ich mich fragte, ob der Arzt ihr Beruhigungstabletten gegeben hatte.

»Das war eine dumme Idee. Bitte verzeihen Sie.« Ich wollte aufstehen, aber Frau Salzinger bedeutete mir mit einer Handbewegung, sitzen zu bleiben.

»Wenn Sie meinen, Sie können etwas herausfinden, was die Polizei nicht sieht …« Jetzt spielte ein Lächeln um ihren Mund. »Ich habe bis vor einem Monat als Sekretärin bei der Kripo gearbeitet, ich weiß, daß auch dort Fehler passieren. Also bitte.« Mit der folgenden Handbewegung lud sie uns förmlich ein, die Wohnung und sie selbst unter die Lupe zu nehmen.

Ich wäre am liebsten in den gepflegten alten Orientteppich versunken. Sie stand garantiert noch in Kontakt zu ihren alten Kollegen, Hantzsche würde erfahren, daß wir sie belästigt hatten, und uns zu Recht die Hölle heiß machen. Auch Andreas rutschte wie peinlich berührt auf dem Sofa hin und her.

»Wir hatten nicht mehr allzu viele Gemeinsamkeiten, Helmut und ich«, gestand Maria Salzinger. »Nicht, daß wir Streit gehabt hätten, wir lebten einfach jeder sein Leben. Die Kinder sind seit Jahren aus dem Haus, jeder hatte seinen Beruf.« Sie schluckte. »Aber jetzt merke ich, wie still es hier ist. Tag und Nacht.«

Ich tastete nach Andreas' Hand und grub meine Fingernägel in die Haut, damit er endlich mit mir zusammen aufstand und ging, aber er ignorierte mich und zog seine Hand weg.

»Hat Ihr Mann vielleicht trotzdem einmal über Ärger mit seinen Kollegen gesprochen?«

Prüfend blickte sie Andy ins Gesicht. »Natürlich. Vor allem von seiner Enttäuschung, daß er Ihre Stelle nicht bekommen hat. Und ich glaube nicht, daß er große Stücke auf Sie hielt.« Sie machte eine Pause, lächelte wieder leicht. »Aber ich denke, daß Sie jetzt versuchen herauszufinden, wer ihn getötet hat, würde ihm gefallen.«

Andreas senkte kurz den Kopf. »Hat er denn einmal gesagt, was er als Chef anders machen würde als ich oder auch als Herr Finze, mein Vorgänger?«

Frau Salzinger strich sich über die Haare, deren Blond mit vielen feinen grauen Fäden durchzogen war.

»Nicht konkret, nein. Er sprach immer mal wieder von ›richtigem Journalismus‹ und ›ordentlicher Arbeit‹, gerade in letzter Zeit, aber sonst nichts. Er ...« Sie stockte. »Sie müssen wissen, er war ein enorm verantwortungsbewußter Mensch. Er hat wunderbar für unsere Kinder gesorgt und für mich.« Ihre Stimme versagte. Sie räusperte sich. »Aber was ich eigentlich sagen wollte, ist: Ich glaube, er war vielleicht zur Wende schon zu alt, um seine beruflichen Ideale noch umzusetzen. Und dann die ›Gesetze des Marktes‹, die ja auch immer eine Rolle spielten.«

»Waren das seine Worte?« erkundigte ich mich nach den angedeuteten Anführungszeichen.

Sie nickte.

»Er hat nicht zufällig mal etwas über den *Merkur* schriftlich niedergelegt?« fragte Andy, womit er ihrem traurigen Gesichtsausdruck wieder ein flüchtiges Lächeln entlockte.

»Wenn, dann dürften das meine ehemaligen Kollegen jetzt haben, meinen Sie nicht?«

Den größten Teil des Rückwegs radelten wir langsam und schweigend nebeneinanderher. Für das Waldbad war es zu spät, mir stand auch der Sinn nicht mehr danach. Zu sehr hatte mich diese Frau beeindruckt und betroffen gemacht, dabei auch etliche Fragen aufgeworfen.

»Warum ist jemand, der so eine attraktive Frau zu Hause hat, Stammgast auf dem Strich?« fragte ich schließlich, als wir bereits wieder in die Böhmische Straße eingebogen waren.

Andy guckte mich grübelnd an. »Warum hat er nicht einmal versucht, seine Ideale zu verwirklichen? Und warum hat er mir nicht zugetraut, ordentlichen Journalismus zu betreiben?«

»Wo sind seine Kinder? Wenn er so ein guter Vater war, warum sind sie dann jetzt nicht dort?«

Tief in unseren unterschiedlichen Gedanken, stiegen wir die Treppen zu unserer Wohnung in den zweiten Stock hoch. Als Andreas die Tür öffnete, klingelte das Telefon, und ich lief ins Arbeitszimmer.

Es war Jasmin. Ich konnte sie kaum verstehen, der sächsische Dialekt wirkte verwaschen. Sie schien high zu sein.

»Ich weiß nicht, wohin«, verstand ich schließlich.

Mit Mühe bekam ich aus ihr heraus, daß sie in Löbtau war. Ich fragte, ob sie mit der Straßenbahn fahren könne, und interpretierte ihre Laute als Zustimmung.

»Paß auf, du setzt dich jetzt in die nächste Sieben und fährst bis zum Albertplatz. Dort warte ich auf dich.«

Als ich aufgelegt hatte, schaute ich Andreas an, der das Gespräch verfolgt hatte.

»Ich bring Jasmin zu Dale«, sagte ich, während ich den Hörer wieder anhob. Andy nickte nur und verließ den Raum.

Sie stand direkt an der Tür der Straßenbahn und stieg aus, sobald sich diese öffnete. Sie sah fürchterlich aus. Die linke Gesichtshälfte war geschwollen und begann bereits, sich zu verfärben, was auch die große, leicht verbogene Sonnenbrille nicht verbarg. An der Schläfe war eine verkrustete Blutspur. Die nach ihr ausgestiegenen Fahrgäste betrachteten sie mißtrauisch. Schnell zog ich sie an mich.

»Wie siehst du denn aus? Warum hast du das nicht gesagt, dann hätte ich dich doch mit dem Auto geholt!«

Jasmin antwortete nichts. Sie trug wieder ein langärmeliges Oberteil, dazu helle, enge Jeans, die ihre Beine dünn wie Streichhölzer aussehen ließen. Über ihrer Schulter hing ein bestickter Beutel. Vorsichtig führte ich sie quer über den Platz, fragte, ob sie noch weitere Verletzungen habe. Als sie den Kopf schüttelte, erklärte ich ihr, daß ich sie zu einem Freund bringen werde.

Dale wartete schon im Garten. Er begrüßte uns und fragte nach einem Blick auf Jasmin, ob ich zuerst ihre Wunde versorgen wolle. Ich ging mit ihr in das Obergeschoß des Hauses, wo auf den ersten Blick alles noch genauso aussah, wie ich es kannte. Sogar das Fläschchen Desinfektionslösung stand im Badezimmerschrank noch an der gleichen Stelle.

Als ich Jasmin vorsichtig die Brille abnahm, sah ich, wie glanzlos ihre Augen waren. Sie zuckte zusammen, als ich ihr mit dem Wattebausch über die Schläfe fuhr, ihr Blick füllte sich mit Tränen. Jetzt sah sie wie ein kleines Mädchen aus. Zum Schluß klebte ich ein Pflaster über die Wunde, die zum Glück nicht sehr tief war, und hielt einen Waschlappen unter kaltes Wasser, damit sie die Schwellung kühlen konnte.

Dale gab ihr unten noch einen richtigen Eisbeutel, dann setzten wir uns auf die Terrasse. Jasmin hatte die Sonnenbrille in ihre Tasche gesteckt und schaute mit leerem Blick auf das Mineralwasser und die Gläser, den Aschenbecher und Dales Zigaretten. Er schob die Pakkung zu ihr hinüber. Als sie sich eine angesteckt hatte, fragte ich, was passiert sei.

»Ich hab Ihnen doch gestern gesagt, daß es hier einen

Babystrich gibt.« Nun war ihre Aussprache sehr viel klarer. Ich nickte. »Eine Freundin von mir, also keine richtige Freundin, so ein Kind eben, die ist da reingeraten. Und ich hab versucht rauszukriegen, wo sie hin ist.«

Nach und nach erzählte sie uns, was wir schon wußten: daß es sich bei diesem Kinderstrich um Arrangements an wechselnden Orten handelte. Ihre kleine Freundin war vor einiger Zeit von zu Hause weggelaufen und schon häufiger von Zuhältern angesprochen worden.

»Ich hab ihr immer gesagt, sie soll die Finger davon lassen. Sie ist doch erst dreizehn. Ich hab ihr Geld gegeben.« Jasmin schüttelte den Kopf, als ich ihr Wasser eingießen wollte, zog jedoch noch eine Zigarette aus der Schachtel. »Aber in letzter Zeit war ich selbst ein bißchen knapp, und wir haben uns auch nicht mehr jeden Tag gesehen.«

Ich dachte an den angeblichen Freund, von dem Jasmin mir erzählt hatte, und daß sie nicht mehr auf den Strich ginge. Was steckte hinter diesen ganzen Geschichten? Was konnte man ihr glauben, was nicht? Ihre Angst war auf jeden Fall ebenso echt wie die Verletzung. Bevor sie zu sprechen begann, hatte sie in alle Richtungen gestarrt, um sicherzugehen, daß niemand mithören konnte. Jetzt saß sie mit dem Rücken zum Haus und starrte geradeaus.

»Und was war heute?« fragte Dale und nahm sich ebenfalls eine Zigarette, wobei er mit einem angedeuteten Lächeln zu mir herüberschaute.

»Also«, sie begann wieder zu schniefen, wischte sich mit dem Waschlappen unter der Nase entlang. »Gestern habe ich erfahren, daß Laura sich tatsächlich mit einem dieser Kerle verabredet hat. Für heute vormittag. Da bin ich ausgetickt und hab sie gesucht und aus ihr rausgebracht, wo sie wann sein sollte.«

»Das war in Löbtau«, vermutete ich.

Jasmin nickte. »An so einer Straßenecke. Da sind dann zwei Kerle hingekommen, und sie ist mit ihnen gegangen. Und an einer anderen Ecke, wo niemand war«, sie umschlang ihren Oberkörper mit beiden Armen, »hat sich der eine umgedreht, ist auf mich zu und hat mir eine verpaßt. Und gesagt, daß ich mich verpissen soll, wenn ich nicht wollte, daß Laura was passiert.«

Dale und ich blickten uns an. Immerhin hatte sie die Männer gesehen, sie konnte sie also beschreiben. Aber was galt die Aussage einer Junkie-Hure?

»Danach bin ich da noch rumgerannt«, schloß sie ihren Bericht. Und hast dir einen Schuß verpaßt, ergänzte ich im stillen. »Ich wußte nicht, wohin, deshalb hab ich dann bei Ihnen angerufen.«

»Was ist mit deinem Freund?«

Mit einer unbestimmten Bewegung zog Jasmin die Schultern hoch. »Er ist grad nicht in Dresden.«

Wie auf das Stichwort hin klingelte plötzlich das Handy in ihrem Beutel, eine alberne Schlagermelodie. Jasmin kramte es hervor und meldete sich mit »Ja«. Dann wurde ihre Stimme sehr viel weicher. Sie sei bei Freunden. Von früher. Nein, nicht so.

Ich hoffte, daß es tatsächlich ihr Freund war, denn sie wirkte fast glücklich, während sie telefonierte. Als sie aufgelegt hatte, blickte sie mich ein wenig verloren an, begann dann auf meine Nachfrage hin zu erzählen. Ja, es war Ingo, ihr Freund. Er war Vertreter und gerade auf einer Fortbildung. Wieder dieser verlorene Blick. Sie fingerte nervös an ihrem Beutel herum.

»Er nimmt keine Drogen?« fragte ich sie direkt.

Jasmin schüttelte energisch den Kopf, umklammerte ihre Tasche, stand auf und ging ins Haus. Dale und ich blickten uns wieder an, als sie verschwunden war.

»Was denkst du?« Ich füllte mein Wasserglas neu und trank gleich die Hälfte aus.

»Daß du dir zuviel vorgenommen hast, wenn du die Kleine retten willst.« Seine dunklen Augen waren sehr ernst. »Und daß ich wegen des Kinderstrichs mit ihr zur Kripo gehen sollte. Sie kann die beiden Männer beschreiben, mit der Ecke in Löbtau und dem Haus, in das ich bestellt wurde, gibt es zwei Örtlichkeiten, die sie überprüfen können.«

»Der Treffpunkt auf der Straße kann auch eine Sicherheitsmaßnahme gewesen sein, und sie haben diese Laura danach im Auto woanders hingebracht.«

»Schon möglich.« Dale spielte mit seiner Zigarettenschachtel. »Hast du eine bessere Idee?«

»Versuchen, Laura zu finden.«

Er schüttelte den Kopf. »Die ist jetzt so lange weg von der Bildfläche, wie sie für die Herren von Nutzen ist. Die müssen die Kinder irgendwo regelrecht eingesperrt haben, zu den Kunden werden sie gebracht, sie sind nicht aufzufinden. Das ist doch genau mein Problem.« Er zog eine Zigarette aus der Packung und steckte sie an. »Manchmal taucht nach Monaten eine Kleine wieder auf, ich habe von drei Fällen erfahren. Jedesmal völlig verstört. Unmöglich, aus ihnen was rauszukriegen. Alle drei sind jetzt in der Psychiatrie.«

Mir lief es kalt über den Rücken. In diesem Moment

sah ich, daß Jasmin in der offenen Terrassentür stand und Dale fassungslos anstarrte. Zwar hatte sie sich augenscheinlich ihren Schuß gesetzt, trotzdem aber noch mitbekommen, was er gesagt hatte. Abrupt begann sie zu weinen. Wie Sturzbäche flossen die Tränen über ihr schmales Gesicht, sie stand da und ließ es geschehen.

Ich ging zu ihr und nahm sie in den Arm, murmelte beruhigende Worte, strich über ihren Rücken. Ihre Bluse roch muffig nach kaltem Schweiß. Dale stand auf und holte eine Rolle Küchenpapier, drückte ihr ein abgerissenes Tuch in die Hand. Endlich versiegten die Tränen, und sie schniefte nur noch leise vor sich hin.

»Wir können ja gleich alle Stellen abfahren, an denen deine Freundin sich normalerweise aufgehalten hat«, schlug Dale vor.

Sie nickte zwischen zwei Schniefern, sah ihn dankbar an.

»Und dann will ich aber, daß du hier schläfst und morgen mit mir zur Polizei gehst.« Erschreckt schaute sie erst zu ihm, dann zu mir. »Dir wird nichts passieren«, versuchte er sie zu beruhigen.

Der Gedanke schien ihr jedoch überhaupt nicht zu behagen. Monoton den Kopf schüttelnd, setzte sie sich wieder auf ihren Stuhl, zog die Beine an und umschlang sie mit ihren dünnen Ärmchen. Sie griff nach Dales Zigaretten, den leeren Blick auf die grüne Pracht vor sich gerichtet, zündete sich eine an, rauchte. »Bleiben Sie auch hier?« fragte sie mich nach einer Ewigkeit.

»Willst du das?«

Sie nickte, ebenso müde, wie sie zuvor den Kopf geschüttelt hatte.

5. Kapitel

Jasmin lotste uns kreuz und quer durch die Stadt. Abgesehen von den Orten, auf die auch ich gekommen wäre, wie dem Hauptbahnhof und dem Jägerpark in der Neustadt, führte sie uns an Ecken, die ich niemals zuvor wahrgenommen hatte, obwohl sie oft nur einen Katzensprung von meinen üblichen Wegen entfernt lagen. Immer wieder forderte sie Dale auf, den alten Fiesta anzuhalten, und ging alleine zu einer Gruppe Jugendlicher, in ein für meine Augen leerstehendes Haus oder eine Kneipe.

»Diese Geschichte mit Laura geht ihr wirklich nahe«, sagte ich bei einem der Stopps, eigentlich mehr, um überhaupt etwas zu sagen.

Dale murmelte Zustimmung, drehte sich auf seinem Sitz zu mir um. Ich saß auf der engen Rückbank, die Knie in die Lücke zwischen den beiden Vordersitzen gezwängt.

»Sie sieht sich selbst in der Kleinen. Sie wirkt ja auch noch unglaublich jung.«

Das tat sie. Gerade trat sie aus einem normalen Mietshaus in Pieschen, ging langsam auf das Auto zu, den Kopf gesenkt, so daß ihre langen Haare das lädierte Gesicht verdeckten. Man konnte sie auf vierzehn oder fünfzehn schätzen.

»Wieder nichts«, sagte sie leise, als sie eingestiegen war.

Ergebnislos klapperten wir noch einige Stationen ab, dann kehrten wir um. Zurück in der Antonstraße, fragte

Dale Jasmin, was sie essen wolle. Es sei ihr egal, antwortete sie. Pizza oder einen Big Mac. Ich ging in Dales Büro, um Andreas anzurufen.

Hier war das Foto von mir verschwunden und die Einrichtung umgeräumt, was es für mich einfacher machte. Trotzdem setzte ich mich nicht an den Schreibtisch, sondern auf den Besucherstuhl davor, holte tief Luft und wählte unsere Nummer. Als nach viermal Klingeln der Anrufbeantworter ansprang, versuchte ich es auf dem Handy. Falls es abgeschaltet war, hätte ich zumindest versucht, ihn persönlich zu erreichen. Nach neun Klingeltönen meldete er sich jedoch. Ich räusperte mich.

»Hi, ich bin's. Ich wollte dir bloß sagen, daß ich heute nacht bei Jasmin bleibe.«

Er murmelte etwas, war für einen Moment weg, fragte dann: »Das heißt, bei Dale?«

»Ja, bei Dale auf der Couch. Jasmin soll morgen früh mit ihm zur Polizei gehen und hat mich gebeten hierzubleiben.«

»Gut, dann sehen wir uns in der Redaktion.«

Ich hätte einiges dafür gegeben, sein Gesicht zu sehen. Die Stimme klang so gleichgültig, so geschäftsmäßig.

»Wo bist du?« fragte ich noch.

»Ich? Ich bin bei Martin Alex. Ich wollte ihn doch die ganze Zeit noch fragen, ob er tatsächlich zusammen mit Salzinger gegangen ist, Montag nacht.«

»Und?«

»Leider nur bis zum Parkplatz. Martin war mit dem Auto da und war wohl auch noch nüchtern genug, zu fahren. Aber er hatte schon alle Plätze vergeben.«

»Deine Erinnerung an den Abend läßt wirklich zu wünschen übrig, was?«

»Hab ich das jemals bestritten? So, ich muß Schluß machen. Bis morgen.«

Das Gespräch war beendet. Ich schaute auf Dales makellos aufgeräumten Schreibtisch und dachte an mein Chaos zu Hause. Ich sollte dort sein und ein wenig Ordnung machen. Ich sollte Andreas helfen. Er brauchte mich jetzt. Mir grauste bei dem Gedanken an die Redaktion. Immerhin schien Andy sich jetzt auch mit Martin zu duzen. Und Martin mußte ein guter Zeuge für diesen Abend beim Spanier sein, wenn er nur wenig getrunken hatte.

Ich schrak hoch, als Dale nach kurzem Anklopfen den Kopf in die Tür steckte und fragte, was für eine Pizza ich wolle.

Eine halbe Stunde später saßen wir wieder auf der Terrasse und aßen. Jasmin schien ordentlich Hunger zu haben, sie stürzte sich auf ihre Pizza und stopfte die vorgeschnittenen Stücke gierig in den Mund, spülte sie mit Cola hinunter. Dale und ich tranken Wein und ließen es ruhiger angehen. Als sie die Hälfte verdrückt hatte, schob sie jedoch den Teller von sich und griff nach der frischen Zigarettenschachtel, die Dale mitgebracht hatte. Wie tags zuvor – war das wirklich erst gestern gewesen? – klang Musik aus dem Wohnzimmer. Diesmal Bruce Springsteen mit einer sehr eigenwilligen Würdigung seiner und Dales Heimat New Jersey: *Badlands*.

»Wir müssen noch etwas klären«, sprach Dale Jasmin an, die das Päckchen Zigaretten noch geschlossen in der Hand hielt. »Ich werde dich nicht daran hindern, Drogen zu nehmen.« Sie wollte protestieren, schien es sich dann aber anders zu überlegen und griff nach ihrem

Colaglas. »Aber ich erwarte, daß du morgen bei der Kripo so klar wie nur möglich bist. Also in etwa so wie jetzt.«

Wie sie da mit uns am Tisch saß, wäre sie fast als clean durchgegangen. Zwar schien ihr immer noch kalt zu sein, und sie trug trotz der Abendwärme ein Sweatshirt von Dale, in das sie zweimal gepaßt hätte, ihre Augen waren jedoch beinahe klar, und sie beteiligte sich im Vergleich zum Nachmittag lebhaft an unserem Gespräch.

Sie riß die Zigarettenpackung auf. »Ich bin nicht süchtig. Ich brauch das nicht.«

Das klang wieder wie ein kleines Kind, und ich senkte den Kopf, um mein Lächeln zu verbergen.

»Okay, um so besser.« Dales Stimme war klar und fest. Er gab Jasmin genau die Sicherheit, die sie brauchte. Er wäre auch ein guter Sozialarbeiter geworden, dachte ich. Er hatte ein Händchen für den Umgang mit Menschen.

»Könnte es eigentlich sein, daß dieser Mann, der getötet wurde, auch Kunde am Babystrich war?« fragte ich Jasmin.

Sie schüttelte, ohne lang zu überlegen, den Kopf, stieß dabei Rauch zur Seite aus. »Nein. Das war so einer, der sich immer Sorgen gemacht hat, daß es allen gut ging. Kein Kinderschänder.«

Ich sah Dale an, was er dachte: daß diese Kinderschänder sich oft genug als Wohltäter derjenigen fühlten, die sie mißbrauchten.

Nachdem auch wir mit unseren Pizzen fertig waren, nahm Dale sich ebenfalls eine Zigarette.

»Und die Zuhälter?« fragte er. »Meinst du, die vom Straßenstrich kennen die anderen?«

Wieder schüttelte sie den Kopf. »Das sind ganz andere Typen. Die sieht man auch nie. Ich weiß das alles ja auch bloß von Laura.«

»Also hält sich von denen oder von den Kindern auch nie einer an der Bremer Straße auf?«

Jasmin verzog das Gesicht, als verstehe sie nicht, wie jemand so begriffsstutzig sein könne. »Nein. Warum sollten sie? Da kriegen sie doch höchstens eine Abreibung.«

Also gab es definitiv keine Verbindung zu dem toten Redakteur.

Nach einiger Zeit wurde Jasmin doch wieder unruhig. Sie rutschte auf ihrem Stuhl hin und her, die Tasche auf dem Schoß. Schließlich, als Dale und ich uns über den geplanten Ausbau der Antonstraße unterhielten, verschwand sie ins Haus. Als sie danach wieder nach draußen kam, verkündete sie mit undeutlicher Stimme, sie sei müde und würde jetzt gern schlafen gehen.

In meinem ehemaligen Zimmer im ersten Stock standen lediglich ein Bücherregal und ein verschlossener Aktenschrank sowie ein paar Kisten. Dale hatte eine Luftmatratze und einen Blasebalg aus dem Keller geholt und drückte Jasmin beides in die Hand. Verständnislos schaute sie ihn an. Erst als Dale alles so weit vorbereitete, daß sie nur noch pumpen mußte, begriff sie, was von ihr verlangt wurde. Mit unendlich langsamen, schwachen Bewegungen begann sie den Blasebalg zu betätigen. Ich machte einen Schritt auf sie zu und wollte ihr helfen, Dale zog mich jedoch auf den Flur.

»Laß sie. Das tut ihr ganz gut.«

Er ging ins Schlafzimmer, ich blieb vor der Tür stehen. Als er wieder herauskam, hatte er Bettzeug und ein

Handtuch unterm Arm. Er brachte beides Jasmin, die noch immer mit dem Blasebalg kämpfte, und ließ sie mit den Worten, wir seien unten, falls sie noch etwas brauche, allein.

»Es ist verrückt, aber ich fühle mich irgendwie verantwortlich für sie«, sagte ich, als wir wieder draußen saßen.

»Ich weiß.« Dale goß uns Wein nach. Die Sonne war untergegangen, und die Grillen zirpten wie verrückt. Eine Stimmung wie an einem Abend am Mittelmeer. »Aber du kannst nicht viel tun. Sie selbst muß ihr Leben ändern wollen.«

Ich nickte. Natürlich wußte ich das. Aber es war schwierig, sich daran zu halten, wenn es jemanden betraf, den man gern hatte. Vielleicht sollte ich einmal versuchen, mit ihrem Freund zu sprechen.

Dale ging ins Wohnzimmer und legte neue Musik auf. Als er herauskam, hatte er eine CD mit einer Live-Aufnahme von Janis Joplin in der Hand, die vor Jahren bereits vergriffen gewesen war und die wir damals zufällig in Erfurt auf einem Flohmarkt entdeckt hatten.

»Hier, die wollte ich dir schon lange geben.«

»Warum?«

Er antwortete nicht. Ich ließ die CD auf dem Tisch liegen und fragte nach einer Weile, ob er keine Angst habe, von Jasmin bestohlen zu werden. Dale zuckte die Schultern.

»Das Büro habe ich gerade abgeschlossen, im Wohnzimmer schläfst du, und ich glaube kaum, daß sie irgendwelche alten Taschenbücher einsteckt.«

Allmählich wurde es etwas kühler, und obwohl es bereits vollkommen dunkel war, blieben wir am Tisch sitzen. Der Schein des Feuerzeugs beleuchtete kurz Dales Gesicht, ließ es noch schmaler wirken, als es ohnehin war. Wir schwiegen, tranken den restlichen Wein. Auch die Musik war verstummt.

Schließlich drückte Dale seine Zigarette aus, räusperte sich.

»Ich werde auch ins Bett gehen. Du kannst aber gern noch eine CD hören, wenn du willst.«

»Nein, nein, es wird mir auch guttun zu schlafen.«

Er half mir, das Sofa herzurichten, und verschwand mit einem »Gute Nacht« nach oben. Ich zog mich aus, legte mich in die frisch duftenden Laken und lauschte auf die vertrauten Geräusche im Haus.

Als direkt neben meinem Kopf etwas zu Boden fiel, schrak ich hoch. Ich hatte von Dale geträumt, aber nicht er stand neben dem Sofa, sondern Jasmin, wie ich in dem schwachen Licht erkannte. Ängstlich entschuldigte sie sich.

»Ich konnte nicht mehr schlafen und wollte gucken, ob die Zigaretten hier sind.« Sie machte einen Schritt zur Terrassentür und sah nach draußen.

Ich fischte meine Uhr vom Fußboden und blinzelte. Es war kurz vor sechs. »Die hat Dale mit nach oben genommen.«

»Mist!«

Sie trug wieder ihr T-Shirt von gestern, dazu aber nur einen knappen Slip.

»Komm, setz dich.« Ich zog das Laken um meinen nackten Oberkörper und richtete mich auf, rückte zur Seite, um ihr Platz zu machen.

Jasmin sah noch einmal im Raum herum, hockte sich

dann auf die Sofakante. Ich rieb mir die Augen, versuchte wach zu werden und fragte, ob sie bis jetzt gut geschlafen habe.

»Geht so, ja, schon. Sind hier wirklich keine Zippen?«

Als ich die Schultern zuckte, stand sie wieder auf und ging nach draußen, wo wir gestern den Aschenbecher hatten stehen lassen. Sie suchte sich eine Kippe aus, zauberte irgendwoher ein Feuerzeug und steckte sie an, nahm zwei tiefe Züge, bevor sie den Stummel wieder ausdrückte, und kam zurück ins Zimmer.

»Er ist nett«, sagte sie mit einem Blick in den ersten Stock, als sie sich wieder neben mich gesetzt hatte.

»Ja, das ist er. Und du brauchst auch keine Angst zu haben, wenn du mit ihm zur Polizei gehst.«

Sie wirkte nicht überzeugt, nickte aber.

»Jasmin, wenn du willst, begleite ich dich zu Horizont. Oder zum Arzt«, probierte ich es noch einmal. Sie hatte die Terrassentür offengelassen, und vom Garten, der noch im Schatten der aufgehenden Sonne lag, drang herrlich frische Luft herein.

»Meinen Sie im Ernst, ich krieg noch eine Therapie? Die Zeiten sind vorbei.« Mit einer nervösen Bewegung strich sie ihr Haar nach hinten, ihre Schläfe glänzte violett.

»Unsinn. Versuch's doch wenigstens.«

Sie schaute mich an wie eine völlige Ignorantin, sagte nichts mehr, sondern stand auf und ging in den Flur. Im ersten Moment wollte ich ihr hinterherstürzen, dann dachte ich an das, was Dale gesagt hatte, und legte mich wieder hin.

Vergeblich schloß ich noch einmal die Augen. Ich war hellwach. Immerhin hatte ich wider Erwarten sehr gut geschlafen. Und dieser Traum ... Energisch schüttelte ich den Kopf und beschloß aufzustehen. Jasmin hatte mich gebeten, hier zu schlafen, nicht, zu bleiben, bis sie zur Polizei gingen.

Schnell zog ich mich an und schlich barfuß in die Küche, um mir einen Kaffee zu kochen, bevor ich nach Hause aufbrechen wollte, um zu duschen. Danach mußte ich Kuchen kaufen und ein paar Flaschen Sekt. Ich war entschlossen, endlich meinen Einstand zu geben. Wenn Karge und die anderen mein Angebot ablehnten, wußte ich wenigstens genau, woran ich war. Eine Tasse Kaffee im Garten, an diesem traumhaften Sommermorgen, die wollte ich mir jedoch noch gönnen, wenn ich schon um diese Zeit wach war.

Das Gras unter meinen Füßen war feucht, die Luft kühl, der ganze Morgen wirkte wie frisch gewaschen, als ich auf der Hollywoodschaukel saß und das alte Haus betrachtete. Was für ein unglaubliches Glück Dale gehabt hatte, dieses grüne Paradies mitten in der Stadt zu erben. Aber wenn die Antonstraße tatsächlich ausgebaut würde, war es mit der Idylle bald vorbei. Eine Schande, daß alles immer dem Autoverkehr untergeordnet wurde. Ich schloß die Augen und brachte die Hollywoodschaukel zum Schwingen, als ich auf einmal Dales Stimme hörte: »Kirsten, komm schnell, Jasmin ist umgekippt!«

Er stand in Shorts mit dem tragbaren Telefon auf der Terrasse. Als ich ihn erreichte, gab er gerade seine Adresse durch. Noch im Sprechen zog er mich hinein und auf die Treppe.

»Ich bin von einem Geräusch wach geworden. Da muß sie hingefallen sein.«

Jasmin lag im oberen Bad auf dem gekachelten Fußboden. Dale hatte ihre nackten Beine auf den Badewannenrand gelegt und ein Handtuch unter ihren Kopf geschoben. Der linke Ärmel ihres T-Shirts war hochgeschoben, und die Nadel steckte noch in der Armbeuge. Spontan schaute ich weg. Solche Bilder konnte ich schon im Fernsehen schlecht ertragen, in der Realität kam ich überhaupt nicht damit klar. Dale kniete neben ihr nieder, fühlte den Puls, zog ein Lid hoch und begutachtete ihre Pupille. Sie stöhnte, rutschte ein wenig mit den Schultern hin und her, öffnete dann die Augen, würgte.

»Wenn sie brechen muß, dreh sie auf die Seite.« Dale klang sehr professionell. Wahrscheinlich hatte er in seiner Zeit als Polizist häufiger mit solchen Situationen zu tun gehabt. Ich fühlte mich komplett überfordert. »Und faß bloß nicht die Spritze an.« Damit war er auch schon draußen.

Er lief die Treppe hinunter und aus dem Haus. Kurz darauf hörte ich seine Autotür, und er kam mit dem Erste-Hilfe-Kasten zurück. Jasmin würgte wieder, diesmal stärker, Dale zog Gummihandschuhe über und entfernte die Nadel aus ihrer Vene, legte sie vorsichtig so weit weg, wie sein Arm reichte, und zog Jasmin hoch, zur Toilette hin.

Ein kleines Mädchen war sie, wie sie da über der Schüssel hing, das lange Haar überall, das Band, mit dem sie sich den Arm abgebunden hatte, lose an der Seite herabbaumelnd. Sie würgte und spuckte eine Weile, griff dann nach Dales Arm, der sie die ganze Zeit gehalten hatte, und zog sich hoch.

»Okay, ich bin okay.«

»Na, okay ist was anderes«, sagte Dale, dem erst jetzt

der Schrecken anzumerken war. Ganz so routiniert war er also auch nicht. Ich stand noch immer da wie erstarrt, erfüllt von Ekel, Angst und dem Wunsch, etwas tun zu können. Endlich schaffte ich es, wenigstens ein Handtuch mit kaltem Wasser zu tränken und Jasmin, die jetzt mit dem Rücken an der Badewanne lehnte, zu reichen. Mit fahrigen Bewegungen wischte sie sich über das Gesicht.

»Doch, doch. Das passiert schon mal.« Sie war nur mit Mühe zu verstehen. Vollkommen apathisch saß sie auf den Fliesen, das nasse, schmutzige Frotteetuch zwischen den Händen.

»Mein Gott, wann kommt denn endlich der Notarzt?« fragte ich.

Jasmin schreckte hoch. »Kein Arzt. Ich bin okay. Sag ich doch. Bloß noch ein paar Minuten.« Sie machte Anstalten, aufzustehen.

Ich faßte ihren Arm, sie stieß mich mit ungeahnter Kraft weg, schaffte es tatsächlich, sich hochzurappeln.

»Sorry, ich … Sorry, Leute, ich muß weg.«

Dale versperrte ihr den Weg. Ich sah die angespannten Muskeln seines schmalen Rückens. Zwischen ihnen rann ihm der Schweiß hinunter. »Du mußt nirgendwohin. Wir zwei haben eine Verabredung, schon vergessen?«

»Klar, Mann, gerade deshalb kann ich doch jetzt nicht ins Krankenhaus.«

Genau in dem Moment hörte man die Sirene.

»Wenn wir den Notarzt wegschicken, dann gehst du nicht nur mit Dale zur Polizei, sondern heute abend auch mit mir zur Drogenberatung«, hörte ich mich selbst mit fester Stimme fordern.

Man konnte förmlich sehen, wie es in ihrem benebelten Kopf arbeitete. Die Sirenen kamen näher, bis vors Haus, klangen aus.

»Entweder – oder«, sagte Dale.

An der Tür wurde Sturm geklingelt. Jasmin ließ sich wieder auf den Fußboden sinken.

»Okay, was ihr wollt. Aber schickt die weg.«

Dale ging nach unten, ich wischte ihr mit einem frisch getränkten Handtuch über das Gesicht, vorsichtig auch über den Arm mit der kleinen geronnenen Blutspur. Dann half ich ihr auf und hinüber in das Zimmer, in dem sie geschlafen hatte, führte sie zu der Luftmatratze. Das Fenster war geschlossen und die Luft fürchterlich stikkig. Ich öffnete beide Flügel so weit wie möglich, atmete die frische Morgenluft ein.

Dale kam herein, sein ganzer Oberkörper glänzte jetzt vor Schweiß. »Sie sind weg.« Er schaute Jasmin ernst an. »Du bleibst mindestens eine Stunde hier liegen, ist das klar?«

Sie schien eine Entgegnung hinunterzuschlucken, er nahm ihren Beutel, blickte sich noch einmal im Raum um und ging hinaus, über den Flur ins Bad.

Ich folgte ihm nach unten, Jasmins Protestgeräusche im Rücken. Dale stand an der Spüle in der Küche, neben sich im Aschenbecher eine qualmende Zigarette, und zerlegte in Gummihandschuhen die Spritze. Als er fertig war, packte er alles zusammen in eine Plastiktüte, die er nach draußen brachte.

»Es tut mir leid«, sagte ich, als er wieder hereinkam.

»Du kannst ja nichts dafür. Du willst ihr ja nur helfen. Aber ...«, er brach ab. »Ich brauche jetzt dringend eine Dusche. Verdammte, elende Sucht.«

Er ging hinaus, und ich hörte, wie er die Tür zum Bad neben der Eingangstür schloß. Offensichtlich wollte er das obere nicht benutzen. Auch ich fühlte mich schmutzig, obwohl ich nichts gemacht hatte. Aber mir grauste ebenfalls vor dem Badezimmer, in dem Jasmin bestimmt Spuren hinterlassen hatte.

Die große Bahnhofsuhr über der Küchentür zeigte schon halb neun. Wenn ich vor der Arbeit noch in die Böhmische Straße wollte, müßte ich mich schleunigst auf den Weg machen. Aber ich konnte jetzt nicht einfach gehen. Statt dessen setzte ich Kaffee auf, holte Toast, Butter und Marmelade aus dem Kühlschrank.

»Mach dir bloß keine Hoffnungen, daß sie heute abend kommt«, sagte Dale, der in neu aussehenden Jeans und einem hellen Leinenhemd wieder die Küche betrat und sich gleich eine weitere Zigarette anzündete. »Sobald sie alleine ist, wird sie abtauchen. Und ich kann nicht den ganzen Tag Babysitter spielen. Ich muß heute mittag zur Secura, da kann ich sie unmöglich mitnehmen.«

»Und wenn sie hierbleibt?« Gerade noch hatte ich Hunger gehabt, nun hielt ich eine Scheibe Toast in der Hand und brachte keinen Bissen hinunter.

»Soll ich sie einsperren? Kirsten, sie hat wahrscheinlich kaum noch Stoff, keine Spritze mehr, sie würde alles kurz und klein schlagen. Sie ist ein Junkie, begreif das endlich!« Mit einer heftigen Bewegung strich er die Asche seiner Zigarette ab.

»Ich nehm sie dir heute mittag ab. Wir treffen uns vor der Secura.« Ich hatte keine Ahnung, wie ich das schaffen sollte, aber Jasmin war mir in diesem Moment so viel wichtiger als der dumme Job, den ich nie gewollt hatte, auch als Andreas und seine Probleme in der Redaktion.

Es war nach halb zehn, als ich endlich mit noch nassen Haaren, im erstbesten sauberen Kleid, das mir zwischen die Finger gekommen war, in der Redaktion eintraf. Bis auf Dieter Büchner waren alle da, die ich in der vergangenen Woche kennengelernt hatte, und alle erwiderten meinen Gruß äußerst verhalten. Natürlich: Karge, der mich keines Blickes würdigte, hatte sie bereits über meine Beziehung zu ihrem ungeliebten Chef informiert. Martin Alex wirkte verunsichert, auch er hatte mich nicht offen begrüßt, lächelte jedoch schüchtern zu mir herüber.

Ein älterer Mann, den ich noch nicht kannte, trat aus dem Waschraum. Ich ging auf ihn zu, gab ihm die Hand und stellte mich vor.

»Markus Staude«, erwiderte er knapp.

Ich zwang mich, einen Moment lang die Stimmung ringsum zu ignorieren, auch nicht an Jasmin zu denken, sondern ihn genau anzuschauen. Er war nicht größer als ich, sehr schlank – zierlich war das richtige Wort – und sah ziemlich blaß aus. Ich glaubte sofort, daß er wegen des Todes seines engsten Kollegen in den letzten Tagen krank gewesen war. Daß der ruhig wirkende Mann ihn hingegen selbst, ob nun geplant oder im Affekt, getötet haben könnte, war schwer vorstellbar. Dennoch nahm ich mir vor, Staude im Blick zu behalten. Vielleicht ließ sich ja auch herausfinden, warum die Polizei ihn am Dienstag sofort hatte gehen lassen.

Er erwiderte meinen prüfenden Blick, setzte sich dann ohne ein weiteres Wort an seinen Schreibtisch und begann etwas im Ablagekorb zu suchen. Ich hatte das Kuchentablett und den Beutel mit den Sektflaschen bereits bei Frau Hübner im Sekretariat abgestellt, nun ging ich daran vorbei in Andreas' Büro.

Sein Blick, als sich die Tür ohne vorheriges Anklopfen öffnete, war mehr als finster. Er sah übernächtigt und abgekämpft aus, wirkte dabei fast aufgedunsen – vielleicht war das aber auch nur der Kontrast zu Dales Sehnigkeit.

»Andy, bitte, ganz kurz: Gib mir keinen Termin zwischen eins und zwei, ja? Ich geh mit Jasmin zur Suchtberatung.« Dale hatte zwar gemeint, solch ein halb erzwungener Besuch würde ohnehin nichts bringen, schließlich war er uns aber doch als die vernünftigste Lösung erschienen. Ich würde sie ihm kurz vor eins vor der Secura abnehmen, mit ihr zu der Beratungsstelle fahren und sie dort, so hoffte ich inständig, gleich fähigen Leuten überlassen. »Und wenn ich einen Redaktionswagen in der Zeit haben könnte, würde mir das sehr helfen.«

Tatsächlich hatte ich keine Ahnung, wie ich es ohne Auto innerhalb einer Stunde schaffen sollte. Das Versicherungsgebäude lag am anderen Ende der Stadt, hinter dem Zwinger, und Horizont in Cotta, ein ganzes Stück außerhalb.

»Sonst nichts?« Andreas' Stimme war vollkommen geschäftsmäßig. Er zündete sich eine Zigarette an. Ganz der souveräne Chef. Oder eben überhaupt nicht souverän, wenn man ihn so gut kannte wie ich.

»Nein, sonst erst mal nichts.«

»Ich werde sehen, was ich machen kann.«

Kurz darauf saß ich an meinem Schreibtisch, innerlich

vor Wut bebend, bemüht, mir meine Stimmung nicht anmerken zu lassen. Ohnehin fühlte ich die Blicke meiner Kollegen auf mir ruhen und hatte die böse Vision, beim erstbesten Fehler unter Lynchrufen von meinem Stuhl hochgezerrt und an die Wand gestellt zu werden.

Ich biß die Zähne zusammen, fuhr den Rechner hoch und suchte im Internet nach Therapiemöglichkeiten für Jasmin. Es gab eine Unzahl an Angeboten, und ich vertraute darauf, daß ihre Bemerkung, sie werde keine zweite Chance bekommen, dummes Junkie-Gerede gewesen war.

»Wollen Sie Ihrem Freund helfen?« hörte ich auf einmal eine scharfe, leise Stimme in meinem Nacken.

Ich drehte mich um und sah Peter Karge, der mich gehässig anlächelte. Während ich, auf das Schneeweiß seines Hemdes starrend, nach einer Entgegnung suchte, kam Andreas auch schon in den Raum, um die Konferenz abzuhalten. Hier, vor versammelter Mannschaft und unsicherer denn je, trat er noch autoritärer auf als zuvor mir gegenüber. Es gab die Information, daß Herr Büchner sich krank gemeldet habe, eine in Teilen ätzende Blattkritik, heruntergeratterte Termine sowie eine Erinnerung an die kritisierten Texte, die er den Redakteuren am Freitag vorgelegt hatte. Immerhin hatte er mich nur für eine Pressekonferenz am Vormittag im Zoo und eine Recherche über die zukünftige Nutzung eines alten Fabrikgebäudes eingeteilt.

»Gibt es noch Fragen?«

»Keine Frage«, sagte ich und schaffte es, in die Runde zu lächeln. »Aber ich möchte heute meinen Einstand geben und würde mich freuen, wenn wir uns nachmittags auf ein Glas Sekt und ein Stück Kuchen zusammensetzen würden.«

Ein nettes Nicken von Martin und ein halbwegs freundlicher Blick von Frau Leitmeyer waren die einzige Reaktion. Auch Andy sagte nichts, erwiderte auch mein Lächeln nicht, sondern packte nur die Unterlagen, die er nicht an uns verteilt hatte, und verschwand aus der Redaktion.

Kurz vor eins, nachdem ich in Rekordgeschwindigkeit einen Text über das geplante neue Afrika-Haus zusammengehauen hatte, stürmte ich aus der Redaktion, ohne mit einem Kollegen noch ein Wort gewechselt zu haben. Auch Andreas hatte ich nicht mehr wegen eines Autos angesprochen. Quer durch die Stadt kam ich jetzt ohnehin schneller zu Fuß, und hinaus nach Cotta konnten wir ein Taxi nehmen. Momentan hatte ich ohnehin nicht wenig Lust, erst am späten Nachmittag wieder in der Prager Straße zu erscheinen.

Dale wartete bereits, ungeduldig seine Hände knetend, auf einer Bank im Schatten des sechsstöckigen Secura-Gebäudes in der Schweriner Straße, als ich außer Atem angelaufen kam. Er sprang auf. Jasmin blieb apathisch sitzen.

»Sie hat gerade ihren restlichen Stoff gesnieft«, informierte mich Dale, berührte leicht meinen Arm, drehte sich um und verschwand im Eingang.

Ich setzte mich neben Jasmin und zwang mich zur Ruhe. Mindestens zehnmal hatte ich heute morgen auf den Internet-Seiten gelesen, daß Therapieplätze nur vergeben wurden, wenn der Süchtige selbst bereit war, sein Leben zu ändern. Was ja auch sinnvoll erschien, denn nur so gab es eine Chance auf Erfolg.

»Ich schlage vor, wir nehmen die Bahn und laufen dann bei dem schönen Wetter durch Cotta.«

Wenn ich nicht spätestens um drei wieder in der Redaktion war, würde Andy toben. Und die Kollegen wären sich einig, daß ich nicht normal mitarbeitete. Egal.

Jasmin zuckte die Achseln, ging neben mir her zum Postplatz. Auf meine Frage, was der Besuch bei der Polizei gebracht habe, kam ein vages: »Sie wollen gucken.«

Erst nach nochmaligem Nachhaken sagte sie, daß sie einen der beiden Männer, die Laura mitgenommen hatten, auf den Fotos der Kripo wiedererkannt hatte.

»Das ist doch Klasse. Da können sie doch jetzt ansetzen.«

»Nu.«

In der Bahn war es unerträglich stickig, obwohl sämtliche Fenster gekippt waren. Jasmin setzte sich auf einen Einzelplatz, ich blieb stehen, weil mir so etwas mehr frische Luft um die Nase strich. Bis wir am Bahnhof Cotta ausstiegen, sprachen wir kein Wort. Dann endlich hatte ich eine Idee, wie ich sie überzeugen könnte.

»Es wäre das beste, wenn du vorerst nicht auf der Straße auftauchst, solange die Polizei die Männer sucht und überhaupt Jagd auf die Kinderzuhälter macht«, begann ich in leichtem Plauderton, während ich versuchte, mich zu orientieren. »Die beiden wissen schließlich auch, wie du aussiehst. Und sie werden wissen, daß du sie gezinkt hast.« Ich guckte zur Seite, Jasmin hielt jedoch den Blick auf den schadhaften Bürgersteig gerichtet und sah mich nicht an. »Wenn du dich zur Entgiftung und Therapie entschließt, wärst du erst mal in Sicherheit. Aber wenn du dir weiter Stoff besorgen mußt, können sie dir auflauern.«

War das deutlich genug gewesen? Jasmin nickte kaum sichtbar.

»Das hat Dale auch gesagt.« Sie schaute mich an, und ihre Augen hinter den dunklen Gläsern schienen aufzublitzen, was mir lieber war als diese Lethargie. »Aber das ist doch Scheiße! Erst zwingt ihr mich, zu den Bullen zu gehen und dann kommt ihr damit. Das ist nicht fair!« Mit zittrigen Fingern zog sie eine Schachtel Zigaretten aus der Tasche, zündete eine an und inhalierte tief.

Es war nicht fair, damit hatte sie absolut recht. Das war mir aber vollkommen egal, wenn ich sie so wieder von dem Zeug weg bekam.

»Du wolltest doch deiner Freundin helfen«, erinnerte ich sie.

Jasmin antwortete nicht, sondern trottete mit gottergebener Monotonie die staubige, heiße Straße entlang. Ich zog sie leicht am Ärmel ihres T-Shirts.

»Komm, wir wechseln auf die andere Seite.«

Im Schatten der Häuser war es etwas erträglicher. »Jetzt gibt es eine Chance, daß Laura gefunden und denen das Handwerk gelegt wird.«

»Ja.«

Ich blieb stehen und drehte ihr Gesicht zu mir, zwang sie, mich anzuschauen. »Überleg doch mal: Wenn du clean zurück bist, haben wir Laura da rausgeholt, und du kannst dich richtig um sie kümmern.«

Vermutlich hatte ich ebensoviel Angst vor der eigenen Courage angesichts dessen, was ich da versprochen hatte, wie Jasmin, als sie nach kurzem Nachdenken den Blick senkte und zustimmend nickte.

»Ach, die First Lady gibt uns heute tatsächlich noch die Ehre.« Durch ihre rote Brille begutachtete Frau Brandt mich wie ein fremdartiges Insekt. »Aber natürlich, Sie wollen ja mit uns auf Ihre Zukunft in diesem Hause anstoßen.«

Es war kurz nach vier, und ich wäre selbst jetzt nicht wieder in der Redaktion, wenn ich nicht in Klotzsche, wo ich Jasmin nach zähen telefonischen Verhandlungen zur Entgiftung im St.-Marien-Hospital abgeliefert hatte, mein Konto geplündert und auch für meinen Rückweg von dort ein Taxi genommen hätte.

»Das machen wir, Frau Brandt. Das machen wir. Ich muß nur eben dem Chef von meinen Rechercheergebnissen berichten.«

Sie suchte nach einer Antwort, ich ließ sie sitzen und trat den Weg in die Höhle des Löwen an. Andy sah kaum auf, als ich hereinkam.

»Entschuldigung. Es tut mir wirklich leid. Ich weiß, ich mach es dir hier im Augenblick nur noch schwerer.« Ich setzte mich auf den Stuhl vor seinem Tisch. »Aber ich habe es tatsächlich geschafft, Jasmin einen Therapieplatz zu besorgen. Und das, nachdem man mir mindestens zwanzigmal gesagt hat, daß das niemals klappen würde.«

Noch immer war ich wie berauscht von diesem Ausgang. So langsam fiel jedoch mein Adrenalinpegel, und ich spürte nur zu deutlich, daß ich seit fast zehn Stunden ununterbrochen unter Strom stand. Und es war noch nicht vorbei.

»Nett, daß du dir meinetwegen Sorgen machst. Aber was bin ich schon im Vergleich zu einem Junkie-Mädel, das du zweimal in deinem Leben gesehen hast, oder deinem Ex.« Er blätterte in seinen Notizen. »Den Artikel über das Afrika-Haus siehst du bitte wenigstens noch einmal auf Rechtschreibfehler durch. Und jetzt laß mich arbeiten.«

Nicht zum ersten Mal erschien Andreas mir in diesem Haus wie ein Fremder. Ein dicklicher Fremder, der im verschwitzten T-Shirt dasaß, neben der Tastatur einen überquellenden Aschenbecher, den verbitterten Blick starr auf den Monitor gerichtet.

»Du tust mir leid, Andy«, sagte ich leise. Und dann lauter: »Ich mache jetzt den Sekt auf. Meinst du nicht, es wäre gut, wenn du auf ein Glas und ein Stück Kuchen rüberkommst?«

»Nein, das meine ich nicht.« Er schrieb weiter.

An der ablehnenden Haltung der Kollegen mir gegenüber hatte sich nichts geändert, den Einstand schlug jedoch keiner aus. Martin prostete mir offen zu, die andern hoben ihre Gläser nur ganz leicht in meine Richtung. Ich suchte nach Worten für einen Toast, als Karge sich süffisant erkundigte, warum Andreas nicht dabei sei.

»Fragen Sie ihn doch selbst«, gab ich halbwegs ungerührt zurück.

»Ach, das lasse ich lieber. Sie wissen doch, die Kommunikation mit unserem Chef gerät immer so leicht außer Kontrolle.«

Lachen und Grinsen ringsum bezeugten, daß die Episode von Freitag nacht die Runde gemacht hatte. Und daß Karge darin die Rolle des Souveränen und Andy die des Cholerikers innehatte. Womit sie ja leider nicht ganz falsch lagen. Martin suchte meinen Blick, wirkte aber selbst hilflos.

Ich war mehr als froh, daß alle bald wieder an ihre Schreibtische zurückkehrten, um die aktuelle Ausgabe fertigzustellen. Als ich meinen Zoo-Artikel auf den Schirm holte, wäre ich am liebsten noch einmal in Andreas' Büro gestürmt, um ihn kräftig durchzuschütteln und zu fragen, ob er jetzt völlig abdrifte. Natürlich war der Text kein Meisterwerk, er war jedoch nicht schlechter als vieles andere im Tagesgeschäft. Zwei Flüchtigkeitsfehler fand ich, auch das Rechtschreibprogramm machte keine weiteren aus. Ich korrigierte sie, speicherte den Artikel dann wieder ab, ohne ein einziges Wort zu ändern.

Ich hatte nur ein Glas Sekt getrunken, im Verein mit der Hitze schien dieses jedoch die Müdigkeit, die mir in allen Knochen steckte, zu potenzieren. Dennoch blieb ich sitzen, als die meisten schon in den Feierabend aufbrachen. Ich wollte der Nachrede von der »First Lady« keine weitere Munition geben. Andreas ließ sich nicht in unserem Büro blicken, und das war mir auch ganz lieb.

Ich nahm die Unterlagen, die er mir über den neuen Investor für die ehemalige Gummifabrik gegeben hatte, und versuchte unter der angegebenen Telefonnummer jemanden zu erreichen. Trotz der späten Stunde hatte ich Glück und bekam einige Infos. Nachdem ich alles ordentlich notiert hatte, fuhr ich meinen Rechner herunter und ging auf die Toilette.

Es war ein großer Waschraum mit vier Kabinen und ebenso vielen Waschbecken. Der Zugang von der Redaktion aus befand sich direkt neben Martins Arbeitsplatz, auf der anderen Seite, neben den Waschbecken, führte eine Tür in Andreas' Büro. Von dort drangen jetzt Stimmen herüber. Zwar konnte ich nichts verstehen, es waren jedoch Andy und ein zweiter Mann, die sich lauthals anfeindeten. Ich seufzte und ging in eine der Kabinen.

Nachdem ich mir die Hände gewaschen hatte und wieder zurück in die Redaktion wollte, hielt ich inne. Ich hatte die Tür beim Hineingehen nicht richtig geschlossen, und nun hörte ich Karge sich sehr deutlich und wütend darüber auslassen, daß der Chef an seinen Texten herumgemeckert habe. Eine zweite Stimme, die ich nicht auf Anhieb erkannte, von der ich aber glaubte, daß sie Markus Staude gehöre, mischte sich ein. Es sei ja überhaupt unglaublich, daß er sich jeden einzelnen Text noch einmal vornehme. Schließlich seien sie alle gestandene Redakteure.

Dann sprach Martin Alex. So unrecht habe Herr Rönn doch nicht. Es sei doch wirklich teilweise kein sauberer Journalismus gewesen, was sie hier gemacht hätten.

Ich hielt die Luft an. Alle Achtung. Das hätte ich Martin gar nicht zugetraut.

Karges Stimme wurde scharf. »Ach, und der Chef macht natürlich was ganz anderes, ja?«

»Ja, das glaube ich schon.«

»Dann sollten Sie mal Herrn Richter von der Gesellschaft für Wiederaufbau fragen, wie anders Herr Rönn arbeitet. Oder vielleicht besser: zu welchen Kursen.«

Unwillkürlich schüttelte ich den Kopf. Ich mußte etwas falsch verstanden haben. Martin reagierte ähnlich ungläubig, fragte nach.

»Ich sage nur: Jeder Mensch ist käuflich, es kommt nur auf den Preis an.«

»Aber«, begann Martin, als der Dritte ihm ins Wort fiel.

»Helmut wußte auch davon. Denken Sie mal drüber nach.«

»Du glaubst, daß er Rönn zur Rede gestellt hat?« fragte Karge.

»Er war als letzter noch mit ihm im Restaurant.«

Jetzt mußte Martin doch einwenden, daß das nicht stimmte, daß Helmut Salzinger mit ihm zum Parkplatz gegangen war. Aber es kam nichts.

»Sie sind zusammen losgegangen«, sagte Karge langsam. »Helmut hat ihn mit der Zahlung von Richter konfrontiert, und jähzornig, wie Rönn ist, ist er ihm genauso an die Gurgel gegangen wie mir am Freitag. Bloß, daß da keiner dabei war, der ihn daran gehindert hätte.«

Ich meinte noch etwas von Martin zu hören, im gleichen Moment kam Andreas durch die andere Tür in den Waschraum. Wir starrten uns an, dann riß ich wie wild an der Klinke, die ich die ganze Zeit umklammert hatte, und stürzte an meinen Schreibtisch, griff meine Tasche und verschwand aus der Redaktion.

6. Kapitel

»Was war mit der Gesellschaft für Wiederaufbau?« Ich stopfte noch ein letztes sauberes T-Shirt in meine Reisetasche und zerrte an dem Reißverschluß.

»Was?« Andreas stand im Türrahmen zum Schlafzimmer, noch außer Atem von den Treppen.

»Mit der Gesellschaft für Wiederaufbau. Du hast Ende April eine Geschichte über den Stand des Bauvorhabens gemacht. Das weiß ich noch. Und dabei hattest du anscheinend mit einem Herrn Richter zu tun.« Ich ließ den Reißverschluß Reißverschluß sein und schaute mich um, ob ich das Nötigste eingepackt hatte.

»Er ist der Marketing-Chef«, war Andys Antwort.

»Hast du Geld von ihm bekommen?«

»Ob ich …?« Andreas rutschte langsam den Rahmen entlang auf den Boden, wischte sich mit seinem T-Shirt-Ärmel über die Stirn. »Mein Gott.«

»Was, mein Gott? War dir kurzfristig entfallen, daß du für irgendeine Gefälligkeit bezahlt worden bist? Was ist der Preis für deine Selbstgerechtigkeit? Mußtest du dich damals mit ein paar Euro trösten, weil ich mich um Dale gekümmert hab?« Ich spürte die Tränen in meinen Augen, kämpfte dagegen an. Den Triumph wollte ich ihm nicht gönnen. Ich fühlte mich so verraten, so ausgenutzt. Dieses ganze verlogene Theater um sauberen Journalismus, um eine ordentlich gemachte Zeitung …

»Kirsten, stopp!« Er zog seine Zigarettenschachtel aus der Hose, hielt sie unschlüssig in den Händen.

»Rauch ruhig. Ich schlaf sowieso nicht hier.«

»Kirsten. Das ist nicht dein Ernst. Du kannst nicht glauben, daß ich käuflich bin.« Er legte die Packung neben sich. »Ich bin damals bezahlt worden von der Gesellschaft, das ist richtig.«

Ich hatte das Gefühl, in dem stickigen Zimmer keine Luft zu bekommen. Ich wollte weg, wollte Andy nicht weiter anhören, wollte keine kruden Rechtfertigungen.

»Kirsten, hör mir zu: Ich hab von der Gesellschaft ein zusätzliches Honorar bekommen, weil sie zu dem Zeitpunkt dringend neue Spenden brauchten und sich durch meinen Artikel welche erhofft haben.« Andy wischte sich wieder den Schweiß ab. »Das war nicht in Ordnung. Aber was hat das mit käuflich zu tun?«

»Nicht in Ordnung?! Du scheinheiliger Scheißkerl!« Ich holte tief Luft. »Es war Thema für Karge. Und für Helmut Salzinger«, fügte ich fast gegen meinen Willen an.

»Was?«

Er sprang auf und schrie, tobte. Ich nahm meine Tasche und ging. Als ich neben ihm war, hob er die Hand. Einen Moment lang glaubte ich, er würde mich schlagen, und duckte mich. Dann aber sackte er wieder in sich zusammen und begann zu heulen wie ein Schloßhund.

»Und alles nur, weil ich dich liebe«, klagte Campino, »und ich nicht weiß, wie ich's beweisen soll …«

Ich ließ meine geballte Faust kraftlos auf den wackeligen kleinen Balkontisch des *Hieronymus* sinken und schluchzte weiter, zerfetzte eines der Papiertücher aus der Toilette.

Max, der Wirt, hatte sich nach dem dritten Whisky

geweigert, mir einen weiteren zu bringen. Wir kannten uns fast so lange, wie ich in Dresden wohnte, das *Hieronymus* im ersten Stock eines Abbruchhauses in der Louisenstraße war so etwas wie meine Stammkneipe geworden. Es herrschte wenig Betrieb in der ehemaligen Vierzimmerwohnung, und Max gesellte sich noch einmal hinaus zu mir.

»Dann mach mir ein Bier, und gib mir eine Zigarette«, bat ich ihn unter Tränen.

Mit seinem gewaltigen Bauch füllte Max fast die gesamte Tiefe des Balkons. Er lehnte sich gegen das schmiedeeiserne Geländer und schaute mich skeptisch an, hielt mir aber seine Schachtel hin und gab mir Feuer.

»Willst du reden?«

Ich schüttelte den Kopf und rieb meine Augen, in die Qualm gestiegen war. Ein neuer Tränenfluß lief mir über die Wangen, ich konnte überhaupt nicht mehr aufhören.

Max stellte ein kleines Bier vor mich hin und sagte: »Ich ruf jetzt Andreas an.«

»Nein, bloß nicht!« Ich schluckte. »Auf keinen Fall!«

Auf der Kneipenmeile waren an diesem schwül-heißen Montagabend nur wenige Menschen unterwegs. Meine Tränen versiegten endlich, und ich starrte nach unten, überlegte, wo ich hin sollte. Da berührte mich auf einmal eine Hand an der Schulter. Ich dachte, es sei Andy, und sprang panisch auf.

»Hey, ganz ruhig.« Es war Dale. Er griff nach meiner Tasche und führte mich aus der Kneipe.

»Ich soll was? Für dich herausfinden, ob Andreas jemanden getötet hat?!«

Wir saßen in Dales Küche. Ich hatte bislang nicht erzählt, was vorgefallen war, ihn jedoch, gerade als er mir einen Kaffee vorsetzte, gefragt, ob er einen solchen Auftrag für mich übernehmen würde. Ich stützte den Kopf in die Hände und blickte auf die hölzerne Tischplatte.

»Das kannst du nicht ernsthaft glauben.« Durch die offenen Fensterflügel war Donnergrummeln zu hören. Natürlich glaubte ich es nicht. Konnte ich es nicht glauben. Aber –

»Du sagst doch immer, daß man alles für möglich halten muß. Andy ist jähzornig. Und daß er scheinheilig und verlogen ist, weiß ich jetzt auch.« Schon wieder mußte ich anfangen zu weinen.

»Kirsten, du bringst mich ja wirklich in eine absurde Situation.« Er steckte sich eine Zigarette an. Ich widerstand der Versuchung. Dieser verdammte Kerl würde mich nicht dazu bringen, wieder mit dem Rauchen anzufangen. »Daß ich Andreas mal dir gegenüber verteidigen würde, hätte ich mir nie träumen lassen. Also, was ist passiert?«

Während draußen der Regen losprasselte, erzählte ich Dale alles, was in der vergangenen Woche geschehen war. Als ich fertig war, schüttelte er den Kopf.

»Und was ist nun tatsächlich so schlimm daran, wenn er von der Gesellschaft Geld bekommen hat?«

Ich versuchte meine Gedanken zu ordnen. Angesichts all dessen, was heute in den Medien Normalität war, war es tatsächlich nicht einfach, das klarzumachen.

»Andreas könnte es dir bestimmt besser erklären als ich.« Ich lachte bitter. »War schließlich in den letzten Tagen sein Hauptthema.«

Dale legte mir die Hand auf den Arm. Mir standen schon wieder die Tränen in den Augen.

»Erklär du es mir.«

»Okay, also: So, wie er es erzählt hat, wußte er von vornherein von dem zusätzlichen Geld. Und wenn dann quasi die ›zweite Auftragsvorgabe‹ war, für zusätzliche Spenden zu sorgen, wird er kaum ein negatives Wort über die Gesellschaft geschrieben haben.«

Dale nickte, stand auf und goß uns beiden Mineralwasser ein. Gierig stürzte ich es hinunter. Der Nachdurst setzte bereits ein.

»Und selbst wenn nicht, dann wäre es so etwas wie eine ...«, ich suchte nach dem richtigen Wort, »... eine prophylaktische Bestechung. Die Stiftung kann dann eigentlich davon ausgehen, daß sie bei diesem Journalisten etwas gut hat. Praktischerweise ist der jetzt einer von zwei Lokalredaktionschefs in Dresden.«

»Das konnte aber keiner voraussehen.«

»Nein, aber verstehst du nicht? So was darf man einfach nicht machen. Im Prinzip spricht nichts dagegen, eine gemeinnützige Gesellschaft zu unterstützen. Aber dann mit offenen Karten.« Ich holte tief Luft. »So macht man sich angreifbar. Das zumindest.« Nur mit Mühe konnte ich noch die Augen offenhalten.

»Womit wir bei Andreas' Kollegen und ihrem Vorwurf wären.« Dales Stimme schien weit entfernt. Ich spürte seine Hand unter meinem Kinn und verstand nur noch »hinlegen« und »schlafen«.

Er war einen Moment weg, dann zog er mich vom Küchentisch hoch und führte mich ins Wohnzimmer, wo er wieder die Couch hergerichtet hatte. Durch die wenigen Schritte wurde ich etwas munterer und fragte ihn noch einmal, ob er mir helfen würde.

»Ich gehe morgen früh mit dir zu Hantzsche. Mal hören, was der sagt. Jetzt schlaf erst mal.«

Er ließ mich allein. Ich zog mein durchgeschwitztes Kleid aus und legte mich hin, war plötzlich jedoch hellwach. Die Gedanken jagten nur so durch meinen Kopf. Dale hatte die Vorstellung, daß Andy tatsächlich Salzinger getötet haben könnte, genauso abgetan wie ich in den vergangenen Tagen. Aber sie kam immer wieder an die Oberfläche.

Offensichtlich war diese Geschichte mit der Gesellschaft für Wiederaufbau ein ganz dunkler Punkt. Wenn Salzinger ihn nun wirklich damit konfrontiert hatte? Als ich ihm den Vorwurf machte, war er komplett ausgeflippt, und ich hatte ihm zugetraut, daß er mich schlug. Mich.

Ich rieb meine Augen und setzte mich auf. Nein, so ausgetickt war er, als ich angedeutet hatte, daß er etwas mit Salzingers Tod zu tun haben könnte. Und war das nicht wiederum normal, wenn der Mensch, den man liebte, einem so etwas zutraute?

So kam ich nicht weiter. Ich beschloß, erst einmal zu duschen, und schlich, in das Laken gewickelt, ins Bad.

Als ich den klebrigen Schweiß abgewaschen hatte, fühlte ich mich etwas besser. Das Bettuch wie eine griechische Toga um mich geschlungen, ging ich in die Küche und nahm eine Flasche Bier aus dem Kühlschrank. Morgen früh würde ich fürchterlich verkatert sein, das war mir in diesem Augenblick jedoch völlig egal. Schließlich zog ich auch noch eine Zigarette aus Dales Packung, die er auf dem Tisch liegengelassen hatte.

Auf jeden Fall mußte ich morgen wieder in die Redaktion gehen, das wurde mir langsam klar. Die ganze Zeit hatte ich gedacht, mich könnten keine zehn Pferde mehr dorthin bringen, aber ich würde von innen heraus viel mehr in Erfahrung bringen als von außen. Ich seufzte und lehnte mich auf dem alten Küchensofa zurück, schloß die Augen.

Als ich etwas an meiner Hand spürte, fuhr ich hoch. Dale nahm mir die Bierflasche ab, die schon arg ins Rutschen gekommen war. Die Zigarette hatte ich zum Glück noch ausgemacht, bevor mich der Schlaf übermannt hatte.

»Dale.«

Ich griff nach seinem Arm, wollte ihn neben mich ziehen. Wieder trug er nur Shorts, wieder glänzte sein durchtrainierter, schweißnasser Oberkörper.

Ein ganz feines, trauriges Lächeln spielte um seine Lippen. »Du meinst mich doch gar nicht, Kicki. Du meinst mich doch gar nicht.«

»Nu, was soll ich Ihnen sagen?« Hantzsche blickte von Dale zu mir.

In seinem kleinen Büro in der Hauptwache war es auch zu dieser frühen Stunde schon entsetzlich stickig, und wie beim Treffen zuvor verströmte das Hemd des Kommissars seinen speziellen Polyester-Schweiß-Geruch. Trotzdem war aus unerfindlichen Gründen das Fenster geschlossen.

Ich fühlte mich, als hätte ich Watte im Kopf und Sägespäne im Mund.

»Soll ich rausgehen? Schließlich verdächtigen Sie Andreas, und ich ...«

»Herr Ingram würde Ihnen doch ohnehin Bericht erstatten, oder?« gab der Kommissar zurück, ohne die Absolution, auf die ich gehofft hatte, auszusprechen. »Also: Anhand dessen, was die Pathologen rekonstruiert haben, gehen wir von einem Totschlag gegen ein Uhr in der Frühe aus. Das Opfer hatte eine Wunde am Hinterkopf, die wohl von einem Sturz auf die Bordsteinkante herrührt. Sie ist aber so tief, daß er nicht einfach gefallen sein kann, sondern aller Wahrscheinlichkeit nach heftig gestoßen wurde.« Er schob die aufgeschlagene Mappe auf seinem Schreibtisch hin und her. »Deshalb gehen wir davon aus, daß es vorher eine Auseinandersetzung gab.«

Ich hatte gräßliche Kopfschmerzen. Obwohl ich anstelle eines Frühstücks schon eine Aspirin genommen hatte.

»Andere Kandidaten?« fragte Dale.

»Nicht viele. Der Zuhälter – wobei das auf einer länger zurückliegenden Geschichte beruht und wir den Herrn auch mittlerweile wieder freigesetzt haben.« Hantzsche zuckte die Schultern, schaute auf seine Unterlagen.

Mir kam der Gedanke, daß er vielleicht sogar seine Hand über Andy hielt, der anscheinend tatsächlich der Hauptverdächtige war. Ich schluckte einmal trocken.

»Aber gefunden wurde der Tote doch nicht direkt am Strich, sondern davor, oder?«

Der Kommissar bedachte mich mit einem Blick, der darauf schließen ließ, daß das noch nicht allgemein bekannt war. »Nu, das ist richtig.«

»Spricht das nicht gegen den Zuhälter?« Was wollte ich hören?

Dale sagte: »Nicht unbedingt.«

Die Stimmung zwischen uns beiden war heute morgen ziemlich seltsam. Er hatte mir in aller Form angeboten, bei ihm zu schlafen, solange ich wollte, und ich hatte angenommen, wußte aber nicht, ob es richtig war.

»Gibt es irgendwelche Hinweise darauf, daß Herr Salzinger jemanden erpreßt haben könnte? Oder daß er selbst erpreßt wurde?« Die Möglichkeit war mir gestern nacht unter der Dusche eingefallen. Wir wußten schließlich nicht, ob Salzingers Familie klar war, daß er regelmäßig am Strich unterwegs war.

»Wieso? Haben Sie einen Verdacht in der Richtung?«

»Andreas hat die Idee, daß die Redaktion käuflich ist und Salzinger zumindest einen Kollegen erpreßt hat.«

Der Kommissar fragte nach Details, und zögernd gab ich Andys Überlegungen wieder, erwähnte auch den Layout-Ausdruck. Er machte sich Notizen, schaute dann auf: »Ich nehme an, Herr Rönn wird wieder einmal seine Gründe haben, warum er heute nicht mitgekommen ist. Aber in der Angelegenheit muß ich ihn natürlich noch einmal persönlich sprechen. Richten Sie ihm bitte aus, daß ich denn heute abend noch einmal zu Ihnen nach Hause komme.«

Ich nickte bloß. Warum bot Hantzsche uns keinen Kaffee an?

»Und wieso sollte er erpreßt werden?«

»Weil er am Strich kein Unbckannter war.«

Ich fragte mich, wie der Kommissar es den ganzen Tag in diesem Raum aushielt. Immerhin wischte er sich jetzt auch den Schweiß von der Stirn.

Hantzsche lächelte milde. »Das kann ich mir kaum vorstellen.« Mehr sagte er nicht, aber vermutlich hatte er sich ausführlich mit der Witwe und ehemaligen Kripo-Sekretärin unterhalten.

»Wo leben eigentlich seine Kinder?« fragte ich trotzdem noch nach.

»Der Sohn arbeitet bei den Disney-Studios in Hollywood. Er ist Trickfilmzeichner, oder wie man das heute nennt. Die Tochter wohnt hier in Dresden. In Hellerau.« Das hatte er ohne einen Blick in seine Mappe parat.

»In welcher Reihenfolge haben Ihren Unterlagen zufolge die Kollegen am Montag abend das Restaurant verlassen?« fragte Dale. »Und wer ist mit wem zusammen gegangen?«

»Schwierig zu sagen.« Hantzsche faltete seine Hände über dem dicken Bauch. »Anscheinend haben da alle ziemliche Gedächtnislücken. Die Darstellungen gehen jedenfalls reichlich auseinander.«

»Aber Martin Alex soll doch kaum etwas getrunken haben. Er müßte doch ein verläßlicher Zeuge sein.« Wenn ich nicht bald wieder an die frische Luft kam, würde mir richtig übel werden.

Der Kommissar blätterte in der Mappe. »Martin Alex, Martin Alex. Ah, hier. Nein, er sagt aus, er sei vor Verlassen des Lokals noch einmal zur Toilette gegangen und dann direkt zu seinem Wagen. Dorthin seien denn diejenigen Kollegen, die er mitgenommen habe, gekommen, und zwar Herr Dieter Büchner, Frau Hannelore Leitmeyer, Frau Ursula Brandt und Herr Theo Muntz.« Er blickte auf. »Das scheint auch unstrittig zu sein. In welchen Konstellationen die anderen jedoch das Lokal verlassen haben, da bekommt man keine Linie rein.« Er schaute Dale an, der nachdenklich nickte. »Versuchen

Sie ihr Glück.« Er erhob sich schwerfällig von seinem Stuhl. »Ich begleite Sie hinaus. Diese Luft macht mich krank. Wir befinden uns in der Erprobung einer sogenannten Raumluftanlage. Wenn Sie mich fragen, mir ist ein offenes Fenster lieber.«

Während wir den Gang hinuntergingen, unterhielten Hantzsche und Dale sich über Klimaanlagen, ich versuchte zu begreifen, was ich da gerade gehört hatte.

»Hantzsche hat dir signalisiert, daß Andy in der Scheiße steckt und du ihm vielleicht helfen kannst?« fragte ich, kaum daß wir vor dem Gebäude alleine waren.

Dale zündete sich eine Zigarette an.

»Ja.« Glücklich sah er dabei nicht aus.

»Hör zu, du mußt das nicht machen.« Ich trat einen Schritt zurück in den Schatten.

»Doch, doch.« Er blickte auf seine Armbanduhr. »Wir sprechen heute abend darüber, ja? Mach keinen Unfug inzwischen.« Fast abwesend lächelte er mich noch einmal an, dann drehte er sich um und verschwand in Richtung Brühlsche Terrassen.

Tief in Gedanken, machte ich mich auf den Weg in die Redaktion, kaufte im Asia-Imbiß an der Straßenbahnhaltestelle eine Flasche Mineralwasser und leerte sie gleich zur Hälfte. Je näher ich dem Ende der Prager Straße kam, desto mehr verlangsamte ich meine Schritte. Als ich jedoch Martin Alex sah, der vom Bahnhof aus auf das Zeitungsgebäude zuging, gab ich mir einen Ruck und begrüßte ihn, als wenn nichts gewesen wäre. Auch er erwähnte mein gestriges Hinausstürmen nicht, während wir nebeneinander in den ersten Stock hinaufstiegen, schaute mich jedoch häufig von der Seite an. Als wir die Redaktion betraten und ich sah, daß die

Raucherecke frei war, fragte ich ihn, ob er noch fünf Minuten Zeit hätte.

Irgendwie sieht er schuldbewußt aus, dachte ich, als er neben mir saß, auf der Kante des alten Holzstuhls, und sich die Hände an den Beinen seiner weiten Cargohose abwischte.

»Du warst letzten Montag der einzige, der noch halbwegs nüchtern war, oder?«

»Ja. Ich hatte bloß das Glas Sekt zum Anstoßen getrunken. Ich mache mir nichts aus Alkohol.«

Ich nickte und schob den stinkenden Aschenbecher weiter weg. »Dann mußt du doch auch wissen, wer mit wem nach draußen und dann weitergegangen ist.«

Martin rieb seine Hände bis zu den Knien auf dem Stoff der Hose. »Nein, eben nicht. Ich habe die beiden Frauen, Büchner und Theo, den Fotografen, in meinem Auto mitgenommen. Sobald die alle zusammen waren, bin ich gefahren.«

»Und Salzinger?«

Martin zuckte die Schultern. »Ich glaube, der war auch auf dem Parkplatz. Aber genau weiß ich es nicht.«

In diesem Moment öffnete sich die Tür von Andreas' Büro, und er trat hinaus, starrte uns sekundenlang an, bevor er mit einem kurzen »Morgen« weiterging. Ich fragte mich, wie es möglich war, daß er noch schlimmer aussah als am Tag zuvor. Er schien überhaupt nicht geschlafen zu haben, die Augen lagen in tiefen dunklen Höhlen, dafür war der untere Teil des Gesichts jetzt eindeutig aufgeschwemmt.

Nachdem er in dem großen Büro verschwunden war, holte ich tief Luft: »Das hast du Andreas auch gesagt?«

Martin nickte unglücklich.

»Dieser Streit – « Die Tür zum Hausflur flog auf, und ich verstummte. Frau Leitmeyer blickte zu uns hinüber, marschierte aber ohne ein Wort an uns vorbei. »Dieser Streit zwischen Andreas und Salzinger. Wie schlimm war der?«

»O Gott.« In diesem Moment tauchte Andy auch schon wieder am anderen Ende des Ganges auf. »Können wir nicht woanders darüber reden?«

»Okay.«

Ich ließ Martin vorgehen und wartete ab, bis Andy die Raucherecke erreicht hatte, folgte ihm in sein Büro. Er setzte sich hinter den Schreibtisch und schob einige Blätter ineinander.

»Deine Mutter hat gestern abend angerufen. Ich hab gesagt, du wärst auf einem Termin.« Seine Stimme klang so monoton wie Jasmins, sie wurde fast vom Baulärm übertönt.

Ich war direkt hinter der Tür stehengeblieben.

»Andreas, Hantzsche kommt heute abend noch einmal zu dir. Ich habe ihm von deinem Verdacht und dem Layout-Ausdruck erzählt.«

Er wirkte kaum überrascht.

»Gut, in Ordnung.« Er schob weiter Papiere von einer Seite zur anderen.

Ich drehte mich um und verließ fluchtartig das Büro, holte mir im Sekretariat einen Kaffee und ließ mich nach einem Gruß in die Runde an meinem Schreibtisch nieder. Herr Karge würdigte mich keines Blickes; Markus Staude, der seinen linken Oberschenkel massierte, schien etwas überrascht aufzublicken. Die anderen reagierten wie am Tag zuvor: distanziert bis abweisend. Ich unterdrückte ein Seufzen und fuhr den Rechner hoch, nahm meine Notizen über die ehemalige Gummifabrik aus der Schublade und machte mich an die Arbeit.

Nach wenigen Sätzen stand ich auf und holte das Dresdner Telefonbuch aus dem Sekretariat. Tatsächlich: Es gab eine Katrin Salzinger im Ruscheweg in Hellerau. Ich notierte Adresse und Telefonnummer und zwang mich, meinen Artikel zu beenden.

Als Andreas mir in der Konferenz einen Termin bei der Deutschen Tischlerei Hellerau gab, konnte ich es kaum fassen. Existierte doch noch eine Verbindung zwischen uns, funktionierte hier irgendeine Form von Gedankenübertragung? Wohl kaum. Bei ihm schien eigentlich nichts mehr zu funktionieren. Er ratterte die Termine herunter, ohne jemanden anzublicken, versprach sich mehrere Male, händigte mit fahrigen Bewegungen Unterlagen aus und war nach drei Minuten wieder verschwunden. Ich bemerkte, wie Staude und Karge danach Blicke wechselten, woraufhin Karge nickte und den Raum verließ.

Mit dem Kaffeebecher in der Hand folgte ich ihm, sah gerade noch, wie er ins Treppenhaus trat. Ich stellte den Becher auf dem Fußboden neben dem Kopierer ab und schlüpfte ebenfalls durch die Tür, lauschte. Die Schritte entfernten sich nach oben. So schnell wie möglich stieg ich in den zweiten Stock, wo die Mantelredaktion saß. Gerade als ich das Geschoß erreicht hatte, drehte Karge sich auf den oberen Stufen um und bedachte mich mit seinem gehässigen Lächeln.

»Frau Bertram, kann ich Ihnen helfen?«

»Danke, ich muß ins Wirtschaftsressort. Wenn ich mich recht erinnere, haben die kürzlich was über die Deutsche Tischlerei gemacht.«

»Der Text, den sie meinen, war von Dieter Büchner.« Er stieg weiter hoch in die dritte Etage.

Als ich kurz darauf nach Hellerau aufbrach, las ich unten im Eingangsbereich, was ich vermutet hatte: Im dritten Stock hatte die Geschäftsführung ihre Büros. Anscheinend versuchte Karge nun, auf höchster Ebene gegen Andreas zu intervenieren. Ich fühlte mich auf einmal unglaublich müde. Am liebsten wäre ich geradewegs zum Flughafen gefahren – um nach Irland zu fliegen, wie Andy und ich es ursprünglich einmal für diesen Sommer vorgehabt hatten. Dort auf einer grünen Wiese liegen und lesen, schlafen, das alles hier wie einen bösen Traum zurücklassen …

Der Lärm und die Hitze draußen erschlugen mich fast. Zum Glück stand der kleine Redaktionswagen in der Tiefgarage. Ich fuhr hinüber in die Neustadt und die Königsbrücker Straße entlang, bis es links in den Wald nach Hellerau ging.

Die großartige Bauhaustradition der Deutschen Tischlerei wolle man auf jeden Fall aufrechterhalten, betonte Herr Wagner, der neue Eigentümer des riesigen Areals, anläßlich der nun komplett abgeschlossenen Restaurierung. Gerne würde er viele Räumlichkeiten an Künstler und kleine Werkstätten vermieten, aber angesichts der hohen Sanierungskosten müsse er auch eine zahlungskräftige Klientel anziehen. Das leuchtete ein. Die ein Rechteck bildenden zweistöckigen Sandsteingebäude waren originalgetreu wieder hergerichtet worden, was eine wahre Sisyphosarbeit gewesen sein mußte. Fotos von vor zehn Jahren sprachen eine deutliche Sprache.

Nachdem der offizielle Teil inklusive Rundgang beendet war, wandte Herr Wagner, ein eleganter, grauhaariger Sechzigjähriger, sich an mich, fragte nach meinem Namen.

»Sie sind für den *Merkur* hier, nicht wahr? Wir hatten sonst immer mit Herrn Büchner zu tun.«

Ich nickte, sagte, daß Herr Büchner krank sei.

»Nun, wir haben bislang mit dem *Merkur* sehr gut zusammengearbeitet. Ich denke, das wird sich nicht ändern.« Er lächelte gewinnend.

»Nein, warum sollte es?«

Ich versuchte ihn ebenso einnehmend anzuschauen. Jetzt war ich gespannt. Bis hierhin war das Gespräch gewissermaßen branchenüblich verlaufen. Ich bemerkte allerdings, daß Herr Wagner mich immer weiter von der übrigen Gruppe weg bis fast in die Mitte der Anlage gelotst hatte.

»Sehen Sie, ich brauche Ihnen ja nicht sagen, wie die Wirtschaftlage ist«, begann er, und ich nickte teilnehmend. »Ich will gar nicht lange um den heißen Brei reden: Wir brauchen für dieses Objekt dringend liquide Mieter. Und nun haben wir einen solchen Interessenten für den ersten Stock des Westflügels, den wir leider vor Jahren – ich sage mal: auch als Geste Dresden gegenüber – zu ungemein günstigen Konditionen der Städtischen Kunstschule überlassen haben.« Er deutete auf den hellen Sandsteinbau. »Leider verkommt die Innenausstattung dort sehr schnell. Es scheint sich niemand zuständig zu fühlen. Aber das nur am Rande. Langer Rede kurzer Sinn, Frau Bertram: So leid es uns tut, wir werden den Vertrag mit der Kunstschule kündigen müssen – um mit dem neuen Mieter unsere Liquidität und damit das gesamte Projekt zu erhalten. Das verstehen Sie doch sicherlich.«

Wieder nickte ich. Herr Wagner schien damit zufrieden. Er strich über den modischen Kragen seines weißen Leinenhemdes.

»Ja, das war es eigentlich schon. Ich wollte Ihnen das nur als, sagen wir mal, Hintergrundinformation geben. Das dürfte ja eigentlich kein Thema für den *Merkur* sein, denke ich.« Nun verlor sein Blick das Unverbindliche, wurde fragend.

»Eigentlich nicht, nein.« Nicht, so wie du den *Merkur* kennengelernt hast, dachte ich.

»Dann bedanke ich mich für das nette Gespräch. Und falls Sie einmal abends mit Ihrem Mann in diesem wunderschönen Hof abschalten wollen – wir haben dort ein wirklich erstklassiges Restaurant.« Er deutete auf das Gebäude an der Schmalseite, vor dem einige weiß eingedeckte Tische auf feinem Kiesboden standen. »Sagen Sie einfach Ihren Namen, dann sind Sie mein Gast.«

Mit einem weiteren Nicken bedankte ich mich für das Angebot, und wir verabschiedeten uns in aller Höflichkeit.

Ich ging auf die breite Ausfahrt zu, drehte mich dann um und sah, daß Herr Wagner gerade im Eingang des Ostflügels verschwand. So schnell wie möglich steuerte ich das gegenüberliegende Gebäude an und stieg in den ersten Stock hinauf. Dort fand ich mich in einem einzigen, riesigen Raum wieder. Durch die Fenster an beiden Seiten war es fast so hell wie draußen, der Dielenboden schimmerte weiß lackiert, und an der Seitenwand reflektierte ein vom Boden bis zur Decke reichender Spiegel den Raum. Neben den Fenstern standen große Staffeleien mit Malutensilien. Von irgendwoher besang Alanis Morissette die Ironie einer Freifahrt, wenn man schon bezahlt hatte.

Anscheinend war es wirklich unglaublich leicht, als Journalist eine Freifahrt durch ein angenehmes Leben zu bekommen, dachte ich und fragte mich, ob ich in meinen bisherigen zehn Berufsjahren naiv an solchen Gelegenheiten vorbeigestolpert war oder ob das wirklich eine Spezialität des *Merkur* war, wie Andy glaubte. Wie Andy mich hatte glauben machen wollen! Unbewußt ballte ich die rechte Faust, die ich ihm jetzt gern in die Magengrube gestoßen hätte.

»Kann ich Ihnen helfen?« Die Frau war etwa vierzig, trug ihr schulterlanges, angegrautes Haar achtlos offen und betrachtete mich mit wachen blauen Augen. Sowohl auf ihrem Jeansrock als auch auf dem hellen Top machte ich Farbspuren aus, sogar auf den Bastschuhen prangten bunte Flecken.

»Ich hoffe schon. Ich arbeite für den *Merkur* und habe gehört, daß die Kunstschule hier raus soll. Ich würde mich für die Hintergründe interessieren.«

Sie schwieg abwartend.

»Wären Sie dafür die richtige Ansprechpartnerin?«

»Eine offizielle Aussage bekommen Sie vom Kulturamt der Stadt.«

Rechter Hand lag eine faszinierende Bleistiftzeichnung mit dem verfremdeten Akt eines jungen Mannes auf der Staffelei. Ich ertappte mich dabei, wie ich den schmalen Oberkörper anstarrte, und riß mich von dem Bild los. »Und eine inoffizielle?«

»Nun, wir sind hier vor sieben Jahren rein, als der Raum noch eine einzige Baustelle war. Wir – ich bin eine von drei Lehrkräften –«, erklärte sie, »haben gemeinsam mit unseren Studenten die Innenarbeiten durchgeführt. Dafür war der Stadt versprochen worden, daß die Schule zu einer niedrigen Miete hierbleiben kann.«

»Aber es gibt nichts Schriftliches?«

»Ich denke nicht. Sonst würde man uns doch nicht so einfach rausbekommen, oder?«

Ein Blick auf meine Armbanduhr zeigte mir, daß ich dringend aufbrechen mußte, wenn ich noch bei Katrin Salzinger vorbeischauen wollte. Also bedankte ich mich und versprach, bei der Stadt nachzufragen und darüber zu schreiben.

Die Lehrerin lächelte resigniert. »Ach ja, eins noch: Vielleicht ist es auf normalem Weg doch nicht so einfach, uns loszuwerden, denn man versucht uns die Vernachlässigung unserer Mieterpflichten unterzuschieben.«

In einer stürmischen Nacht vor sechs Wochen habe jemand zwei Fenster weit geöffnet, so daß der hereinströmende Regen den Fußboden an der Stelle fast ruiniert hätte.

»Seltsamerweise war gleich am nächsten Tag ein Angestellter von Herrn Wagner hier, um sich das anzuschauen.«

Nachdem das Auto über zwei Stunden in der prallen Sonne gestanden hatte, herrschten im Innern mindestens fünfzig Grad. Ich stellte die Klimaanlage auf eiskalt und ließ mir die Luft ins Gesicht blasen, fühlte mich aber trotzdem auf dem kurzen Weg in das Zentrum der alten Gartenstadt Hellerau wie in einem viel zu heißen Dampfbad gefangen.

Der Ruscheweg führte auf den idyllischen Marktplatz des Vororts und wurde fast ausschließlich von schönen, alten Häusern gesäumt. Die Hausnummer fünf bezeichnete einen von mehreren Zugängen eines langen Baus mit tief herabgezogenem Satteldach, dessen gelber Putz mit grün-blauen Fensterrahmen, Türen und Dachrinnen kontrastierte; er führte in ein Ladenlokal. »Dignity – Individueller Schmuck« wurde auf dem Schild im Fenster versprochen, und darunter gab es wirklich interessante Arbeiten zu sehen. Die einzelnen Stücke waren sehr groß und wirkten teilweise sogar grob gearbeitet, vermittelten dabei aber eine ganz besondere, gewissermaßen bodenständige Eleganz. Dummerweise verkündete die Tafel in der Tür, daß von eins bis drei Mittagszeit sei, und es war fast halb zwei.

Während ich noch unschlüssig vor dem Geschäft stand, näherte sich von innen eine Frau, die selbst beim Blick aus dem Hellen ins Dunkle unschwer als Tochter Maria Salzingers zu erkennen war. Wie diese war sie groß und kräftig, was für eine Frau Mitte Dreißig noch schwerer in Attraktivität umzumünzen war. Katrin Salzinger gelang es indes mühelos. Sie trug trotz der Hitze schwarze Jeans und ein tief ausgeschnittenes schwarzes T-Shirt, das ihre Oberweite betonte, und hatte wie ihre Mutter eine sehr aufrechte, gerade Haltung. Freundlich blickte sie mich an, als sie die Tür öffnete.

»Ich habe sowieso noch zu tun. Wenn Sie sich für etwas Bestimmtes interessieren, können Sie gern hereinkommen.«

Ich murmelte eine Entgegnung und folgte ihr in den Laden, betrachtete die Auslagen. Eine Halskette mit in- und aufeinandergesetzten goldenen Dreiecken gefiel mir besonders gut, und ich fingerte an dem kleinen Schildchen, um den handgeschriebenen Preis zu entziffern.

»Das muß ich wohl noch ein bißchen zurückstellen«, sagte ich, als ich ihren Blick bemerkte. »Vielleicht sogar bis zum Weihnachtswunschzettel.«

Katrin Salzinger nickte bloß, und ich fragte mich, wie ich das Gespräch auf ihre Familie bringen konnte.

»Sie fertigen alles selbst an?«

»Nu. Alles Handarbeit. Ich nehme auch individuelle Aufträge an.« Sie griff in eine rechteckige silberne Schale auf der Ladentheke und reichte mir eine Visitenkarte. An ihrem kleinen Finger steckte ein sehr breiter Silberring mit einem komplizierten eingravierten Muster. Sonst trug sie keinen Schmuck.

»Also, wenn Sie beispielsweise spezielle Serviettenringe wünschen.« Ihr Lächeln signalisierte, daß sie mich keineswegs als Typ für solche Accessoires einschätzte und extra ein solches Beispiel gewählt hatte.

Ich bedankte mich und studierte die Karte.

»Salzinger. Ist das nicht der Name des Mannes, den man vorige Woche tot aufgefunden hat?« Ich blickte auf.

Sie nickte. »Mein Vater.«

»Wie schrecklich. Mein Beileid.«

»Danke. Wir standen uns nicht besonders nahe.« Dabei glänzten jedoch Tränen in ihren Augen.

Ich sollte gehen. Es war einfach nicht fair, die Frau so auszufragen. Jetzt griff sie unter die Theke, und ich hatte für den Bruchteil einer Sekunde den irrsinnigen Gedanken, sie würde eine Waffe hervorholen. Sie förderte aber nur eine Packung Zigaretten und ein Feuerzeug zutage. »Rauchen Sie?«

Ich verneinte und folgte ihr nach draußen, wo in dem kleinen Vorgarten eine Holzbank unter einem Baum stand.

»Leben Ihre Eltern noch?« fragte sie nach einem tiefen Zug.

»Ja, zum Glück.«

»Es ist so, so irreal«, sagte sie und beugte sich vor, hielt beide Hände ineinander verkrampft zwischen den Knien, schaute zu Boden. »Wissen Sie, es gab Zeiten, da habe ich ihn wirklich verwünscht.« Wieder inhalierte sie soviel Rauch wie möglich. »Er hat meinen Bruder aus dem Haus getrieben. Und wissen Sie, warum?«

Ich schüttelte den Kopf.

»Weil er Comic-Zeichner werden wollte. Das war für meinen Vater der Inbegriff der Nutzlosigkeit.« Sie blickte mich mit Augen voller Tränen an. »Daraufhin hat Mirko alles darangesetzt, so gut wie möglich zu werden. Heute ist er Animateur bei Disney in Hollywood. Es gibt Leute, die bewundern ihn dafür. Aber nicht mein Vater.«

Jetzt strömten ihr die Tränen nur so über das Gesicht. Ich suchte in meiner Tasche nach einem Tempotuch, fand jedoch keins. Sie schniefte und zog die Nase hoch.

»Entschuldigen Sie, ich weiß wirklich nicht, warum ich Ihnen das erzähle.«

7. Kapitel

Die Redaktion schien verwaist, lediglich Frau Leitmeyer saß in der Raucherecke. Ich nutzte die Gelegenheit und rief Ines bei der *Rundschau* an, fragte sie, wer von ihnen in Hellerau gewesen sei, da ich niemanden erkannt hatte. Nach kurzem Überlegen meinte sie, das müsse die Volontärin Nicole Märker gewesen sein. Ich bat sie, mich mit ihr zu verbinden. Eine souverän klingende Stimme meldete sich.

»Kirsten Bertram, wir müssen uns gerade bei der Deutschen Tischlerei gesehen haben. Nun sitze ich an dem Text und habe ein Problem, und ich dachte, daß Sie mir als ehemaliger *Rundschau*-Kollegin da helfen würden?« Ziemlich verdreht, aber es funktionierte. Sie fragte freundlich nach, worum es ginge.

»Es war irgend etwas mit der zukünftigen Nutzung des Westflügels. Ich muß in dem Moment wohl geträumt haben.«

Ich hörte, wie meine Gesprächspartnerin in ihren Notizen blätterte.

»Westflügel, nein, da habe ich nichts ... Doch, hier: War als erstes fertiggestellt, vor sieben Jahren, erste Mieter des ganzen Objekts überhaupt: Städtische Kunstschule. Aber nichts von zukünftiger Nutzung. Da müssen Sie etwas falsch verstanden haben.«

Ich bedankte mich und ließ mich noch einmal mit Ines verbinden, fragte sie, ob wir uns nicht mal wieder treffen sollten. Sie schlug den nächsten Abend vor und lud mich zu sich zum Essen ein.

Das erinnerte mich daran, daß ich den ganzen Tag kaum etwas gegessen hatte. Trotzdem blieb ich nachdenklich am Schreibtisch sitzen, kaute auf einem Bleistift und starrte auf den Monitor, wo der Bildschirmschoner bunte Formen herumschwirren ließ. Es hatte eine gewisse Logik, daß der *Merkur* für Unternehmen eine andere Rolle spielte als die *Rundschau*. Er hatte gut dreimal so viele Leser, da lohnten sich gewisse »Anstrengungen« eher.

Selbst wenn die Städtische Kunstschule sich jetzt an die *Rundschau*-Redaktion wenden sollte und die eine kritische Geschichte brachte, war für Wagner schon viel gewonnen, wenn im *Merkur* nichts dergleichen stand. Oder vielleicht sogar ein Artikel über die vernachlässigten Pflichten der Mieter ...

Aber der Chefredaktion mußte es doch auffallen, wenn immer nur die Konkurrenz kritische Artikel brachte, das eigene Team alles schlicht wiederkäute. Ich blätterte die aktuelle Ausgabe durch, verzog das Gesicht.

Der Schmerz über ein mieses journalistisches Produkt konnte wahrscheinlich durch die große Menge an Anzeigen ausgeglichen werden – der *Merkur* stand wirtschaftlich gut da. Besser als die *Rundschau*. Und war es nicht das, was heute zählte?

Bestimmt waren die großzügigen Werbeaufträge, die an den *Merkur* gingen, ebenfalls eine Konsequenz aus der redaktionellen »Zuarbeit«. Anscheinend ein Handel, von dem alle profitierten. Solange niemand wie Andreas mit irgendwelchen altmodischen Idealen von journalistischer Ethik dazwischenfunkte. Und vor ihm womöglich schon Helmut Salzinger?

Als ich aufblickte, begegnete ich dem Blick Martins, der wohl gerade überlegt hatte, ob er mich ansprechen sollte. Ich fragte ihn, ob er schon gegessen habe und ob er mich zu dem Pommesstand schräg gegenüber begleiten würde.

»Sag mal, du hast das doch bestimmt alles noch parat: Was wollen Leser von einer Zeitung? An welcher Stelle rangieren kritisch beleuchtete Informationen über ihre eigene Stadt?«

Erstaunt schaute er mich an. Das war nicht die Frage, die er erwartet hatte.

»Ziemlich weit hinten, glaube ich. Sie wollen überhaupt etwas über ihre Gegend lesen – und je kleinteiliger, desto besser, deshalb ja auch die Stadtteilredaktionen bei vielen Zeitungen. Also, den meisten reicht es, sich in irgendeiner Form wiederzufinden.«

»Ja, so in etwa hätte ich es auch eingeschätzt.«

Wir standen vor dem geballten Fastfood-Angebot der Prager Straße, versammelt in einem großen, ebenerdigen Ladenlokal. Für mich stand bereits fest, daß ich an dem holländischen Stand bleiben und meinen Katerhunger mit einer großen Portion Pommes frites bekämpfen würde. Das war eine Erinnerung an das Ruhrgebiet und damit an ein Leben, das mir im Rückblick so viel einfacher erschien. Martin sagte, er habe schon gegessen, und holte sich nur eine Cola Light.

Ich lotste Martin zu einer Bank abseits der Menschenmenge, damit wir uns in Ruhe unterhalten konnten.

»Stimmt es, daß der Chef von der Gesellschaft für Wiederaufbau bezahlt worden ist?« fragte Martin.

»Ja«, antwortete ich und stopfte mir eine große Ladung mayonnaiseverklebter Pommes in den Mund, die mich daran hindern sollte, irgendwelche Rechtfertigungen von mir zu geben.

Martin nickte nur nachdenklich. »Dieser Streit am letzten Montag, der war richtig schlimm. Andreas hat Salzinger angeschrien, daß er nicht der Chef sei, und daß er das endlich einmal begreifen und ihn in Ruhe lassen solle und so weiter.«

»Und dann?«

Das Holz der Bank glühte, die durch den dünnen Stoff meines Rocks dringende Hitze schmerzte, aber weit und breit war kein ungestörter Schattenplatz in Sicht. Vor allem die Jugendlichen ließen sich von den Temperaturen nicht vom Einkaufen abhalten, sondern bevölkerten gutgelaunt die Straße. Ich bekam schon wieder Kopfschmerzen.

»Frau Leitmeyer hat irgendwie Frieden gestiftet, und dann waren wir uns schnell einig, daß man den Abend beenden sollte. Ich bin zur Toilette gegangen und hab die anderen draußen getroffen.« Er schielte auf meine Pommes frites. »Ich glaube, ich hole mir doch noch eine kleine Portion.«

Andreas hatte in seinem Büro garantiert Kopfschmerztabletten. Wenn er sie nicht schon samt und sonders selbst geschluckt hatte.

»Du warst der erste, der vom Tisch aufgestanden ist?« fragte ich, als er mit der Tüte wieder neben mir saß.

»Nicht direkt. Wir sind alle mehr oder weniger gleichzeitig aufgebrochen. Die beiden Frauen sind mit mir zusammen in Richtung Toiletten gegangen, und ich glaube, die anderen haben sich derweil schon nach draußen bewegt.« Martin schob sich eine vollbeladene kleine Holzgabel in den Mund und sprach undeutlich weiter.

»Bis auf den Chef natürlich. Der mußte ja noch auf die Rechnung warten.«

Er schien zu zögern, ob er Andy nun als »Chef« oder »Andreas« titulieren sollte. Ich hatte den Eindruck, in dem »Chef« steckte sogar noch immer Wertschätzung.

»Und Helmut Salzinger?« Ich kratzte mit den letzten Pommes noch einen dicken Klecks Ketchup aus der Papiertüte und wischte mir danach den fettigen Mund ab.

Nun sah Martin wieder richtig unglücklich aus. »Ich weiß es wirklich nicht. Ich meine, er wäre mit uns aufgebrochen, und ich hätte ihn auch später auf dem Parkplatz noch gesehen, aber ...«

»Wann hat er dich gefragt, ob du ihn mitnehmen kannst?«

»Ziemlich am Anfang des Abends. Ich fuhr in seine Richtung, Frau Brandt wohnt ja auch in der Südvorstadt, aber ich hatte, wie gesagt, alle Plätze vergeben.«

»Wo wohnst du?«

»Ganz im Osten. In Reick. Ich habe den Büchner in der Altstadt abgesetzt, Frau Brandt in der Südvorstadt und Theo Muntz und Frau Leitmeyer nach Strehlen gebracht. Danach bin ich nach Hause.«

»Ordentliche Gurkerei, was?« Ich überschlug im Geiste, wer von den fünfen rein zeitlich wieder hätte umkehren und Salzinger in der Bremer Straße erwischen können. Aber warum hätte das jemand tun sollen?

»Ach, ich bin's gewohnt. Wenn du nichts trinkst, bist du immer der Chauffeur für die anderen. Das macht mir nichts aus.«

Gerade als wir aufstanden und in die Redaktion zurückgehen wollten, sah ich Andy die Gegenrichtung ansteuern. Er schlich mehr, als daß er ging, immer nah an den Geschäften vorbei, gleichermaßen im Schatten der Gebäude wie im Schutz des Gewühls.

»Ich brauche Andreas' Mitarbeit, wenn ich ihm helfen soll«, sagte Dale.

Ich nickte. Es war seltsam gewesen, nach der Arbeit wieder in die Antonstraße zu gehen, von Dale erwartet zu werden. Sogar eine wunderbare Tapas-Platte als Abendessen hatte er vorbereitet. Auf den Rotwein, der dazu auf dem Gartentisch stand, verzichtete ich allerdings heute lieber.

»Ist er noch in der Redaktion?« Dale schob sich das letzte Stück Salami in den Mund. Ich mußte ihn unbedingt in den nächsten Tagen einmal zum Essen einladen. Es ging nicht an, daß er auch noch finanziell draufzahlte bei dieser Geschichte.

»Nein, er ist heute schon vor mir gegangen.«

Etwa eine halbe Stunde nachdem ich ihn auf der Prager Straße gesehen hatte, war er in der Redaktion aufgetaucht, offensichtlich bemüht, sich zusammenzureißen, aber mit dem Äußeren eines geprügelten Hundes. Er hatte sich schnell wieder in sein Büro zurückgezogen und verschwand ganz, als die aktuelle Ausgabe fertiggestellt war.

»Und da er Hantzsche erwartet, wird er auch nicht aus dem Haus gehen. Dann statten wir ihm jetzt gleich einen Besuch ab.«

»Wir?« Ich war alles andere als scharf darauf.

»Du bist die einzige, die ihn zur Vernunft bringen kann. Ich denke, daß er überhaupt nicht begeistert ist, wenn ich ihm meine Hilfe anbiete.«

»Er sollte dir dankbar sein«, murmelte ich und nahm noch eine Olive, stand dann auf und half Dale den Tisch abräumen, bevor wir uns auf den Weg machten.

Die Haustür in der Böhmischen Straße schloß ich mit meinem Schlüssel auf, oben klingelte ich. Das laute *London's Burning*, mit dem The Clash bis ins Treppenhaus gedrungen waren, verstummte, und eine ganze Weile passierte überhaupt nichts. Ich vermutete, daß Andreas durch den Spion guckte.

»Andy, mach auf, verdammt noch mal!«

Die Tür wurde einen Spalt geöffnet, und er fragte, was wir wollten.

»Ich glaube kaum, daß du das auf dem Flur verhandeln willst, Andreas«, sagte Dale und schob sich an ihm vorbei in die Wohnung.

Andy starrte ihn feindselig an. Er war barfuß, trug Shorts und ein altes Unterhemd und hatte eine Flasche Bier in der Hand. Dale war geradeaus in die Küche gegangen, die nun endgültig aussah, als habe ein Erdbeben getobt. Ungerührt schob er Geschirr, Besteck, Flaschen, Gläser, Aschenbecher und jede Menge Kleinkram zur Seite, bevor er sich an den Tisch setzte und seine Zigaretten hervorholte, Andreas die Packung hinhielt. Der schüttelte den Kopf und fischte seine eigene Schachtel aus dem Chaos, setzte sich ihm gegenüber.

»Also?« fragte er.

Dale taxierte Andreas, der einen großen Schluck Bier trank, die Flasche danach heftig auf den Tisch stellte. Es hätte nur noch gefehlt, daß er gerülpst hätte. Ich machte mir an der Kaffeemaschine zu schaffen, stopfte die alte Filtertüte in den heillos überquellenden Ökomülleimer, spülte die schmutzige Kanne dreimal mit Wasser aus, bevor ich sie in Betrieb nahm. Dann begab ich mich auf die Suche nach sauberen Tassen.

»Die Kripo landet immer wieder bei dir in der Sache Salzinger«, hörte ich endlich Dale hinter mir.

Es gab nur noch einen sauberen Becher, also griff ich mir zwei nicht vollkommen verdreckte von der Arbeitsfläche und spülte sie unter fließendem Wasser ab.

»Das kann dir doch nur recht sein, oder?«

Ich drehte mich um und knallte die noch feuchten Tassen auf den Tisch.

»Dale ist bereit, dir zu helfen. Ich weiß auch nicht, warum, aber er scheint zu glauben, daß du es nicht warst!«

Kaum hatte ich die Worte ausgesprochen, taten sie mir schon leid.

Andreas starrte mich an, und ich dachte, er würde aufspringen und aus der Wohnung stürmen. Statt dessen wandte er sich an Dale: »Und wie kommst du zu dieser Einschätzung?«

Die bemüht deutliche Aussprache verriet, daß das nicht sein erstes Bier war.

»Intuition.«

Hinter mir röchelte die Maschine und verströmte den unschuldigen, aromatischen Geruch von frisch gebrühtem Kaffee.

»Dann laß dich von Kirsten aufklären, daß deine Intuition falsch ist.« Er setzte die Bierflasche an die Lippen, stellte fest, daß sie leer war, und ging zum Kühlschrank, um sich mit einer neuen zu versorgen. »Sie weiß schließlich seit gestern, wie ich wirklich bin: korrupt, bestechlich, käuflich, verlogen – da ist doch ein Mord nicht weit. Stimmt's, Kirsten?«

Mit einem Feuerzeug öffnete er die Flasche und ließ den Kronkorken durch den Raum fliegen.

»Mein Gott, Andy, ich glaube doch nicht, daß du …«

»Ach, nein?«

»Hantzsche wird sich freuen, wenn du ihm gleich ein Geständnis lieferst. Das einzige Problem dürfte sein, daß du betrunken bist. Dann muß er dich erst über Nacht in die Ausnüchterungszelle zu den anderen Pennern stecken, und du mußt die Aussage morgen früh wiederholen.«

Der Kaffee war fertig, ich füllte die drei Becher, schob Andreas einen hin und suchte seinen Blick. Er schaute auf die Tischplatte, hielt die Bierflasche umklammert.

»Andy, bitte, laß dir helfen!« Wie hatte es so weit kommen können, daß ich hier in meiner eigenen, vollkommen eingedreckten und verqualmten Küche Andreas wie eine Fremde gegenüberstand?

»Lange wird Hantzsche nicht mehr stillhalten können, wenn keine anderen Verdächtigen auftauchen. Und du so ein wunderbares Opfer abgibst«, sagte Dale, der mir zugleich mit einem Blick signalisierte, daß er sich von meiner Unterstützung mehr erhofft hatte.

»Na, Klasse. Er sitzt also auf seinem dicken Hintern und wartet darauf, daß Verdächtige auftauchen.«

Andy ignorierte den Kaffee, hob statt dessen die Bierflasche wieder an.

Dale schüttelte den Kopf. »Er hat nicht die Möglichkeit, viel zu machen. Nicht das, was ich machen könnte – mich außerhalb des Apparats und seiner Regeln bewegen. Ich kann versuchen, quasi undercover an mögliche Verdächtige heranzukommen.«

»Warum solltest du das tun?«

»Vielleicht, weil ich knapp bei Kasse bin und den Auftrag brauche.«

Endlich blickte Andy auf, starrte an Dale vorbei ins Nichts.

»Okay, einverstanden«, sagte er nach einer unendlich scheinenden Schweigepause mit betont neutraler Stimme.

Ich schluckte ein erleichtertes Aufstöhnen hinunter.

Dale sprach weiter, als habe er keine andere Antwort erwartet: »Ich werde später noch ein paar Leute treffen, die von der Nacht am Autostrich berichten können, und Kirsten hat herausgefunden, daß in der Familie Salzingers auch nicht alles eitel Sonnenschein war.«

An dieser Stelle traf mich ein so überraschter, dankbarer Blick Andys, daß mir die Tränen in die Augen schossen. Schnell griff ich nach meinem Kaffeebecher.

»Da sollte man also auch noch mal nachhaken. Aber gehen wir erst mal davon aus, daß der Täter aus eurer Redaktion kommt.«

Andreas nickte, starrte wieder vor sich hin.

»Ich will versuchen, Kontakt zu den Leuten aufzunehmen. Zuvor brauche ich alle Informationen, die ihr mir geben könnt.« Er steckte sich eine Zigarette an und blickte von Andy zu mir.

»Daß jemand ganz entschieden versucht, mich abzusägen, gehört wohl nicht dazu.«

»Doch, natürlich.«

»Also, der Chefredakteur hat mich heute mittag zu sich bestellt und mir eröffnet, daß die Geschäftsführung daran zweifle, ob ich dem Druck, der zur Zeit auf mir laste, gewachsen sei. Alles schön vage, und letzten Endes hat er es mir freigestellt, zu gehen oder zu bleiben, aber ...« Er wischte sich den Schweiß von der Stirn und zog die letzte Zigarette aus seiner Packung, die er danach zerknüllte.

»Ich weiß, wer da interveniert hat.«

Ich stellte einen großen, rechteckigen Blumentopf mit vertrockneten Kräutern auf den Boden, um das Fenster weit zu öffnen, während ich den beiden von Karge berichtete.

Dale hatte ein kleines Ringbuch aus der Hosentasche gezogen und machte sich in seiner klaren Handschrift Notizen.

»Karge, natürlich. Arschloch Nummer eins.« Wahrscheinlich ohne es zu merken, hatte Andy die linke Hand geballt. Die rechte fuhrwerkte mit der Zigarette im Aschenbecher herum. »Eigentlich bleib ich nur noch, um ihm den Triumph nicht zu gönnen.«

»Kirsten sagte, daß du ihn verdächtigst, Salzinger getötet zu haben.«

»Korrupt ist er auf jeden Fall.« Dabei schaute er mir direkt in die Augen.

Ich nahm seine Bierflasche vom Tisch und trank den letzten Schluck.

»Bestechung ist definitiv üblich beim *Merkur*«, sagte ich und berichtete von meinem Vormittag.

»Den Artikel über die Versuche, die Kunstschule rauszumobben, mache ich morgen fertig«, kündigte ich an. Bisher hatte ich bloß einen nichtssagenden Text über das geschrieben, worüber wir während des Pressegesprächs informiert worden waren.

Andreas' grüne Augen blitzten kurz auf. »Prima. Dann hat Karge wenigstens einen Grund, sich auch über dich zu beschweren. Heute konnte er Müller ja nur stecken, daß du meine Freundin bist.« Er ließ seinen Blick auf die Tischplatte sinken. »Ich habe dem Chef gesagt, er soll dich an deiner Arbeit messen.«

»Gut«, lenkte Dale uns auf das Thema zurück. »In der Redaktion sind also alle mehr oder weniger bestechlich, bis auf das Opfer, das sich aber nie richtig durchsetzen konnte. Wobei allerdings festzuhalten ist, daß Salzinger wiederum in einer vermutlich sehr teuren Wohnung gelebt hat.« Er machte sich noch einen Vermerk. »Damit sollte man sich auf jeden Fall noch beschäftigen. Eventuell hat er versucht, gezielt gegen einzelne Kollegen vorzugehen, deshalb der Ausdruck des Layouts, vielleicht hat er damit sogar Geld erpreßt, aber das sind alles Vermutungen. Richtig?«

Ich nickte sofort, Andy etwas zögernd. Daraufhin bat Dale uns, alles, was wir über die Redaktionsmitglieder wußten, zusammenzutragen. Ich hätte gar nicht gedacht, daß es so viel war, aber Dale beschrieb Seite um Seite in seinem Heft. Als es klingelte, waren wir gerade bei den beiden Redakteurinnen und dem Fotografen gelandet, die ich noch gar nicht kennengelernt hatte, die aber auch bereits bei Andys Einstandsfeier im Urlaub gewesen waren.

»Okay. Das können wir auch morgen telefonisch machen.« Dale stand auf und steckte sein Büchlein ein. »Und unternimm nichts auf eigene Faust.«

Das war an Andreas gerichtet, der nichts entgegnete, sondern zur Tür ging und den Summer betätigte. Danach kam er zurück in die Küche. Ich stand ratlos vor ihm.

»Bis morgen«, sagte ich schließlich, ohne ihn anzusehen.

»Bis morgen.«

Er ging uns voran und öffnete die Wohnungstür.

Warum war ich nicht über meinen Schatten gesprungen und bei Andy geblieben? Ruhelos lief ich im Wohnzimmer auf und ab, in dem die Couch mit dem blütenweißen Laken wie eine einladende Oase wirkte. Mein Reisewekker auf dem Holzfußboden zeigte halb elf, Dale war gerade in Richtung Bremer Straße aufgebrochen. Zuvor hatte er berichtet, daß er heute tagsüber dem Verhör eines der beiden Schlägertypen vom Kinderstrich beigewohnt hatte. Nach stundenlangem Schweigen hatten sie ihn endlich aus der Reserve locken können, und es war herausgekommen, daß er auch an dem Übergriff auf Dale beteiligt gewesen war. Wahrscheinlich konnte man nun die Gegenüberstellung mit Jasmin zumindest so lange aufschieben, bis sie wieder halbwegs auf den Beinen war.

Mittlerweile steckten die Beamten wahrscheinlich schon inmitten der Kleinarbeit: das Umfeld dieses Gauners sondieren, seine Wohnung und sein Auto durchsuchen, Telefon und Handy überprüfen. Mit ein bißchen Glück würden sie so an die Hintermänner kommen.

Ich ging ins Büro. Eigentlich war es ein Abend wie Hunderte, als wir zusammen gelebt hatten. Ich wußte, daß Dale seine Smith & Wesson aus der unteren Schreibtischschublade geholt hatte und sie bei der Hitze vorne im Hosenbund trug, das T-Shirt ließ er lose darüber fallen. Ich hatte keine Ahnung, wann er zurückkommen würde oder wie gefährlich sein Ausflug werden konnte. Dennoch gab es wenig Grund, sich zu sorgen. Dale war umsichtig und professionell, er wußte Situationen blitzschnell einzuschätzen und sich entsprechend zu verhalten. Ganz im Gegensatz zu Andy, der lediglich ein Profi darin war, übertrieben zu reagieren.

Und wie stand es mit mir, mit meinem Auszug? Wo ich mich doch trotz allem diesem Chaoten Andreas so verbunden fühlte … Insofern hatte Dale am Abend zuvor schon recht gehabt, daß ich nicht ihn meinte. Oder wenn, dann die Geborgenheit und Sicherheit, die er verkörperte – und die ich Andy in einer Situation wie dieser hätte geben wollen.

Aber konnte man das nicht nur für jemanden tun, dem man vertraute? Und er hatte sich für einen Artikel bezahlen lassen …

Ich sah mich in der Glasscheibe des Fensters gespiegelt, wie ich ratlos mitten im Zimmer stand, und schüttelte spontan den Kopf. Aber er hatte niemanden getötet. Keinesfalls hatte er jemanden getötet. Das glaubte ich jetzt mit aller Macht und Liebe.

Ich fuhr Dales Rechner hoch und hoffte, daß er noch dieselben Paßwörter benutzte. Tatsächlich kam ich problemlos ins Internet und suchte unter den unzähligen Telefonnummern der Walt Disney Corporation in Hollywood eine heraus, die nach Zentrale aussah. Ohne lange nachzudenken, rief ich dort an. Eine geschulte Stimme meldete sich mit übertriebener amerikanischer Verkaufshöflichkeit. Ich fragte nach Mirko Salzinger und war ziemlich überrumpelt, als sie ankündigte, mich sofort zu verbinden.

Was sollte ich jetzt sagen? Katrin Salzinger hatte erzählt, daß ihr Bruder noch nicht einmal zur Beerdigung des Vaters gekommen war. Der Gedanke, daß er in der vergangenen Woche in Dresden gewesen sein und ihn mitten in der Nacht auf einer gottverlassenen Straße getroffen, sich wieder mit ihm gestritten und ihn getötet haben sollte, war schon sehr gewagt. Außerdem würde die Kripo bereits überprüft haben, ob er in letzter Zeit nach Deutschland eingereist war.

Fast hätte ich wieder aufgelegt, als Salzinger junior sich meldete. Auch er klang sehr amerikanisch.

»Deutsches Forsa-Institut, Hofmeister mein Name. Wir möchten in Amerika lebende Deutsche zu ihrem Verhältnis zum Heimatland befragen. Haben Sie etwa drei Minuten Zeit für uns?«

Eigentlich hätte er wissen müssen, daß die Leute bei solchen Umfragen zu Hause angerufen wurden und daß kein deutsches Institut mitten in der Nacht arbeitete. Doch Mirko Salzinger stimmte freundlich zu, also begann ich mit der Frage, wie lange er schon in Amerika lebe.

»Im Juni waren es drei Jahre.«

»Dann sind Sie heute amerikanischer Staatsbürger?«

»Nein, das ist nicht so einfach. Aber ich habe eine unbefristete Aufenthalts- und Arbeitserlaubnis.«

»Was war Ihr Grund, in die Vereinigten Staaten zu gehen?«

»Bessere berufliche Chancen.« Das kam genauso schnell und sicher wie die ersten Antworten. Ich hatte etwas wie »private Gründe« erwartet und geriet ins Stocken, starrte auf die geschlossenen Fensterläden.

»Wie häufig sind Sie noch in Deutschland?«

»Einmal im Jahr.«

»Wann waren Sie das letzte Mal hier?«

»Vor etwa zwei Wochen.«

»Was war der Anlaß?« Ich hoffte, meine Atemlosigkeit erfolgreich zu überspielen.

»Ein privater. Ein Studienfreund hat geheiratet.«

»Das war in Ihrer Heimatstadt?« Voller Aufregung zwirbelte ich einen Bleistift hin und her.

»Nicht in Dresden, nein. In Berlin.«

»Wie lange waren Sie zu diesem Anlaß in Deutschland?« Ich beugte mich vor und zog ein Blatt Papier aus dem Drucker, da ich Dales Ordnung auf seinem Schreibtisch nicht durcheinanderbringen wollte, notierte »v. ca. 2 Wochen« und »Berlin«.

»Nur eine knappe Woche.«

Konnte ich noch mehr in Erfahrung bringen, ohne aufzufallen? In meinem Kopf schien sich alles zu drehen. Es war einfach zuviel gewesen an diesem Tag. Besser, ich beließ es dabei.

»Und jetzt die Abschlußfrage: Was vermissen Sie am meisten in Amerika?«

Zum ersten Mal zögerte er mit der Antwort, ließ mir Zeit, sein »eine knappe Woche« ordentlich aufzuschreiben. »Eigentlich nichts. Das Bier vielleicht. Aber auch das kann man hier bekommen.«

Nachdenklich legte ich auf. Mirko Salzinger war also tatsächlich am vergangenen Montag in Deutschland gewesen. Allerdings in Berlin. Aber Berlin–Dresden, das war schließlich keine Entfernung.

Obwohl – ich starrte auf meine spärlichen Notizen: vor etwa zwei Wochen für eine knappe Woche. Das mußte den Todestag seines Vaters nicht einschließen. Ich blätterte in Dales Tischkalender und rechnete hin und her. Verdammt! Ich ließ mich nach hinten in den Stuhl sinken, schloß die Augen.

»Weißt du, es ist ja ganz anders, als wenn du mit dem Gedanken spielen würdest, Klaus zu betrügen«, sagte ich.

Ines und ich saßen auf der Galerie des *Tapas y Pescados*. Ich hatte sie gefragt, ob wir hier essen könnten, da ich hoffte, noch etwas herauszufinden.

»Du würdest wahrscheinlich daran denken, wie viele Gemeinsamkeiten du verrätst und daß du dich einem vollkommen fremden Menschen öffnest.«

Ines nickte nachdenklich. »Ja, so wäre es wohl.«

»Aber ich bin mit beiden so vertraut. Ich tauche von einer bekannten Welt zur anderen.« Die maritime Dekoration prägte offensichtlich meine Bilder.

»Tauchst du?«

»Nein, ich würde, also ...«

Ratlos blickte ich sie an, hob mein Glas und trank einen Schluck Weißwein. Ich hatte in der vergangenen Nacht noch auf Dale gewartet, der mir dann meinen Standardvorwurf an Andy machte: Daß ich gehandelt hätte, ohne vorher nachzudenken. In seiner Klarheit und Souveränität war er mir wieder so attraktiv erschienen ... Wie er sich müde eine Zigarette angesteckt hatte, mich dabei mit leicht zusammengekniffenen Augen lächelnd betrachtete.

»Hallo, Erde an Kirsten! Ihr habt also nicht ...?«

Ich schüttelte nur den Kopf, spürte noch immer dem Knistern der Situation nach. Schließlich hatte die Vernunft gesiegt – oder war es die Angst vor den zwangsläufig folgenden Verletzungen gewesen? –, und wir durchbrachen, wie stillschweigend verabredet, den Zauber, verließen die Küche, um unsere getrennten Betten aufzusuchen.

Ines' graue Augen hatten nun ebenfalls einen träumerischen Glanz.

»Hey, du hast mir am Freitag erst erzählt, wie glücklich du mit deinem Mann bist«, holte ich uns beide in die Gegenwart zurück, zumal in diesem Moment unser Essen gebracht wurde: eine riesige Platte mit einem ganzen Fisch in der Mitte und einer Menge Meeresgetier ringsherum. Wir seufzten fast gleichzeitig und wahrscheinlich aus verschiedenen Gründen.

»Hat Dale etwas Neues am Strich herausgefunden?« wechselte Ines nun endgültig das Thema, als wir zu essen begannen. Ich hatte ihr schon auf dem Weg hierher die ganze Vorgeschichte erzählt.

»Wie man's nimmt. Dieser Matze ist alles andere als ein unbeschriebenes Blatt, und wir vermuten jetzt, daß Jasmin ihn nur deshalb als harmlos dargestellt hat, weil er auch dealt und ihr im Knast nichts genützt hätte. Andere Frauen haben ihn durchaus als brutales Arschloch beschrieben.« Vorsichtig machte ich mich daran, den Fisch zu zerlegen. »Und er ist schon einmal richtig heftig mit Salzinger aneinandergeraten. Der wiederum muß wirklich ein ganz seltsamer Kauz gewesen sein: Hat regelmäßig die Dienste der Frauen in Anspruch genommen und sich dabei wie eine Puffmutter der alten Schule um sie gesorgt.«

Ines schüttelte den Kopf. »Ich kenne ja wirklich viele Journalisten hier in Dresden, aber den habe ich nie gesehen.«

»Wie Andreas sagt, hat er in den letzten Jahren wohl auch fast nur produziert.«

Ich ließ den Blick von der Galerie herab schweifen. Laut Andy hatten sie am vergangenen Montag in einer großen Nische direkt neben dem Eingang gesessen, vorwiegend bedient von einer sehr jungen Kellnerin. Es mußte diejenige sein, die jetzt hinter der Bar stand. Von hier oben sah sie aus wie dreizehn, ein schmales Ding mit einem langen blonden Pferdeschwanz.

»Und daß beim *Merkur* solch ein Journalismus praktiziert wird, hast du also nicht mitbekommen?« fragte ich.

Ines schüttelte entschieden den Kopf, während sie einen Bissen hinunterschluckte.

»Nein. Es hieß immer schon, daß man bei der Konkurrenz ein ruhiges Leben hat, weil sie personell viel besser ausgestattet seien, aber daß sie solche Geschäfte betreiben, habe ich nicht geahnt. Ich muß aber auch gestehen, daß ich in letzter Zeit ziemlich wenig zum Lesen gekommen bin. Meist hab ich den *Merkur* nur überflogen. Was wollt ihr denn in der Hinsicht jetzt machen?«

»Gute Frage. Ich denke mal, sobald der Tod von Helmut Salzinger aufgeklärt ist, gehen wir zur Chefredaktion und fordern Konsequenzen. Allein ein neuer Lokalchef reicht eben nicht, um so eine Entwicklung umzukehren.«

Ein Rest an Loyalität hielt mich davon ab, Ines von Andreas' eigenen schmutzigen Geschäften zu erzählen. Ich erwähnte lediglich, daß wir uns über der Geschichte so zerstritten hätten, daß ich vorübergehend ausgezogen sei. Jetzt kam mir der Gedanke, daß ich damit nur mich selbst schlecht dargestellt hatte: Mein Freund stand unter Mordverdacht, und ich ließ ihn damit allein, erwog sogar, mit einem anderen ins Bett zu gehen. Prima.

»Ein Kollege vom *Merkur*, der besonders korrupt ist, war auch auf deiner Party«, tastete ich mich vor. »Der, mit dem Andy sich fast geprügelt hätte: Peter Karge.«

Ines nickte nachdenklich. Sie sah sehr attraktiv aus. In ihrem engen dunkelblauen Top, mit der leicht gebräunten Haut erschien sie mir jugendlicher und frischer als ich, obwohl ich vier Jahre jünger war.

»Peter, ja. Wir haben zusammen studiert, aber richtig kennengelernt hab ich ihn nie. Zu meinem Geburtstag hatte ich auch eher seine Frau eingeladen, auch eine ehemalige Kommilitonin, die aber im Gegensatz zu uns allen«, lächelnd schaute sie mich an, »richtig Karriere gemacht hat. Du kennst sie bestimmt: Maria Sonnweger, hat ihr eigenes Magazin im MDR.«

»Was? Die von *Frauen heute*?« Die Sendung war ein echter Lichtblick im Einheitsgeflimmer der Fernsehprogramme, und die Moderatorin hinterließ stets den Eindruck, als habe sie wirklich Ahnung von dem, was sie präsentierte, außerdem war sie sehr authentisch und sympathisch. »Die und der Karge?«

»Tja, wo die Liebe hinfällt. Oder was die DDR-Gesetze so angerichtet haben. Sie haben damals, wie viele andere auch, geheiratet und ein Kind bekommen, damit ihnen eine eigene Wohnung zustand. Aber irgendwie scheint es gehalten zu haben.«

Nachdenklich trank ich noch einen Schluck Wein. »Meinst du, sie hat mich auf deiner Party zusammen mit Andy und ihrem Mann gesehen?«

Ines schüttelte den Kopf. »Sie ist erst zu Peter auf den Flur gekommen, als ihr schon draußen wart.«

Wir hatten beide bereits unsere Teller zur Seite geschoben, wenngleich von den Resten sicher noch eine dritte Person satt geworden wäre. Mit Andy würde das nie passieren, dachte ich. Er hatte an diesem Morgen wenigstens ein bißchen besser ausgesehen als an den

Tagen zuvor, anscheinend war er nach Hantzsches Besuch gleich ins Bett gegangen, anstatt weiterzutrinken.

»Wollen wir noch einen Kaffee unten an der Bar nehmen?«

Ines stimmte zu, wir bezahlten und stiegen die Treppe hinunter. Auch aus der Nähe sah die Kellnerin unglaublich jung und kindlich aus. Ich bestellte zwei Espressi und fragte sie, als sie die kleinen Tassen vor uns hinstellte, ob es richtig sei, daß sie am vergangenen Montagabend die große Gesellschaft in der Nische bedient habe.

»Nu.«

Ich wünschte, ich hätte Zigaretten, um sie ungezwungen ein wenig bei uns zu halten. Gerade hatte ich sie rauchen sehen.

»Möchten Sie etwas trinken?« sprang Ines ein.

Sie blickte uns mißtrauisch an. »Die Polizei war schon hier, und ich habe schon alles gesagt.«

»Würden Sie trotzdem mit uns noch einmal über diese Nacht sprechen?«

Ines' bloße Unterarme lagen offen auf der Theke, sie saß sehr gerade und lächelte verbindlich. Nicht von ungefähr war sie immer gut darin, Promis zum Reden zu bringen.

Die junge Kellnerin schaute sich kurz in dem an diesem Abend eher ruhigen Lokal um, nickte dann und mixte sich eine Cola mit Rum.

»War eine lange Nacht. Wir schließen ja eigentlich um zwölf, aber die haben bis drei Viertel eins gezecht wie die Weltmeister.«

»Alle?«

»Ich weiß nur, daß ich ab einem bestimmten Zeitpunkt ständig Brandy angeschleppt hab. Und kurz danach hat es mächtig gekracht.«

»Gekracht?«

»Zwei haben sich in die Haare gekriegt. Der eine, der dann in der Nacht tot gefunden wurde, und der, der für alle bezahlt hat, so ein Blonder, Süßer.«

Ich unterdrückte ein Lächeln. »Und dann?«

»Dann sind sie auch ganz schnell aufgebrochen.«

»Alle zusammen?«

»Nu, schon. Der Blonde ist sitzen geblieben, der mußte ja noch bezahlen. Hat mir ein ordentliches Trinkgeld gegeben.«

Eine Kollegin kam an die Bar und bestellte zwei Sherry und einen Sekt. Die junge Barfrau stellte das Gefragte zusammen und kehrte danach zu uns und ihrem Cola-Mix zurück.

»Vielleicht hat er sich aber auch nur verrechnet, denn er war mit den Gedanken ganz woanders. Schien ganz schön wütend zu sein.«

Das stand nun also auch im Protokoll der Mordkommission. Ich legte zehn Euro auf die Theke und schüttelte den Kopf, als sie herausgeben wollte.

»Stimmt so.« Etwas kam mir noch in den Sinn: »Saßen vorher eigentlich noch alle am Tisch?«

Sie überlegte. »Bei so einer großen Gruppe, und wenn die so viel bechern, dann fehlt ja immer irgendwer. Aber es kann sein, daß einer gar nicht mehr zurück ist.«

Vor Aufregung rutschte mir meine Tasche vom Schoß, als ich sie öffnen wollte. Ich hob sie auf und zog die Zeitungsseiten heraus, die ich heute in einer unbeobachteten Minute zusammengestellt hatte: Kommentare meiner lieben Kollegen, die jeweils mit einem Foto versehen waren. Ich breitete sie vor der Kellnerin auf der Theke aus, fragte, ob sie denjenigen wiedererkennen würde.

»Die sind ja winzig klein«, beschwerte sie sich über die Bilder, aber dann schaute sie doch nachdenklich und genau hin. »Der hier war es. Der ist schon nach ein paar Schnäpsen raus und gar nicht wieder aufgetaucht.«

»Bingo«, sagte ich leise.

Der Mann auf dem Foto war Peter Karge.

8. Kapitel

Schon wieder eine nächtliche Zusammenkunft in der Küche. Diesmal war Dale vor mir zu Hause gewesen und hatte bereits einen Krug Eistee vorbereitet. Wenn ich mit ihm zusammen war, trank ich entschieden weniger Alkohol als mit Andreas. Dale saß auf dem Sofa vor seinen Notizen, in einem kurzärmeligen, offenen Hemd. Als ich hereinkam, schloß er die mittleren Knöpfe. Müde ließ ich mich auf einen Stuhl fallen und legte meine Füße neben ihn. Er schenkte mir Tee ein, der so kalt war, daß das Glas sofort von außen beschlug.

»Wie war dein Tag, Darling?« fragte er mit einem ironischen Lächeln.

»Danke, sehr erfolgreich. Und deiner?« Ich malte mit dem Finger Streifen auf das Glas. »Peter Karge ist irgendwann im Verlauf des Essens verschwunden und nicht wieder aufgetaucht«, platzte ich dann heraus.

Dale fuhr hoch. »Wirklich? Das ist interessant.« Er fragte, wie ich das herausgefunden habe, und nickte anerkennend, als ich vom dem Gespräch erzählte. »Ja, manchmal sind es die ganz blöden Fragen, auf die man erst einmal kommen muß.«

Ich war so stolz wie selten. Früher hatte Dale nie gewollt, daß ich bei seinen Ermittlungen mitmischte, immer hatte er Angst um mich gehabt und mich bevormundet. Um so mehr zählte ein solches Lob. Er blätterte in seinem Heft.

»Bei der Kripo hat er zwar angegeben, als erster aufgestanden zu sein, aber – Originalton: ›direkt nach der unerfreulichen Auseinandersetzung zwischen Herrn Salzinger und Herrn Rönn. Dann bin ich nach Hause gegangen‹«, las Dale vor.

»Dieser hinterlistige Verbrecher! Weißt du, was er Markus Staude und Martin gegenüber behauptet hat? Daß Andy und Salzinger als letzte noch im Lokal waren. Was er also auf gar keinen Fall wissen konnte!« Wütend richtete ich mich auf.

»Er scheint darauf zu vertrauen, daß in einem Durcheinander von zehn Leuten, die alle ordentlich Alkohol getrunken haben, hinterher keiner mehr so genau weiß, wer wann wo war.«

»Aber Martin. Mich beschäftigt immer wieder dieselbe Frage: Warum hat er nicht mehr mitbekommen?«

Dale zuckte die Schultern. »Nach euren Informationen geht er immer donnerstags abends ins Fitneßstudio. Dort werde ich morgen versuchen, mit ihm ins Gespräch zu kommen. Über Karge will ich lieber noch mehr in Erfahrung bringen, bevor ich mit ihm selbst spreche.«

»Gut, daß du den Sporttermin machst. Für mich wäre das nichts.« Ich lächelte ihn an, und er erwiderte meinen Blick. Liebevoll, ein wenig belustigt, mit unzähligen Fältchen rings um die fast schwarzen Augen.

»Wie kommst du überhaupt mit den Leuten in Kontakt?«

»Bei den Redakteuren bisher als Versicherungsangestellter. Ich sage, es ginge um Salzingers Lebensversicherung.«

Spontan mußte ich lachen. Andreas' Idee war also gar nicht so abwegig gewesen. Auf Dales fragenden Blick hin schüttelte ich den Kopf.

»Ich mußte nur gerade an etwas denken. Aber wie kommst du dann an die Informationen, die du brauchst? Warum erzählen sie einem Versicherungsfritzen etwas?«

Jetzt lachte er. »Keine Chance, Kirsten. Ich habe dir früher meine Tricks nicht verraten, ich werde es heute nicht tun.«

»Dann verrate ich dir auch nicht, wie ich morgen an Infos über Karge kommen werde«, entgegnete ich.

Sein Gesichtsausdruck blieb amüsiert, wenngleich die Besorgnis von früher hineinspielte.

»Paß auf dich auf«, sagte er jedoch bloß.

»Es ist nichts Großartiges«, gab ich nun doch preis. »Ich will versuchen, einen Gesprächstermin mit seiner Frau zu bekommen. Sie ist eine bekannte Moderatorin, von dieser Sendung, die ich auch öfter gucke: *Frauen heute*.«

»*Frauen heute* – aha?« Er schien entschlossen, beim leichten Plauderton zu bleiben, sah mich dabei intensiv an.

»Was hat Hantzsche zu Mirko Salzinger gesagt?« fragte ich schnell.

Dale wandte den Blick ab, trank einen Schluck Tee.

»Sie hatten seinen Aufenthalt im Protokoll, er ist am frühen Morgen nach dem Tod seines Vater zurückgeflogen. Und für die Nacht hat er ein Alibi vom Hotelpersonal. Angeblich war er überhaupt nicht in Dresden, und seine Familie habe auch nicht gewußt, daß er in Deutschland war. Er hat angegeben, keinerlei Kontakt mehr zu ihr zu haben.«

Ich hob meine Haare im Nacken an. Obwohl die alte Bahnhofsuhr über der Tür Mitternacht zeigte und das Fenster weit offenstand – nur die Holzläden waren zum

Schutz gegen Insekten geschlossen –, herrschten in der Küche nach wie vor tropische Temperaturen.

Ein Alibi in einem Hotel war bestimmt nicht schwer zu bekommen, aber wie hätte er zufällig hier in Dresden seinem Vater am Strich begegnen sollen?

»Bringt es etwas, im Hotel noch einmal nachzufragen?«

Dale wirkte skeptisch. »Ich kann morgen ja mal schauen, wie weit ich telefonisch komme.«

»Ansonsten bleibt die Tochter.« Ich zog eine Grimasse. Sich Katrin Salzinger vorzustellen, wie sie mitten in der Nacht durch die triste Bremer Straße spazierte, war ziemlich absurd.

»Die wollte ich sowieso morgen – oder besser: heute – unter die Lupe nehmen. Ach ja, und in der Familie von Frau Salzinger gab es immer Geld. Damit dürfte die noble Wohnung zu erklären sein.« Er ging seine Notizen durch. »Markus Staude hat ein ziemlich wasserdichtes Alibi, er ist zu Fuß nach Hause gegangen und wurde vor der Haustür von einem Nachbarn gesehen, der seinen alten Schäferhund herausgelassen hat. Und eure Sekretärin und den zweiten Fotografen habe ich ebenfalls von der Liste gestrichen.«

»Wieso?«

Es konnten doch nicht sämtliche Verdächtige ein Alibi haben. Frau Hübner und Heinz Weinberg hatten sehr ungenaue Angaben über ihren Nachhauseweg gemacht, und das Taxiunternehmen hatte seinen angeblichen Anruf nicht bestätigt. Dale grinste.

»In der Wohnung von Frau Hübner gibt es so viele herrliche Fotos, darunter etliche von ihr selbst, wo sie strahlend und glücklich aussieht, daß ich einfach einen

Schuß ins Blaue gewagt und sie gefragt habe, ob die von Herrn Weinberg sind.« Er zog genüßlich an seiner Zigarette. »Na ja, und dann hab ich sie gefragt, ob sie in dieser Nacht zusammen waren. Sie war ganz erschrocken, sagte, daß Weinbergs Frau auf keinen Fall etwas davon wissen dürfe und daß sie ja eigentlich auch längst Schluß gemacht hätten.« Dale suchte meinen Blick, ich schaute aber weg. »Auf jeden Fall sind sie zu Fuß in ihre Wohnung in die Wilsdruffer Vorstadt gegangen, und er ist von da dann über eine Stunde später mit einem Taxi nach Hause. Den Anruf und die Fahrt habe ich bestätigt bekommen.«

Abrupt stand er auf, hob meine Beine an und schlängelte sich hinter dem Tisch hervor. Er stellte sein Glas auf die Spüle, leerte den Aschenbecher aus und trat hinter mich, strich mir mit der linken Hand übers Haar, in der rechten noch immer die brennende Zigarette.

»Ich gehe ins Bett. Gute Nacht.«

Ich hob die Hand und fuhr über seine, die er aber sofort wegzog.

»Rufschädigung«, sagte Andreas. »Mindestens.« Regelrecht ängstlich horchte er in einer Baulärmpause nach draußen auf den Gang. Es war erst kurz nach neun, dennoch war der Aschenbecher neben dem Rechner schon halb voll. Seine Hand zitterte, als er sich eine weitere Zigarette ansteckte.

Ich sagte nichts. So wie Andy aussah, wußte er selbst, was für einen unglaublichen Mist er da gebaut hatte. Er war am Abend zuvor zu dem Haus am Schützenplatz gefahren, in dem Karge eine Wohnung bewohnte, und hatte sich mit einem seiner Nachbarn unterhalten. Danach hatte der Redakteur ihn auf dem Flur gesehen und sofort die Polizei gerufen, eine Klage angekündigt.

»Ich kam mir vor wie der letzte Idiot, als ich dann brav im Treppenhaus auf die Bullen gewartet habe. Aber was hätte ich tun sollen? Abhauen?« Er kauerte auf seinem Stuhl, beide Unterarme auf den Schreibtisch aufgestützt.

Ich schüttelte den Kopf. »Du kannst jetzt nur die Flucht nach vorn antreten. Geh hoch zu Müller, und erzähl ihm, was vorgefallen ist, bevor Karge es tut.«

»Ich werde kündigen, Kirsten. Ich kann einfach nicht mehr.« Er blickte nicht auf.

Wahrscheinlich war das die schlichte Wahrheit. Er machte den Eindruck, als würde er jeden Augenblick zusammenbrechen. Aber ich mochte mir nicht vorstellen, was er anstellen würde, wenn er keine Arbeit mehr hatte. Ich holte tief Luft.

»Willst du ihm das wirklich gönnen? Und dann? Zu Hause sitzen und durchdrehen?« Ich beugte mich über den Tisch und nahm ihm die Zigarette aus der Hand, drückte sie aus. »Jetzt geh hoch. Du kannst ja auch sagen, daß du Karge in Verdacht hast. Schließlich spricht mehr und mehr dafür.«

Wenigstens hob er jetzt den Kopf und schaute mich fragend an; ich blieb jedoch dabei, daß er zunächst zum Chefredakteur gehen sollte. Ich befürchtete, daß Karge ihm zuvorkommen könnte. Endlich erhob er sich schwerfällig aus seinem Stuhl und ging zur Tür.

Er blieb fast eine halbe Stunde oben. In der Zwischenzeit wünschte ich so unverblümt wie nur möglich in der Redaktion einen guten Morgen und versuchte aus Peter Karges verkniffenem Gesichtsausdruck schlau zu werden. Ich überflog den Lokalteil und sah meine Mails durch, bevor ich bei Frau Hübner für Andy und mich Kaffee holte und mich wieder in sein Büro setzte. Auf die Idee, daß die Sekretärin etwas mit Heinz verband, hätte ich genauso kommen können, dachte ich. Schließlich hingen an der Wand im Sekretariat auch drei hervorragende Fotos, die wohl von ihm stammten, und auf ihrem Schreibtisch stand eine Aufnahme der attraktiven Fünfzigjährigen vor einem knorrigen Baumstamm, so gelöst lachend, wie ich sie noch nie gesehen hatte.

Als Andreas endlich zurückkam, hatte ich mich am offenen Fenster in die Zeitung vertieft. Er sagte zunächst gar nichts, ließ sich schwer in seinen Schreibtischstuhl fallen und zündete eine Zigarette an, ohne zitternde Hand diesmal, dafür mit unendlich langsamen Bewegungen.

»Und?«

»Er hat getobt. Richtig getobt.« Er sah den mittlerweile wahrscheinlich kalten Kaffee und trank einen Schluck. »Wenn die Geschichte nicht bis Ende des Monats aufgeklärt ist und ich dabei eine reine Weste habe, darf ich meine Probezeit als beendet ansehen. Er riskiert nicht den Kopf für mich, das waren seine Worte.«

Ich schaute auf den Wandkalender. Heute war der Vierundzwanzigste.

»Das ist noch eine Woche. Das schaffen wir schon«, sagte ich zuversichtlicher, als ich mich fühlte.

»Und was sind deine guten Neuigkeiten?« fragte er, ohne darauf einzugehen.

Ich erzählte ihm, was ich herausgefunden hatte, und er lebte ein wenig auf. Auf meine Frage, ob er denn nicht mitbekommen habe, daß Karge irgendwann fehlte, konnte er mir keine klare Antwort geben und murmelte etwas von »Durcheinander«. Dann schaute er auf seine Uhr und begann nervös, einige Papiere zusammenzusuchen.

»Andy, ich komme heute abend zurück nach Hause.«

In seinem Gesicht kämpften Erleichterung mit Stolz, Freude mit Scham, Ruhe mit Aufruhr. Heraus kam trotzige Ablehnung: »Ich brauche weder Mitleid noch ein Kindermädchen.«

Mit festem Griff packte er seine Unterlagen und wartete darauf, daß ich voranging. Im Flur kam er jedoch an meine Seite, und gemeinsam betraten wir die Redaktion.

Schon das Vorzimmer, in dem ich bereits seit einer Viertelstunde wartete, beeindruckte. Glänzendes Kassettenparkett und Wände mit blaßgelbem Rauhputz ließen den ohnehin geräumigen Raum noch größer erscheinen. Maria Sonnwegers Sekretärin saß hinter einem riesigen, modernen Schreibtisch, der Wandkalender präsentierte Hundertwasser, über dem Ledersofa, auf dem ich saß, prangte ein Druck von Miró. Es herrschten angenehm kühle Temperaturen – vermutlich sorgte dafür eine funktionierende Klimaanlage.

Und das hier war nur das Zweitbüro. Wie die Moderatorin mir am Telefon erklärt hatte, war sie von montags bis mittwochs im Haupthaus des Senders in Leipzig, donnerstags und freitags dann hier in Dresden. Schließlich arbeite sie ja nicht nur für eine Sendung. Nach Einsatz meiner ganzen Überredungskunst hatte ich diesen Termin im Gebäude des Senders an der Königsbrücker Straße bekommen, eine halbe Stunde, von vier bis halb fünf.

Es war fünf vor halb fünf, als Maria Sonnweger endlich in einem malvenfarbenen Leinenanzug à la Mao, der garantiert ein Vermögen gekostet hatte, in das Büro stürmte, ihre Sekretärin mit Stichworten bombardierte und etwas irritiert zu mir herübersah.

»Ach, Sie hatte ich vollkommen vergessen. Frau Hofmeister, richtig?«

Ich nickte. »Leider habe ich gerade festgestellt, daß ich keine Karte dabei habe.«

Frau Sonnweger hatte ihre Aufmerksamkeit schon wieder der Sekretärin zugewandt, bat sie, uns Mineralwasser zu bringen, und rauschte voran in ihr Büro. Sie sah kleiner und schmaler aus als im Fernsehen, auch älter. Die sportliche Kurzhaarfrisur war perfekt geschnitten, das blonde Haar jedoch eindeutig gefärbt, es wirkte stumpf. Die Falten rings um die Augen waren nicht zu übersehen.

»Setzen Sie sich.« Mit einer Bewegung bot sie mir einen von zwei Sesseln in einer Nische unter dem Fenster an, sie selbst ging zunächst an den Schreibtisch, blätterte in einigen Papieren herum, klickte sich durch irgend etwas auf ihrem Computer, kam dann zu mir.

»So, nun habe ich ein paar Minuten für Sie.«

»Wie ich Ihnen schon sagte, bin ich freie Journalistin und möchte für ein Jugendmagazin eine größere Geschichte über Sie machen. Als Beispiel für eine sehr erfolgreiche Frau im Mediengeschäft.«

Sie lächelte geschmeichelt. »Was wollen Sie wissen?«

»Vielleicht erzählen Sie einfach von Ihrem Werdegang.«

Die Sekretärin trat nach kurzem Anklopfen ein und stellte eine Flasche stilles Wasser und zwei Gläser vor uns hin. Maria Sonnweger bediente erst mich, dann sich, wobei mir die drei Ringe ihrer rechten Hand auffielen, die aus Katrin Salzingers Geschäft hätten stammen können. Dann begann sie zu reden.

Sie hatte die präzise, klare Sprechweise, die ich aus dem Fernsehen kannte, in der Realität wirkte das allerdings etwas gekünstelt. Sie berichtete vom Volontariat bei einer Bezirkszeitung im Norden, dem Studium im Roten Kloster. Manche Pointen – etwa, daß sie früher immer angegeben habe, sie wolle nicht ins Ausland, weil sie als junges Mädchen Angst davor gehabt hätte, und auf diese Weise einer Anfrage der Staatssicherheit entkommen war – hinterließen bei mir den Eindruck, als habe sie sie schon tausendmal erzählt. Aber gut, sie war eine öffentliche Person.

Die richtige Entwicklung war dann mit der Wende gekommen. Sie sei »politisch erwacht, in Leipzig mitmarschiert«, und sie hatte auf etlichen Versammlungen mit einer alten Super-8-Kamera gefilmt.

»Die Filme habe ich dann auf gut Glück an Redaktionen in den Westen geschickt.«

Mein Blick schweifte über die gegenüberliegende Wand, die ein postmodernes Reliefgemälde zierte. Maria Sonnweger war eine ungewöhnliche Frau, warum hörte ich mir das alles so skeptisch an? Die Antwort lag nahe: Weil sie mit Peter Karge verheiratet war. Während sie von Stationen bei RTL und ZDF berichtete, versuchte ich mir die beiden zusammen vorzustellen. Doch, rein äußerlich paßte das auf jeden Fall. In meine Überlegungen hinein klingelte das Telefon. Sie stand auf und meldete sich etwas ungehalten.

»Ach, so«, sagte sie dann. »Peter. Was gibt es? Heute

abend ins *Le Soir*?« Sie schaute auf ihre Armbanduhr. »Gut, aber nicht vor neun. Ich bin erst gegen acht zu Hause. Ja, bis später. Ciao.«

»Ihr Mann?« fragte ich, sobald sie aufgelegt hatte.

»Ja. Zum Glück ist er auch Journalist und hat Verständnis dafür, daß ich so wenig Zeit habe. Unser Sohn ist jetzt auch schon sechzehn, da kann man das alles ganz ordentlich organisieren.« Sie setzte sich wieder zu mir.

»Und ist Ihr Mann ähnlich erfolgreich wie Sie?«

Frau Sonnweger nickte sofort, ohne nachzudenken.

»Er steht nicht im Scheinwerferlicht, aber er verdient gut.«

Per Telefon bat Andreas mich, in sein Büro zu kommen. Die meisten Kollegen, darunter auch Peter Karge, hatten bereits Feierabend gemacht. Frau Leitmeyer schimpfte leise vor sich hin, weil sie auf die Artikel von Andy, der den ganzen Tag auf einer städtischen Sitzung gewesen war, wartete.

Als ich den kleinen Raum betrat, saß er noch am Rechner.

»Kriegst du hier noch sieben Zeilen raus? Ich bin ein bißchen betriebsblind.«

Er stand auf und überließ mir seinen Stuhl, stellte sich ans Fenster. Ich setzte mich und begann zu lesen. Der Bauausschuß hatte getagt, und offenbar waren noch zahlreiche kritische Stimmen zu jenem Druckhaus im Großen Garten laut geworden, das vom *Merkur* schon einmal vorab bejubelt worden war. Andy hatte in bester Lehrbuchmanier die Argumente beider Seiten wiedergegeben. Ich spürte, wie sich ein selig-dümmliches

Lächeln auf mein Gesicht drängte, während ich behutsam zu kürzen begann.

»So, fertig.« Ich speicherte den Text ab.

»Willst du den Kommentar auch noch lesen?«

»Gerne.«

Auch der hätte im Lehrbuch stehen können. Als Beispiel für messerscharfe Analyse und klare Meinungsbildung. Sein Resümee: Wenn die Stadt alles den wirtschaftlichen Interessen opferte, hätte sie bald ihre Seele geopfert. Ich nickte zustimmend. Andy schloß die Datei und schickte die Texte an das Layout.

»Bist du fertig mit deinen Sachen? Wollen wir einen kleinen Spaziergang machen?«

Zusammen gingen wir in die Redaktion. Andreas fragte Frau Leitmeyer, ob seine Texte ordentlich angekommen seien, ich holte meine Tasche, und wir verließen den stickigen Plattenbau.

Auf der Prager Straße herrschte noch Einkaufstrubel, schweigend gingen wir am Kristallpalast-Kino vorbei zur Petersburger Straße, schafften es schließlich, diese zu überqueren, und erreichten glücklich die Grünflächen vor dem Hygiene-Museum. Schon bald war kaum noch etwas von dem Verkehrslärm zu hören, im Schatten der alten, hohen Bäume war die Temperatur angenehm, außerdem wehte ein leichter Wind.

»Ich kann dir das mit der Gesellschaft für Wiederaufbau nicht erklären«, begann Andy unvermittelt. »Weil ich selbst nicht begreife, wie ich so etwas tun konnte. Deshalb hatte ich es wohl auch total verdrängt.« Er spielte mit seiner Zigarettenschachtel herum. Ich wollte etwas entgegnen, aber er sprach schon weiter: »Ich könnte dir erzählen, wie die Pressesprecherin – mit diesem Herrn Richter hatte ich persönlich noch nicht einmal zu tun – es geschafft hat, allein die Tatsache, daß ich zu dem Zeitpunkt einen Artikel mache, als humanitäre Hilfe darzustellen. Wie dann ganz zum Schluß, quasi in einem Nebensatz, der Hinweis kam, man würde sich auch mit einem kleinen Honorar bedanken. Und daß ich natürlich gleich wußte, daß das falsch war – aber ihr trotzdem meine Kontonummer genannt habe.«

Andy machte eine Pause, starrte auf die Betonplatten des Fußweges. »Ich habe genau den Text geschrieben, den ich sonst auch geschrieben hätte – würde ich zumindest jederzeit beschwören.« Er zuckte die Achseln, nahm eine Zigarette aus der Packung. »Natürlich werde ich nie wieder einen Termin in Zusammenhang mit der Gesellschaft wahrnehmen. Weder in meiner derzeitigen Funktion noch ab nächste Woche, wenn ich wieder ein kleiner Freier bin.« Endlich zündete er sich die Zigarette an. »Mehr kann ich dir dazu nicht sagen.«

Wir waren mittlerweile auf der Höhe des Arnold-Bades, lautes Kindertoben tönte zu uns herüber. Ich blieb stehen und faßte ihn an den Armen, streckte mich und küßte ihn. Er stand zunächst stocksteif da, dann endlich erwiderte er den Kuß und umarmte mich so fest, daß ich dachte, er würde mir die Rippen brechen. Ich hörte ihn schluchzen und strich ihm über das Haar, immer wieder, bis er aufhörte.

»Du Idiot.« Ich spürte, wie mir ebenfalls die Tränen in die Augen stiegen. »Du wirst als Lokalchef des *Merkur* noch von der Eröffnung – oder wie immer das heißt – der Kirche berichten.«

Andy löste sich von mir und sah mich ernst an, schüttelte den Kopf. Ich nahm seine Hand und zog ihn mit mir, auf den Haupteingang des Großen Gartens zu, wo ich vor tausend Ewigkeiten, wie es mir jetzt vorkam, Jasmin getroffen hatte. Ich war so glücklich, so erlöst, obwohl Andreas' Erklärung natürlich keine Entschuldigung war. Aber vielleicht empfand ich gerade die Tatsache, daß er nicht versuchte, sich damit herauszureden, wie pleite wir im Frühling waren und wie unsicher die Aussichten zweier Freiberufler, als größte Erleichterung.

»Los, komm!«

Es konnte mir gar nicht schnell genug gehen. Hand in Hand stürmten wir über die Ampel, zwischen den altehrwürdigen Statuen hindurch und den breiten roten Asphaltweg entlang, bis Andreas, der seine Zigarette längst weggeworfen hatte, langsamer wurde und schließlich keuchend stehenblieb.

»Bitte, eine andere Strafe!« Er lachte, nach Luft ringend. »In den letzten Tagen hab ich nicht gerade Kondition aufgebaut.«

Ich stimmte in sein Lachen ein. Auch ich atmete heftig.

»Okay, willst du so weitermachen?« Ich wies zurück in Richtung Torwirtschaft. Gegen ein kühles Bier hätte ich nichts einzuwenden gehabt.

Aber Andy schüttelte den Kopf.

»Laß uns einfach noch ein bißchen gehen.« Er drückte meine Hand.

Langsam schlenderten wir die Hauptallee hinunter, um das Palais herum und bogen nach rechts zum Carolasee ein. Jetzt, am frühen Abend, waren die Enten den Ruderbooten zahlenmäßig klar überlegen. Bei der kleinen Gaststätte am See fragte Andreas den älteren Mann, der gerade einem Pärchen beim Anlegen half, ob wir noch ein Boot mieten könnten. Ich blickte zögernd auf meine Armbanduhr, und es war mir ganz recht, als der Verleiher den Kopf schüttelte und meinte, einmal sei auch für ihn Feierabend. Andy setzte noch an, ihn zu überreden, ich strich ihm aber leicht über den Unterarm und schob ihn zurück auf den Weg.

»Ich will noch zu Jasmin. Ich hab ihr am Montag versprochen, sie so bald wie möglich zu besuchen. Jetzt müßte sie schon das Schlimmste hinter sich haben.«

Andreas nickte. »Okay, dann fahren wir zusammen bis in die Neustadt, und ich habe noch ein bißchen Zeit, die Spuren der Verwüstung in der Wohnung zu beseitigen, bis du nach Hause kommst.«

Er grinste, und bei den letzten Worten sah er aus, als ob er es selbst noch nicht so recht glauben könnte.

»Dale hat angekündigt, heute spät noch vorbeizukommen.« Da schwang eindeutig die Frage mit, ob das in Ordnung sei. Für mich, für Dale, überhaupt.

Ich nickte nur. Wir mußten es in Ordnung bringen. Ich mußte es in Ordnung bringen.

Das St.-Marien-Krankenhaus lag idyllisch inmitten eines Parks im alten Teil von Klotzsche, das Haupthaus stammte aus der Zeit von vor hundert Jahren und strahlte Würde und Autorität aus, die Patienten waren jedoch im modernen Neubau untergebracht. Nach kurzem Nachfragen stand ich vor einer schlichten Zimmertür, holte tief Luft und trat nach leisem Anklopfen ein. Es war ein Zweibettzimmer, momentan war Jasmin jedoch allein. In dem weißen Krankenhaushemd sah sie bleicher aus als die Wand hinter ihr. Als sie mich sah, schloß sie kurz die Augen, und ich fragte mich, ob sie erleichtert über mein Kommen war oder bestürzt, daß ich sie in diesem Zustand sah.

»Hallo.« Ich trat neben ihr Bett und reichte ihr unsicher die Hand. Ihre fühlte sich eiskalt und verschwitzt an, der Händedruck war keiner. Aus meiner Tasche holte ich die Pralinen und Zigaretten, die ich noch schnell gekauft hatte.

»Hier, ich wußte nicht, was du willst, aber Zigaretten bestimmt, hab ich gedacht.«

»Essen kann ich kaum was. Mir ist immer schlecht.« Irgendwie wirkte sie noch immer wie weggetreten. Wahrscheinlich lag das an den Medikamenten, mit denen der Entzug erleichtert werden sollte, wie man mir am Montag erklärt hatte. »Aber Zippen sind gut.« Mit zittrigen Bewegungen schlug sie die Decke zurück und schob ihre dünnen Beine über die Bettkante.

»Darfst du aufstehen?«

»Soll ich. Sonst werd ich richtig krank, sagen die hier.« Sie lachte freudlos.

»Ist es schlimm?« fragte ich vorsichtig.

»Hölle. Tausendmal schlimmer als das letzte Mal, und dieses Arsch von Psychiater sagt bloß, daß es eben jedes Mal schlimmer wird und daß ich mir gut überlegen soll, wieder anzufangen.«

Über dem Fußteil des Bettes lag ein bunt bedruckter Morgenmantel, nach dem sie griff. Sie erschien mir noch dünner als vor drei Tagen. Die Wunde an der Schläfe war verheilt, der Bluterguß jedoch nach wie vor gut sichtbar. Mit fahrigen Bewegungen zog sie den Morgenrock an, stand dann, leicht schwankend, neben mir. Ich stützte sie, und langsam gingen wir aus dem Zimmer und den Flur hinunter.

»Als wenn ich nach dem Terror wieder anfangen würde. Jetzt bestimmt nicht mehr«, verkündete sie, und es klang, als meinte sie, was sie sagte. Aber im vergangenen Jahr hatte alles genauso geklungen.

»Mein Freund war hier.« Darauf war sie stolz, sie schien sich nach einem bürgerlichen Leben zu zweit zu sehnen, nach einer Familie, nach Geborgenheit. Ich wünschte ihr, daß sie eine neue Chance bekäme.

Der Raucherraum am Ende des Ganges war voll, die Luft unerträglich. Spontan machte ich einen Schritt zurück, sagte Jasmin, daß ich draußen auf sie warten würde. Sie nickte gleichgültig und begab sich in das Qualmghetto.

Als ich ein wenig unschlüssig auf dem Flur herumstand, kam mit raschen Schritten ein weiß gekleideter, etwa fünfzigjähriger Mann auf mich zu.

»Sie sind der Besuch von Jasmin Zinke? Ich bin Doktor Drechsel, der zuständige Psychiater.«

Ich stellte mich vor, und der Arzt führte mich ein paar Meter den Gang zurück, fragte nach meiner Beziehung zu Jasmin. Als ich ihm die Vorgeschichte in groben Zügen geschildert hatte, zog er eine Grimasse.

»Ich hatte gehofft, Sie könnten sich nach der Entlassung ein wenig um sie kümmern. Der Freund war zwar gleich am Dienstag hier und hat ihr Wäsche gebracht, aber er wirkt selbst sehr labil. Wissen Sie, ob er auch Drogen nimmt?«

Ich schüttelte den Kopf. »Ich glaube nicht, aber ich kenne ihn gar nicht. Und Jasmins Geschichten sind wohl mit Vorsicht zu genießen.«

Dr. Drechsel nickte. »Das ist immer so. Gut, dann müssen wir schauen. Bis nächsten Montag können wir sie noch hier behalten, aber dann steht sie mit der Verpflichtung zu einer externen Therapie auf der Straße. Und ob sie da dann wirklich hingeht, ist die entscheidende Frage.«

Er wirkte ziemlich desillusioniert. Ich beneidete ihn nicht um seinen Job.

»Gibt es keine weiterführende stationäre Therapie?«

»Gibt es, ja. Aber viel zuwenig Plätze. Die Wartefrist beträgt im Moment etwa drei Monate.«

Das hatte mir am Montag niemand so klar gesagt. Ich schluckte und versprach, Jasmin am Montag abzuholen und dafür zu sorgen, daß sie wenigstens zum ersten Therapietermin erschien. Er bedankte sich, deutete mit einem schiefen Lächeln einen militärischen Gruß an und eilte durch den Flur, auf ein Zimmer zu, an dem die rote Lampe aufleuchtete. Kurz darauf kam Jasmin aus dem Raucherraum, offenbar durch das Nikotin ein wenig stimuliert. Langsam gingen wir zurück zu ihrem Zimmer. Dort ließ sie sich auf die Bettkante fallen und zog den Morgenrock fest um sich.

»Mir ist noch etwas eingefallen, was Laura gesagt hat.«

»Was?«

»Sie hat mal einen der Obermacker reden gehört. Und der hat total gelispelt. Wir haben uns damals drüber lustig gemacht.«

Mißtrauisch schaute ich sie an. So etwas Wichtiges sollte ihr jetzt auf einmal eingefallen sein?

»Wieso kommst du erst jetzt darauf?«

»Ich kann doch erst jetzt wieder denken.« Unschuldig sah sie mich an.

»Das ist nicht zufällig auch wieder ein Dealer, genauso wie der Matze?«

Ertappt wandte sie den Blick ab, fingerte an dem scheußlichen, mit Rüschen besetzten Kragen des Morgenmantels herum.

»Hast du von diesem Zuhälter etwa auch Drogen gekauft?«

»Nein, aber er ist ein Dealer. Hat Laura zumindest erzählt.« Wieder klang sie wie ein kleines Mädchen, kleinlaut diesmal und so, als habe sie mit alledem nichts zu tun.

»Ach so, aber auch als du Laura da raushaben wolltest, hast du uns das nicht gesagt, weil du dachtest, daß du bei ihm vielleicht noch mal an Stoff kommst.« Ich zwang mich, aufzuhören. Jasmin hockte wie ein Häufchen Elend vor mir. Ob sie selbst begriff, was diese Sucht mit ihr anrichtete? Ich konnte es nur hoffen.

»Immerhin, jetzt hast du es ja erzählt«, sagte ich um einige Abstufungen freundlicher. »Gibt es sonst noch was, was ich wissen sollte?«

Sie schaute nicht auf, als sie den Kopf schüttelte.

Auf dem Nachhauseweg holte ich am Kebab-Imbiß an der Schauburg zwei große Döner, dachte kurz an Dale, der jetzt im *Le Soir* speiste, jenem Restaurant, in das Herr Wagner von der Deutschen Tischlerei mich hatte einladen wollen, und beeilte mich, in die Böhmische Straße zu kommen. Für seine Spesenrechnung dürfte schon einiges von dem Extrahonorar, das Andy damals kassiert hatte, draufgehen. Irgendwie empfand ich das als eine Form ausgleichender Gerechtigkeit.

Andreas hatte sich anscheinend wie ein Wahnsinniger in die Hausarbeit gestürzt. Die Küche sah schon wieder benutzbar aus, ein gewaltiger Berg gespülten Geschirrs türmte sich auf der Abtropffläche; Arbeitsfläche, Tisch und sogar der Fußboden waren sauber, die Waschmaschine lief. Trotzdem hatte er es noch geschafft, zu duschen. In sauberen Shorts und einem knallroten, ebenfalls frisch aussehenden T-Shirt, mit nassen Haaren kam er genau in dem Moment in die Küche, als ich die Alupäckchen auf den Tisch legte.

Jetzt, hier, jenseits der Öffentlichkeit, in unserer gemeinsamen Privatsphäre, waren wir auf einmal beide unsicher. Die Euphorie war der Müdigkeit gewichen, das Wohlgefühl der Skepsis. Und noch immer gab es so viele offene Fragen. Ich holte eine Flasche Mineralwasser aus dem Kühlschrank. Bei Jasmin war mir die Lust auf Bier vergangen. Andy stellte zwei Gläser auf den Tisch, wir setzten uns und packten die Döner aus, begannen zu essen, wobei wir jede Menge Salat und sauceverschmierte Fleischstückchen um uns herum verteilten.

»Und dafür habe ich geputzt«, beschwerte sich Andreas. »Der Rest der Wohnung ist übrigens nach wie vor eine Müllhalde. Ich dachte, etwas Arbeit lasse ich dir noch.«

»Ich bin davon ausgegangen, daß wir uns eine neue Bleibe suchen. Irgend etwas frisch Renoviertes, Sauberes.«

Wir lachten beide, und ich hatte das Gefühl, daß wir ein Stück Normalität zurückgewonnen hatten.

Nach dem Essen tranken wir einen Kaffee und räumten ein wenig in den übrigen Räumen auf. So fiel es auch leichter, wach zu bleiben. Es war fast halb zwölf, als Dale klingelte. Er sah ebenfalls müde aus, meinte aber, das käme von dem guten Essen.

»Da eure Kollegen drei Gänge genommen haben, konnte ich natürlich nicht nur eine Suppe essen. Also, das Restaurant kann ich wirklich empfehlen.«

Er war anscheinend entschlossen, Andreas und mich ohne Wenn und Aber wieder als Paar anzusehen und sich völlig zurückzunehmen. Schon als ich ihm am Morgen beim Frühstück gesagt hatte, daß ich wieder in die Böhmische Straße gehen würde, war seine Reaktion nur ein Nicken gewesen.

Er zog seine Zigaretten aus der Hosentasche.

»Oder ist das jetzt wieder eine Nichtraucherwohnung?«

»Eigentlich schon«, sagte Andy. »Aber ich denke, eine am offenen Fenster wird Kirsten durchgehen lassen, oder?«

Ich nickte und registrierte erfreut, daß er nicht die Gelegenheit nutzte, ebenfalls zu rauchen. Wider besseres Wissen setzte ich noch einmal die Kaffeemaschine in Betrieb. In der stickigen Wärme hatte ich das Gefühl einzuschlafen, sobald ich stillsaß.

»Die Auslagen sollten sich aber gelohnt haben«, fuhr Dale vom Fenster aus fort. »Zwar habe ich das Gespräch der Karges nicht verfolgen können, dazu stehen die Tische zu weit auseinander, aber nachdem sie mit dem Essen fertig waren, hat er seine Frau, wie es aussah, sehr höflich gebeten, ihn zu entschuldigen, und sich zu einem Mann an die Bar gesellt. Einem älteren, eleganten Herrn mit grauen Haaren.« Er sah mich fragend an.

»Ja, könnte Herr Wagner gewesen sein.«

»Ich hatte schon den ganzen Abend kein Deutsch geredet, und während der Barmann den beiden Herren Cognac serviert hat, bin ich ebenfalls an die Bar und habe auf englisch einen Whisky bestellt. Die beiden sprachen weiter, obwohl ich sehr nah neben ihnen stand.«

»Und?« Andreas drehte gespannt sein Wasserglas in den Händen.

»Euer Kollege hat Herrn Wagner versprochen, das wiedergutzumachen, wie er sich ausgedrückt hat. Es könne sich nur noch um Tage handeln, bis der neue Chef weg wäre, und dann würde die Kleine«, Dale grinste mich an, »gleich mit fliegen.«

»Versprich mir, daß du auf jeden Fall dableibst, auch wenn ich gefeuert werde.« Andreas' Stimme klang haßerfüllt.

»Du wirst nicht gefeuert«, entgegnete ich, sein Blick war jedoch so eindringlich, daß ich schließlich nickte.

»Und Karge hat angekündigt, er habe demnächst sowieso eine Aktion mit Herrn Reimann vor, vielleicht könne man da gemeinsam vorgehen. Wenn ihr morgen mal versucht herauszufinden, wer dieser Herr Reimann ist, würde ich da noch einmal nachhaken. Höchstwahrscheinlich auch ein Gastwirt.«

Ich schaute Andy fragend an, er zuckte die Achseln.

»Wir recherchieren«, versprach ich, stand auf und goß den Kaffee ein.

»Du scheinst also recht damit zu haben, Andreas, daß Karge der Kopf dieser ganzen Korruptionsgeschichten ist.« Dale schnippte die Kippe nach draußen und rückte seinen Stuhl wieder näher an den Tisch. »Ich werde morgen versuchen, mit deinem Vorgänger zu sprechen, aber so langsam wäre es vielleicht auch mal interessant, was euer Chefredakteur dazu sagt.«

»Ich nehme an, du hast ihm heute gar nichts gesagt?« fragte ich Andy.

»Dem geht es doch nur darum, daß ich unter Verdacht stehe und deshalb nicht tragbar bin für die Zeitung. Alles, was ich jetzt sagen würde, wäre für ihn bloß eine billige Rechtfertigung. Zumindest, solange ich nichts in der Hand habe.«

»Aber der Layout-Ausdruck«, wandte ich ein, merkte jedoch, daß ich nicht zu ihm durchdrang.

»Neue Verdächtige für den Totschlag habe ich leider nicht zu bieten«, sagte Dale. »Salzingers Sohn hat ein ähnliches Alibi wie du, Andreas, nur perfekter. Er muß wohl seinen letzten Abend in Berlin heftig gefeiert haben: Der Nachtportier des Hotels erinnert sich noch lebhaft daran, daß Salzinger gegen zwei Uhr total betrunken an die Rezeption kam, um einen Weckruf für fünf Uhr in Auftrag zu geben, und daß er sich Sorgen machte, nicht wach zu werden.«

Andy nickte, tief in Gedanken.

»Die Tochter hat kein Alibi. Sie war allein und gibt an, bis ein Uhr einen Krimi gelesen zu haben, der sich um Dorothy Parker dreht.« Er suchte Andys Blick, der reagierte jedoch nicht. »Sie wirkte ehrlich, ich glaube ihr. Manchmal muß man seinem Gefühl trauen.«

Ich gab einen zustimmenden Laut von mir, damit Dale nicht den Eindruck bekam, ins Leere zu sprechen. »Was ist mit Martin Alex?« fragte ich.

Draußen, gleich unter dem Küchenfenster, grölten ein paar Jugendliche. Dale kniff das linke Auge zusammen.

»Ein komischer Typ. Noch ziemlich unfertig, unsicher. Und ein miserabler Zeuge. Man könnte wirklich denken, daß er Dreck am Stecken hat, auch wenn ich das nicht glaube. Er hat viel zuviel mit sich selbst zu tun, als daß er seine Umwelt wirklich wahrnehmen könnte.«

»Tolle Eigenschaft für einen Journalisten«, bemerkte Andy, der endlich wieder aufzutauchen schien.

»Was die Korruption angeht: Er hat eine Art Gruppenzwang zur Bestechlichkeit beschrieben. Das sollte dir auf jeden Fall helfen, Andreas.«

Andy nickte, ich fragte, was Martin im einzelnen berichtet hatte.

»Bei ihm war es wohl recht einfach. Frau Brandt hat ihm weisgemacht, daß es eine solche Zusammenarbeit zwischen Wirtschaft und Presse überall gäbe und daß er nichts Unrechtes tun würde. Er wußte zwar, daß das nicht stimmt, aber er hat sich angepaßt. Und er betont, wie froh er war, als du gekommen bist, Andreas, weil er den Eindruck hatte, wieder so arbeiten zu können, wie er es gelernt hat.«

»Hast du ihm auch gesagt, daß es damit bald wieder vorbei ist?« Er starrte vor sich hin.

»So gesehen, kann man ihn auch von der Liste der Verdächtigen streichen, oder?« fragte ich Dale.

»Ja«, stimmte er zu. »Er hätte tatsächlich mit seinem Auto umkehren und Salzinger noch antreffen können, aber es gibt keinen Grund für einen Streit zwischen den beiden, geschweige denn ein Tatmotiv. Sie scheinen ja, abgesehen von Andreas, die einzigen in der Redaktion gewesen zu sein, die im Prinzip das gleiche wollten.« Er strich sich durch das Haar. »Andreas, eins noch: Hat Salzinger dich jemals auf die Gesellschaft für Wiederaufbau angesprochen?«

»Das ist nicht dein Ernst.« Andy fixierte ihn.

Dale sagte nichts.

»Und dann hätte ich einfach weiter behauptet, keine Ahnung zu haben, was er mit der Pressekodex-Bemerkung meinte und warum er mich als Chef ablehnte, ja?«

»Hat er?«

»Nein, verdammt noch mal!« Andy war aufgesprungen. »Was seid ihr bloß …« Er stürzte aus der Küche.

»Tut mir leid«, sagte Dale. »Aber ich mußte noch einmal nachfragen.«

Mir war das klar, ich hatte mich selbst nicht getraut, das Thema erneut anzuschneiden. Immerhin war Andreas nicht aus der Wohnung gestürmt, sondern nur ins Arbeitszimmer.

»Die Redaktionskollegen verbreiten, daß Salzinger von Andreas' Übereinkunft mit der Gesellschaft wußte, und deshalb scheinen viele es auch für möglich zu halten, daß die beiden noch einmal richtig aneinandergeraten sind und Andreas sich vergessen hat.« Er stand auf. »Kümmer dich um ihn, er braucht dich jetzt.«

Ich begleitete Dale zur Tür, berichtete dabei noch kurz von Jasmins wiedererwachter Erinnerung. Seine Augen leuchteten auf.

»Das dürfte diese Sache zumindest enorm beschleunigen.«

9. Kapitel

Selten war ich so froh gewesen, daß Freitag war. Dank des vielen Kaffees, der Hitze und Andreas', der sich geweigert hatte, zu reden, war ich stundenlang nicht eingeschlafen. Als mein Wecker um acht Uhr klingelte, fühlte ich mich wie gerädert. Ich drehte mich zur Seite und sah, daß Andy schon aufgestanden war. In der Küche stand noch alles vom Vorabend herum, keine Spur, daß er sich auch nur einen Kaffee gekocht hätte. Ich seufzte und leerte, an den Kühlschrank gelehnt, langsam eine halbe Flasche Mineralwasser.

In der Redaktion angekommen, steuerte ich als erstes das Chefbüro an, diesmal allerdings unter den, wie mir schien, wohlwollenden Blicken von Frau Leitmeyer. Alles hatte ich erwartet, nicht aber, auf einen derart gutgelaunten, regelrecht entspannten Andreas zu treffen. Als ich den Raum betrat, sprang er auf und ging um seinen Schreibtisch herum, auf mich zu.

»Herr Reimann ist der Boß vom *Tapas y Pescados*!«

»Morgen. Und das hast du vorm Frühstück herausgefunden?«

Draußen lockte der wolkenlose blaue Sommerhimmel. Hier drinnen brach einem bei jeder Bewegung der Schweiß aus. Ich wünschte mir einen Termin, bei dem ich an der Elbe entlangschlendern konnte.

»Ich bin schon seit einer Stunde hier und habe Karges Telefonverzeichnis unter die Lupe genommen. Natürlich hat er die private Handynummer von Herrn Richter von der Gesellschaft für Wiederaufbau, das nur am Rande.«

Die Bagger schwiegen gerade, und Andy zog mich, während er sprach, in die äußerste Ecke seines Büros, mit dem größtmöglichen Abstand zum Flur und zu der Toilettentür. Außerdem dämpfte er seine Stimme.

»Und unter der normalen Nummer des Spaniers steht Herr Reimann – ebenfalls eine Handynummer.« Er bemerkte meinen skeptischen Blick. »Doch. Ich hab's im Internet gecheckt. Reimann ist der Inhaber.«

Ich nickte nachdenklich. Das war wirklich eine seltsame Verbindung.

»Und ich hab ihn auf dem Handy angerufen.«

»Du hast was?! Vor neun? Total unauffällig!«

»Wir sind doch im Osten, oder etwa nicht? Er schien auch nichts dabei zu finden. Ich hab mich mit falschem Namen gemeldet und als Kollege von Herrn Karge ausgegeben. Ich würde ihn wegen der geplanten Aktion anrufen.

»Und?!«

»Antwort, Zitat: ›Wieso, das haben wir doch am letzten Montag schon alles besprochen.‹« Triumphierend schaute Andy mich an. »Na?«

Gott, warum mußte er, wenn es ihm besser ging und er eine Spur witterte, immer gleich blindlings drauflosstolpern?

»Was, na? Der Montag ist lang, wieso sollten sich die beiden ausgerechnet mitten in der Nacht besprochen haben?«

»Weil es Karges Verschwinden vom Tisch erklärt. Tagsüber hatte er außerdem keinen Termin dort oder in der Nähe eingetragen. So paßt doch alles zusammen, Kirsten!«

Vom Flur drangen Stimmen herein. Ich registrierte,

daß Andy sich sogar noch rasiert hatte, roch den leichten Zimtduft seines Aftershaves, der so wenig zu der Jahreszeit paßte.

»Ruf Dale an, damit er das überprüft«, bat ich ihn. »Aber selbst wenn du recht hast, bringt das Karge in keinerlei Verbindung zu Salzingers Tod, das ist dir doch klar, oder?«

Ich spürte, wie er ansetzen wollte zu argumentieren, dann jedoch innehielt. »Ja. Total klar.«

Kein Termin mit Spaziergang inklusive, überhaupt keinerlei Entspannung den ganzen Tag, wie es aussah. Herr Büchner war nach wie vor krank geschrieben, und Frau Brandt hatte sich einen freien Tag genommen, obwohl nächste Woche ihr Urlaub begann. Frau Vierse würde erst am Montag wiederkommen. Da aber das Sommerloch für dieses Jahr endgültig Geschichte war, gab es mehr als genug zu tun, und ich verstand Andy gut, daß er den Verdacht, mich zu bevorzugen, gar nicht erst aufkommen lassen wollte. So hatte ich bis drei Uhr nachmittags einen Termin nach dem anderen.

Um halb vier saß ich endlich wieder an meinem Tisch und fing an, sukzessive meine Notizen abzuarbeiten. Ich war alleine in der Redaktion und kam dementsprechend gut voran. Nachdem ich den ersten Artikel fertig hatte, holte ich einen Apfel, den ich unterwegs gekauft hatte, aus meiner Tasche, rieb ihn ab und biß gierig hinein. Auf den ganzen Terminen hatte ich so viel Kaffee getrunken, daß mir fast schlecht davon war. Ich hoffte, daß die Vitamine eine aufmunternde Wirkung haben würden.

Kauend ging ich über den Flur in Andys Büro. Er war

jedoch ebenfalls noch unterwegs. Natürlich schonte er auch sich selbst nicht. Am Abend würde er noch zu einem Treffen soziokultureller Jugendverbände gehen, die um ihre Existenz bangten. Ich mußte ihn unbedingt dazu bringen, sich am Wochenende auszuruhen, sonst würde er bald zusammenbrechen. Ich musterte den mit Unterlagen bedeckten Tisch. Bei der ganzen Anspannung kämpfte er außerdem wieder gegen seine Nikotinsucht an. Der Aschenbecher war verschwunden. Unwillkürlich lächelte ich, überwältigt von zärtlichen Gefühlen für diesen Kindskopf. Ich aß meinen Apfel am offenen Fenster auf und ging zurück zur Tür. Gerade als ich sie öffnen wollte, hörte ich Stimmen aus der Raucherecke. So vorsichtig und leise wie möglich drückte ich die Klinke hinunter und zog sie millimeterweise zu mir. Frau Leitmeyer war es, die mit ihrer mütterlichen Stimme jemanden tröstete.

»Wenn du dir wegen des Textes von Rönn Gedanken machst, Peter ist sich sicher, daß der nächste Woche weg ist. Und dann kannst du das ja wieder ausbügeln.«

Von wegen wohlwollende Blicke. Hinterhältiges Glukkengebaren traf es wohl besser. Ihr Gesprächspartner hörte sich niedergeschlagen an.

»Ach, ich weiß nicht. Irgendwie war uns doch allen klar, daß das nicht ewig so weitergehen kann, oder?« Markus Staude war nichts mehr von jenem Groll anzumerken, den er in dem anderen Gespräch, das ich belauscht hatte, an den Tag gelegt hatte. »Ich glaube, wir sollten es jetzt gut sein lassen.«

»Was ist denn mit dir los? Kriegst du auf einmal Skrupel? Du kannst das zusätzliche Geld doch auch gebrauchen.«

»Das war mir nie so wichtig. Nein, ich … Ach, ich glaube, ich bin einfach urlaubsreif. Statt dessen habe ich jetzt Wochenenddienst.«

Ich blieb noch einige Sekunden stehen, als ich nichts mehr hörte, ließ ich die Tür, wie sie war, und ging durch die andere in den Toilettenraum. An einem Waschbekken ließ ich lange kaltes Wasser über meine Handgelenke laufen und versuchte das Gehörte einzuordnen.

Trotz seines Alibis hatte ich Markus Staude immer im Hinterkopf gehabt; schließlich war er von Martin in einem Atemzug mit Karge genannt worden, was die Bestechungen anging. Zwar war er mir zu zierlich erschienen, um einen anderen Mann zu Fall zu bringen, daß er mit seinem Kumpel Salzinger über dieses Thema aneinandergeraten war, konnte ich mir hingegen gut vorstellen. Andererseits erschien es ihm offensichtlich überhaupt nicht wichtig genug, um darüber zu streiten. Also war doch Karge der einzige, der blieb?

Von der stickigen Luft im Waschraum bekam ich Kopfschmerzen. Ich spritzte mir noch ein wenig Wasser ins Gesicht, ging zurück in die Redaktion und arbeitete diszipliniert meine Texte ab.

Gegen fünf schaute Andreas kurz herein, etwa eine halbe Stunde später fiel die Eingangstür heftiger zu als sonst, und Sekunden darauf bat Andy mich telefonisch in sein Büro, schnell. Als ich den Raum betrat, sah ich Dale im Besucherstuhl sitzen, scheinbar in sich versunken. Aber sobald die Tür geschlossen war, richtete er sich auf, und ich bemerkte die Anspannung.

»Ich hab Andreas schon gesagt, daß ich seine Hilfe brauche. Er meinte, du sollst dabeisein.«

Es mußte um etwas Außergewöhnliches gehen, wenn

Dale zugab, Unterstützung zu brauchen. Und natürlich traten dann auch wieder die alten Beschützerinstinkte mir gegenüber zutage.

»Ich hab die Sitte heute morgen über die Aussage von Jasmin informiert, und sie konnten den Mann identifizieren: Achim Morawietz. Er steht seit Jahren unter Verdacht – Zuhälterei, Drogen im größeren Stil, auch Menschenhandel. Mit ihm hätten wir einen der Köpfe der Organisation gehabt, wenn unser Plan funktioniert hätte.« Ohne eine Pause zu machen, holte er seine Zigaretten hervor und zündete sich eine an. »Bloß, das Ganze ist fehlgeschlagen. Ein Leck irgendwo, wer weiß. Auf jeden Fall sind Morawietz und seine direkten Leute weg. Abgetaucht.«

»Und die Kinder?« fragte ich.

»Das ist meine Hoffnung. Sollen die Bullen sich um Morawietz und Co. kümmern.« Es kam äußerst selten vor, daß Dale seine ehemaligen Kollegen Bullen nannte, er war sich wohl ziemlich sicher, daß sie Mist gebaut hatten. »Es gibt die Chance, daß sie, nach dem Motto … wie heißt es gleich? Nach mir die …«

»Sintflut«, ergänzte Andy, der sich von Dales Anspannung hatte anstecken lassen und nervös mit einem Bleistift herumspielte.

Dale registrierte, daß kein Aschenbecher auf dem Tisch war, stand auf und aschte aus dem offenen Fenster.

»Also, möglicherweise sind sie weg und haben ihre Handlanger mit den Kindern hiergelassen. Ohne sie zu informieren.« Er schaute auf seine Armbanduhr. »Die Aktion ist erst anderthalb Stunden her. Ich hoffe, daß man über eine der Handynummern, von denen ich inzwischen viele habe, noch jemanden kontaktieren kann.«

»Als Freier«, mutmaßte ich und ließ mich auf den Stuhl fallen. Dale blieb am Fenster stehen.

»Genau. Das ist in meinen Augen die einzige Möglichkeit, die ich sehe, um Laura und Mandy – das Mädchen, dessen Eltern mich engagiert haben – rauszubekommen. Spätestens morgen hat die Geschichte die Runde gemacht, und dann kann alles passieren.«

»Wie in Belgien damals.« Andys Stimme klang heiser.

Mir wurde trotz der Hitze auf einmal kalt. Ich umfaßte meine bloßen Arme.

Dale nickte.

»Gut, also soll ich mich als Freier ausgeben, und du willst dann irgendwie dazwischengehen?« fragte Andreas schließlich.

Dale schüttelte den Kopf. »Wir gehen aufs Ganze. Du rufst an und verlangst Laura und Mandy für einen Vierer heute abend. Wenn es klappt, werden wir die beiden rausholen und hoffentlich auch von ihnen erfahren, wo die anderen stecken.«

Mein Unbehagen wuchs. Hatte Dale seine Urteilskraft verloren, weil ihm ein Fall entglitt, der ihm an die Nieren ging?

»Das ist doch ein Kamikaze-Plan. Du bist das letzte Mal mit einer Waffe bedroht worden, warum sollten die euch heute durchmarschieren lassen?«

»Heute weiß ich, was kommt. Andreas kann bei den Mädchen bleiben, während ich das restliche Gebäude überprüfe.«

Andy nickte. Logisch, daß er solch eine unausgegorene Idee für realisierbar hielt. Sie hätte schließlich auch von ihm stammen können.

»Was ist mit der Polizei?« fragte ich betont nüchtern.

»Die müssen erst einmal ihre heutige Aktion analysieren«, sagte Dale voller Verachtung.

»Ihre Wunden lecken«, ergänzte Andy.

Wunderbar, wie die beiden sich auf einmal ergänzten.

»Ihr könnt doch nicht so was im Alleingang machen!«

Dale schaute mich sehr ernst an.

»Kirsten, glaub mir, wenn ich eine andere Möglichkeit sehen würde ... Denk dran, du hast Jasmin auch was versprochen.«

Ich hatte die Fingernägel so tief in meine Oberarme gekrallt, daß es wehtat. Langsam löste ich den Griff.

»Ich hab das Überraschungsmoment auf meiner Seite. Und ich bin ein guter Schütze.«

»Sehr beruhigend.«

»Wir werden vorsichtig sein.« Wieder ein eindringlicher Blick.

Es war nicht fair, fand ich, mich in diese Situation zu bringen. Aber ich hatte ohnehin nichts zu entscheiden, das wurde mir bewußt, als Andy sein Handy hervorholte und Dale fragte, was er sagen solle. Der gab ihm genaue Instruktionen, und tatsächlich war keine zehn Minuten später die Verabredung beschlossene Sache.

»Sehr gut.« Dales Anspannung ließ ein wenig nach. »Du warst Klasse.«

Das mußte auch ich zugeben. Andreas hatte perfekt den etwas verklemmten, aber gebildeten und solventen Freier gespielt, der die Telefonnummer angeblich von einem guten Freund bekommen hatte ebenso wie die Empfehlung der beiden Mädchen.

»Das war die erste Hürde. Eine Riesenhürde. Mandy und Laura? Wirklich?« Dale war die Geschichte wohl selbst nicht mehr geheuer, jetzt, nachdem das Treffen organisiert war.

Andreas nickte bloß.

»Wann und wo?« Er hatte Andy gesagt, er solle auf einen möglichst frühen Zeitpunkt drängen, und der hatte etwas von »Einstimmung auf das Wochenende« in den Hörer gestottert.

»Neunzehn Uhr. Herzberger Straße. Wo ist das?« fragte er mich.

»Woher soll ich das wissen?« gab ich gereizt zurück, ging zu dem Stadtplan an der Wand und schaute nach. »In Prohlis. Mittendrin. Am besten, du holst dir zur Einstimmung gleich die Artikel über die Kriminalität dort aus dem Archiv.«

»Dazu habe ich keine Zeit mehr. Gehst du für mich zu den Jugendverbänden?«

»Spinnst du? Ich lasse euch nicht allein.«

»Du kannst sowieso nichts machen, Kirsten.« Dale schaute auf seine Uhr »Andreas, du hast doch wieder mit Karate angefangen, oder?«

»Dreimal war ich da in den letzten zwei Monaten.«

»Und deine Kondition ist gleich null!« Ich spürte Wut in mir aufsteigen, Wut, gepaart mit Angst. »Ich komme mit. Wenigstens kann ich draußen im Auto sitzen und die Hundertzehn anrufen, wenn ihr zusammengeschossen werdet.«

»Okay.« Andy griff zum Telefon und überredete Martin, für ihn zu dem Termin zu gehen. »Ich muß jetzt noch eine halbe Stunde arbeiten.«

Als wenn nichts wäre, setzte er sich vor den Monitor und rief einen Text auf.

»Okay«, kam es wie ein Echo von Dale. »Wir fahren

mit deinem Auto, sie könnten meins beim letzten Mal gesehen haben, und ich versuche, mich schnell äußerlich ein bißchen zu verändern. Kirsten, kannst du uns mit dem Wagen abholen?« Natürlich, für solche Handlangerdienste war ich gut genug. Dale wartete gar keine Antwort ab, sondern fuhr fort: »Und mich unbemerkt hier rauslotsen? Beim Hereinkommen hatte ich ja Glück, aber wer weiß.«

Ich biß mir auf die Lippe und öffnete die Tür, um auf den Flur zu spähen. Die Raucherecke war verwaist, und Frau Hübner hatte offensichtlich schon Feierabend gemacht. Ich ging bis zur Redaktion vor und bedeutete Dale, hinter meinem Rücken hinauszuschleichen.

Mir war übel, als ich meine Artikel abspeicherte, meine Tasche griff und den Raum verließ. Kurz überlegte ich, ob ich noch einmal versuchen sollte, Andreas von seiner Teilnahme abzubringen, verwarf die Idee jedoch schnell als sinnlos. Er war offensichtlich froh, etwas in seinen Augen Sinnvolles tun zu können. Aber Dale! Wie konnte Dale ihn da nur mit hineinziehen? Ich stieg auf mein Rad und fuhr, so schnell ich konnte, in Richtung Neustadt. Er mußte wirklich verzweifelt sein. Oder wollte er, daß Andy zu Schaden kam? Ich verbot mir derlei Gedanken. Aber warum dann? Das Ganze konnte doch gar nicht gutgehen. Ich war der Verzweiflung nahe. Zu Hause steckte ich eine Dose Reizgas – die einzige Waffe, die ich besaß – ein. Außerdem tauschte ich Minikleid und Sandalen gegen T-Shirt, Shorts und Leinenschuhe.

In der Antonstraße stieg Dale zu mir in den alten Golf, ein Dale mit Sonnenbrille, quietschbuntem Hemd und blonden Haaren, die scheußlich in die Stirn frisiert waren.

»Sprühfarbe«, erklärte er. Als ich nichts entgegnete, fügte er hinzu: »Andreas wird nichts passieren, das verspreche ich dir.«

Ich sagte noch immer nichts, und auch er schwieg. In der Petersburger Straße hielt ich vor einer Ausfahrt und sprang aus dem Wagen, rannte zum Redaktionsgebäude hinüber, die Treppen hoch in den ersten Stock.

Andreas fuhr ruhig den Rechner herunter, schloß die Fenster und zog seine Sandalen an, die unter dem Tisch standen. Er vermied es, mich anzuschauen. Es war zwanzig vor sieben.

Nebeneinander liefen wir die Treppen hinunter.

Als wir an den ersten trostlosen Plattenbauten von Prohlis vorbeifuhren, fühlte ich mich, als würde mir die Luft abgedreht. Zum wiederholten Male suchte ich im Rückspiegel Andys Blick, als ich ihn endlich traf, sah ich, daß auch er Angst hatte.

Die Gamigstraße war belebt, langsam näherten wir uns einem Einkaufszentrum, hinter dem die Herzberger Straße anfangen mußte. Dale hatte den Stadtplan auf den Knien.

»Laß uns hier raus. Und dann fahr eine Runde ums Karree, bevor du dich vor das Haus stellst.«

»Herzberger Nummer vier, bei Breuel«, wiederholte ich die Angaben. »Wenn ihr in einer halben Stunde nicht wieder da seid, ruf ich die Bullen.«

Keiner der beiden antwortete, sie stiegen aus und mischten sich unter die mit Plastiktüten bepackten Leute. Ich fuhr an ihnen vorbei, bog links ab und stand kurz darauf vor dem Haus mit der blau aufgemalten Vier. Es war das zweite in einer Reihe unsanierter zehngeschossiger Plattenbauten, und obwohl das Einkaufszentrum gleich um die Ecke lag, war hier kein Mensch auf der Straße. Die hohe Fassade ohne Balkone sah schäbig aus, viele Fenster wirkten blind in der Abendsonne.

Ich schaute auf die Uhr. Von der halben Stunde waren gerade mal sieben Minuten um. Ich rutschte tiefer in den Sitz und versuchte mich zu entspannen. Die beiden würden es schaffen, sagte ich mir immer wieder. Dale würde die Aufpasser überwältigen, und sie würden mit den Mädchen rauskommen. Gleich schon, gleich. Ich seufzte leise. Noch zwanzig Minuten.

Ich stieg aus und ging zur Eingangstür der Nummer vier. Sie ließ sich sehr schwer öffnen, der kleine Hausflur dahinter war muffig und dreckig. Nur gut die Hälfte der Klingelschilder wiesen Namen auf, Breuel fand ich im oberen Drittel. Sechster oder siebter Stock, vermutete ich.

Als sich hinter mir die Eingangstür bewegte, schrak ich zusammen. Ein alter Mann in Unterhemd und Shorts schlurfte vorbei, ohne mich eines Blicks zu würdigen. Er schloß die Tür zum Treppenhaus auf und verschwand im Dunkeln. Ich folgte ihm. Er stand vor dem Aufzugschacht, ich entschied mich für die Treppen. Der Beton war voller Risse und verdreckt, in den Ecken hing ein ekelhafter Geruch nach Schweiß und Urin. Rechts hinter der Wand hörte ich den Aufzug herunterholpern. Langsam stieg ich weiter hoch, lauschte dabei auf jedes Geräusch.

Als ich, schwer die schale Luft atmend, fast den vierten Stock erreicht hatte, hörte ich Pistolenschüsse. Ich stürmte die letzten Stufen hinauf und stand in einem langen, schmalen Etagenflur. Zwei Türen befanden sich direkt gegenüber vom Aufzugschacht, rechts und links davon lag jeweils eine weitere Wohnung. Ich starrte verzweifelt den Gang auf und ab. Dann hörte ich direkt hinter der Tür, vor der ich stand, eine weibliche Stimme, offenbar am Rande eines Nervenzusammenbruchs. Sie brüllte einen Daniel an, er solle nach draußen ballern gehen, das habe sie ihm schon hundertmal gesagt. Erleichtert stieß ich die angehaltene Luft aus, nahm die nächste Treppe in Angriff.

Es schien, als gäbe es hier auf den Fluren noch weniger Namensschilder als unten an den Klingeln. Im sechsten Stock waren zwei, im siebten gar keins und im achten eins. Keins mit dem Namen Breuel. Mittlerweile keuchte ich wie ein Tour-de-France-Fahrer während einer Alpenetappe. Ein Blick auf die Uhr zeigte mir, daß sechzehn der dreißig Minuten um waren.

Gerade als ich überlegte, ob ich wieder zum Auto zurückkehren sollte, hörte ich in dem angeblich unbewohnten Geschoß unter mir laut und deutlich eine Tür ins Schloß fallen. Es mußte eine von denen direkt am Aufzugschacht sein.

Vorsichtig lief ich die Treppen wieder hinunter. Sobald ich die beiden nebeneinanderliegenden Wohnungstüren sehen konnte, verdoppelte ich meine Aufmerksamkeit, es war jedoch absolut nichts zu erkennen. Unschlüssig verlangsamte ich meinen Schritt, näherte mich so leise wie möglich zunächst der rechten Tür, um zu horchen, als sich auf einmal die der Nachbarwohnung öffnete.

»Kann ich helfen?« Die Stimme gehörte einem Mann in etwa meinem Alter, der relativ klein, aber bullig war. Er trug ein T-Shirt mit dem Schriftzug »Dresden Monarchs« und modische Shorts mit zahlreichen Taschen.

»Nein, ich ... Ja, vielleicht. Ich überlege, ob ich hier einziehe. Die Wohnungen sollen ja günstig sein. Vielleicht dürfte ich mir Ihre mal anschauen. Bis man einen offiziellen Besichtigungstermin bekommt, das dauert ja immer.«

Während ich drauflosgeplappert hatte, war ich auf ihn zugegangen. Er trat einen Schritt zurück und versperrte mir mit seinem kräftigen Körper den Blick in die Wohnung. Aber ich hatte bereits den leeren Flur erspäht, durch den man bis in einen ebenfalls leerstehenden großen Raum mit einem schmutzigen Fenster blicken konnte.

Hier wohnte niemand. Wurden die Mädchen in einem Raum, den ich nicht einsehen konnte, versteckt gehalten? Leider hatte ich nicht erkennen können, ob von dem Flur noch eine Tür abging.

»Nein, das geht nicht«, wies der Kerl mich ab.

In diesem Moment vernahm ich eine Stimme aus der Wohnung nebenan. Nur ein Wort, das ich obendrein nicht verstand, aber ich war mir sicher: Es konnte nur Dale sein.

»Also, wenn Sie sich Sorgen machen, daß nicht aufgeräumt ist, wissen Sie, ich bin da einiges gewöhnt«, redete ich weiter auf ihn ein.

Was konnte ich tun? Ich mußte den Footballfan dazu bringen, wieder in seiner Wohnung zu verschwinden, und Dale signalisieren, daß er mit Andreas und den Kids flüchten sollte. Dann blieb noch zu verhindern, daß der Mann, der mich immer mißtrauischer beäugte, das mitbekam ...

Ich zog meinen rechten Unterschenkel nach hinten, schüttelte den Fuß und näherte ihn dabei unauffällig der

Tür zur Nachbarwohnung. »Bei dieser Hitze bekomme ich immer schnell einen Krampf.«

Der Mann starrte mich an, als sei ich nicht ganz zurechnungsfähig, dann murmelte er etwas Unverständliches und stapfte zurück in seine Wohnung, schloß die Tür hinter sich. Zweimal hatte ich mit dem Fuß an die Nebentür geklopft, als ich hörte, wie sie mit einem leisen Klicken geöffnet wurde. Ich machte ein schmerzverzerrtes Gesicht, jammerte laut und ließ mich nach vorn fallen, stützte mich mit einer Hand ab, wobei ich den Spion des Footballfans verdeckte. Als ich huschende Schritte hinter mir wahrnahm, klagte ich noch lauter als zuvor über meinen angeblichen Krampf. Meine Stimme erschien mir dabei drei Oktaven höher als sonst, kurz vorm Kippen. Ich hatte unglaubliche Angst, daß jeden Augenblick ein kräftiger Arm aus der Wohnung herausschnellen, mich packen und hineinzerren würde. Und dann?

Ich ließ meine Hand vom Spion rutschen, zwang mich, noch eine Sekunde in der Hocke zu bleiben und dann langsam zum Treppenhaus zu humpeln. Erst als ich die ersten Stufen genommen hatte, rannte ich los. Wenn dieser Typ auch nur ein bißchen Grips im Schädel hatte, mußte er begreifen, daß er gelinkt worden war, und in der Nachbarwohnung nachsehen.

Ich stürzte die Treppen hinunter. Sechster Stock, fünfter, vierter. Oben schlug eine Tür zu, und ein lauter Fluch erklang. Dritter, zweiter. Ich übersah eine Stufe, stolperte und schlug auf den dreckigen Beton auf. Meine Tasche flog durch die Gegend; als ich sie im Aufstehen wieder greifen wollte, wäre ich fast noch einmal hingestürzt. Ich rannte weiter. Mein Mund füllte sich mit Blut, ich hatte mir die Lippe aufgeschlagen. Im Erdgeschoß wartete eine dicke Frau mit mehreren Einkaufstüten auf den Aufzug, im Vorbeilaufen riß ich eine davon um, Konservendosen rollten über den Boden. Die Frau begann zu schimpfen.

Ich raste um die letzte Ecke, drückte mit einem Stoß die Tür auf und stürmte auf den Golf zu, der mit laufendem Motor und weit offenstehender Beifahrertür wartete. Während ich keuchend hineinfiel, ließ Andy den Wagen schon anrollen und jagte die Gänge hoch wie ein Rennfahrer.

Nach kurzer Strecke blockierte vor uns eine Schranke die Straße, links ging es dorthin zurück, wo wir hergekommen waren, rechts spielten Kinder auf der Fahrbahn. Andreas starrte in den Rückspiegel, während er die linke Hand auf der Hupe ließ und sich zwischen den Kindern Durchfahrt verschaffte. Mir wurde wieder schlecht, mein Puls raste noch immer wie verrückt. Als Andy in die Niedersedlitzer Straße einbog, hupten die anderen Fahrer, denen er die Vorfahrt nahm; als er zu einem halsbrecherischen Überholmanöver ansetzte, legte Dale ihm von hinten die Hand auf die Schulter.

»Es ist vorbei. Wir haben es geschafft. Sie können uns nichts mehr anhaben.« Seine Stimme hörte sich flach und tonlos an.

Andy ging vom Gas und paßte sein Tempo dem Abendverkehr an. Ich suchte mit zittrigen Fingern in meinem Beutel nach einem Taschentuch, fand keins und wischte mir mit dem Handrücken die Unterlippe ab, erschrak, als ich das viele Blut sah.

»Laß mal sehen«, bat Dale.

Ich drehte mich um und registrierte nun erst die

neben ihm sitzenden Mädchen. Sie trugen fürchterliche rosa Rüschenkleider und geflochtene Zöpfe, die eine war blond, die andere dunkelhaarig. Beide wirkten sehr verschreckt, gleichzeitig jedoch unnatürlich ruhig angesichts der Situation. Als ich sie anlächelte, reagierten sie überhaupt nicht.

»Beruhigungsmittel, Tranquilizer, irgend so etwas«, sagte Dale, während er meine Lippe inspizierte. »Scheint nicht tief zu sein. Aber ich will die beiden sowieso ins Krankenhaus bringen, dann kann sich das auch ein Arzt angucken.« Ihm klebte das bunte Hemd am Körper, er strich sich eine feuchte Haarsträhne aus der Stirn, wobei die blonde Farbe auf der Haut zurückblieb. »Was hast du dir dabei gedacht? Weißt du, was hätte passieren können!«

Ich sah die ausgestandene Angst in seinen Augen. Trotzdem oder gerade deswegen wurde ich wütend.

»Was hast du dir denn gedacht?!« Meine Aussprache war undeutlich, ich kämpfte gegen Blut und Speichel an. »Außerdem hat es doch funktioniert, oder? Wie wärst du sonst an ihm vorbeigekommen? Kannst du mir das mal verraten? Du hattest doch überhaupt keinen gescheiten Plan!«

Ich spürte, wie ich mich in Rage redete. Aus den Augenwinkeln betrachtete ich Andreas, der vollkommen weggetreten aussah.

»Ich hätte schon ...«, begann Dale, stockte dann. »Du hast recht«, sagte er so leise, daß ich ihn kaum noch verstand. »Es hätte alles verdammt schiefgehen können.«

»Dale hatte ja durch das Türschlagen gerade erst herausgefunden, daß sie in der Nachbarwohnung waren.

Durch die Pappwände haben wir ganz deutlich gehört, was auf dem Flur vor sich ging«, sagte Andreas. »Da wäre uns schon noch etwas eingefallen.«

Ich konnte es nicht fassen, daß er Dales Kamikaze-Vorgehen entschuldigte. Noch immer liefen mir kalte Schauer über den Rücken, wenn ich daran dachte, was hätte passieren können. Vor allem, wenn ich nicht gekommen wäre. Dale hatte sich nicht mehr zu dem Thema geäußert, und das, fand ich, sagte alles.

Wir standen in der angenehm klimatisierten Eingangshalle des St.-Marien-Krankenhauses. Die beiden Mädchen hatten während der ganzen Fahrt kein Wort gesprochen, nur mit leerem Blick in die Gegend geschaut. Die Ärzte waren jedoch zuversichtlich, daß sie ihnen helfen konnten, zumal die beiden noch nicht sehr lange in den Händen der Verbrecher gewesen seien. Sie hatten zugesichert, zunächst nur die Polizei und Mandys Eltern zu ihnen zu lassen. Meine verletzte Lippe, die sich schlimm anfühlte und aussah, war für harmlos erklärt und mit Jodersatz bepinselt worden. Ich fuhr mit der Zunge darüber und schmeckte den herb-süßlichen Geschmack.

Ein alter Mann in einem blau-grün gestreiften Bademantel betrachtete mich besorgt, schaute von mir zu den beiden Männern. Ich versuchte, so gut es eben ging, zu lächeln, er wandte jedoch den Blick nicht ab.

»Kann ich euch zum Essen einladen?« fragte Dale.

Ich schüttelte den Kopf. Ich wollte Jasmin noch die gute Nachricht verkünden und dann so schnell wie möglich unter die Dusche, um mir den Dreck, den ich in jeder Pore zu spüren glaubte, abzuwaschen und anschließend in ein frisch bezogenes Bett kriechen. Ich war restlos erschöpft.

»Und du, Andreas?«

Der zögerte, stimmte dann zu. Sollten sie – vermutlich hatte ihr gemeinsames Männerabenteuer sie zusammengeschweißt. Ich verabschiedete mich von den beiden. Dale bestand darauf, daß sie ein Taxi nahmen, damit ich mit dem Golf nach Hause fahren konnte.

Im modernen Trakt des Krankenhauses wurde ich bereits an der Pforte mißtrauisch beäugt; als ich die Station betrat, auf der Jasmin lag, stellte sich mir eine hagere Schwester in den Weg und fragte, zu wem ich wolle.

»Zu Jasmin Zinke. Sie haben sie doch nicht verlegt, oder?«

»Darf ich Sie kurz hier hineinbitten?«

Während ich ihr in das Schwesternzimmer folgte, befürchtete ich schon das Schlimmste, dann bat sie mich jedoch lediglich, ihr meine Tasche zu geben. Ich begann hysterisch zu lachen. Als ich Jasmin eingeliefert hatte, war mir gesagt worden, daß das Personal immer aufpassen müsse, damit niemand Drogen auf die Station schmuggelte. Übermüdet, verschmutzt und mit lädierter Lippe gab ich anscheinend eine potentielle Verdächtige ab. In dem Moment, da die Schwester die Aufschrift auf meinem Reizgas skeptisch begutachtete, betrat der Psychiater, den ich tags zuvor gesprochen hatte, den Raum.

»Herr, Herr, Doktor –«

Er drehte sich um, erkannte mich wohl auch erst auf den zweiten Blick, signalisierte dann jedoch der Schwester, daß sie mir meine Sachen zurückgeben sollte.

»Wer hat Sie denn so zugerichtet?« fragte er und deutete mit einer Armbewegung an, daß ich auf den Flur vorgehen sollte.

Ich erzählte die Geschichte in groben Zügen, schloß

damit, daß es Jasmin Auftrieb geben müßte, ihre kleine Freundin im selben Krankenhaus zu wissen. Der Psychiater ging mir voran in das Zimmer, wo sich uns ein Bild der Harmonie bot. Jasmins Freund war zu Besuch, ein schmächtiger Kerl mit in die Stirn hängender Achtziger-Jahre-Haarsträhne. Er saß auf ihrer Bettkante, den rechten Arm um sie gelegt, als wolle er sie vor der ganzen bösen Welt bewahren. Sie hatte sich an ihn geschmiegt, und obwohl sie noch immer fürchterlich bleich war, schien sie von innen heraus zu strahlen. Die beiden schauten auf den Fernseher vor der Wand, wo eine Single-Show lief.

»Besuch für Sie mit guten Nachrichten, Frau Zinke«, sagte der Arzt.

Unwillig löste sie den Blick von dem Geflimmer, wirkte aber dennoch glücklich, als sie mich ihrem Freund vorstellte.

»Ingo arbeitet jetzt hier in der Nähe. Und ab heute hat er Urlaub.«

Mir fiel ein Stein vom Herzen. Ihr Freund machte keinen besonders durchsetzungskräftigen Eindruck, aber vielleicht hatte ja seine Anwesenheit schon eine stabilisierende Wirkung auf Jasmin.

»Prima. Trotzdem bringe ich dich am Montag zu deinem ersten Therapietermin.«

Jasmin verzog das Gesicht, protestierte jedoch nicht weiter. Sie fragte nicht nach der Ursache für meine geschwollene Lippe, sondern nach den versprochenen guten Nachrichten. Als ich sie ihr gesagt hatte, fuhr sie mit ungeahnter Energie hoch.

»Was? Laura ist hier? Sie haben es wirklich geschafft! Das ist ja super! Darf ich zu ihr? Bitte!«

Das war an den Psychiater gerichtet, der sich bereit zeigte, mit seinen Kollegen zu sprechen. Jasmin verhedderte sich vor Aufregung in den Ärmeln ihres Morgenrocks, nachdem sie mit Ingos Hilfe hastig aufgestanden war. Zu dritt gingen wir den Weg zurück, den ich gekommen war.

Im Foyer verabschiedete ich mich von Jasmin und Ingo. Als ich im Auto saß und zurück in die Neustadt fuhr, fühlte ich mich glücklich. Alles schien ein positives Ende zu finden. Allerdings wußten wir nach wie vor nicht, wer Salzingers Tod auf dem Gewissen hatte.

Um acht Uhr am nächsten Morgen erwachte ich nach zehn Stunden traumlosen Schlafes. Mein erster Gedanke war: Das habe ich geträumt. Zu irreal erschien mir alles, was passiert war, jetzt, hier, in unserem chaotisch-gemütlichen Schlafzimmer, wo Andreas tief und fest neben mir schlief. Meine Unterlippe war noch geschwollen, schmerzte jedoch nicht mehr.

Leise stand ich auf, zog Unterwäsche aus der Kommodenschublade, griff ein grünes Leinenkleid vom Stapel auf dem Stuhl und ging ins Bad.

Als ich kurz darauf, frisch geduscht und mit zusammengebundenen Haaren, durch die Neustadt lief, fühlte ich mich wie neugeboren. Ich hatte vor, am Abend eine Quiche zu machen, und kaufte beim Vietnamesen bergeweise Gemüse ein, dazu eine große Tüte Weintrauben, Andys Lieblingsobst. Da in unserem Kühlschrank gähnende Leere herrschte, sammelte ich danach im Supermarkt alles für ein opulentes Frühstück zusammen. Zurück in der Böhmischen Straße, hatte ich Mühe, die Taschen in den zweiten Stock zu schleppen. Ich kochte Kaffee und Eier und deckte den Tisch auf dem Balkon.

Andreas ließ sich erst von dem Kaffeeduft und von meinem Geklapper locken, als ich – hungrig, wie ich war – bereits ein Brötchen gegessen hatte.

»Morgen.« Verschlafen gab er mir einen Kuß. »Warum hast du mich nicht früher geweckt?«

»Ich hab gedacht, du kannst den Schlaf brauchen.« Schnell faltete ich die Zeitung zusammen und legte sie zur Seite.

»Stimmt.« Er rieb sich die Augen, gähnte noch einmal, beäugte jedoch dabei mißtrauisch die dicke Wochenendausgabe. »Was ist damit?«

»Was soll damit sein?« Ich goß ihm Kaffee ein, während er sich die Zeitung griff und den Lokalteil aufschlug.

Was ich gerade überflogen hatte, war grauenhaft. Frau Leitmeyer hatte sich am Abend offensichtlich noch alle Mühe gegeben, Peter Karge zuzuarbeiten. Da ich meine Texte nicht mehr Korrektur gelesen hatte, wimmelten sie vor Fehlern, bei einem stand sogar anstelle der Überschrift ein sogenannter Platzhalter, eine sinnfreie Buchstabenkombination, die vergeblich darauf gewartet hatte, gegen einen richtigen Titel ausgetauscht zu werden.

Andy hatte in der Hektik ebenfalls einen großen Fehler gemacht, nämlich die vorgesehene Länge für zwei Artikel verwechselt. So prangte unter dem einen ein weißes Loch von etwa zehn Zeilen, der andere brach mitten im Satz ab.

Früher wäre so etwas den Korrektoren oder zumindest dem Schlußredakteur aufgefallen, doch sie waren unter marktwirtschaftlichen Gesichtspunkten als überflüssig angesehen und abgeschafft worden.

Natürlich war Frau Leitmeyer verantwortlich für das Desaster, ohne Frage würde sie jedoch mit einem freundlichen Lächeln darauf verweisen, daß doch normalerweise immer alles vom Chef kontrolliert würde.

»Damit hätte ich wohl rechnen müssen«, sagte Andy nur, als er die Zeitung langsam durchging. »Kleine, dreckige Mistkäfer!«

Ich verrückte den unbequemen Klappstuhl ein wenig, um ihn aus dem Schatten des Sonnenschirms heraus besser sehen zu können. Er studierte das Frühstücksangebot, nahm sich zunächst nur ein paar Trauben.

»Ich hab gestern mal wieder viel zuviel gefuttert«, erklärte er und blickte auf seinen bloßen Bauch.

»Was hast du in der Hinterhand?« fragte ich, da ich seiner abgeklärten Reaktion nicht über den Weg traute.

Er grinste. »Einmal die Exklusivgeschichte des Babystrichs. Mandys Mutter trifft sich am Montag mit mir, und zusammen mit dem, was wir ohnehin schon wissen, wird das ein ziemlicher Knaller.«

Ich nickte bloß. Das war professionelles Arbeiten, wenn es mir auch nach all den Jahren im Job noch immer nicht paßte. Andy würde den Artikel haarscharf an der Grenze zum Boulevardjournalismus aufziehen und dafür reichlich Lorbeeren ernten.

»Und sonst?«

»Wir werden Karge eine Falle stellen.« Er bestrich nun doch eine Brötchenhälfte mit Quark und Marmelade, biß hinein. »Er hat tatsächlich, gleich nachdem er auf meine Kosten beim Spanier getafelt hat, mit dem

Chef des Ladens weitere ›Werbemaßnahmen‹, wie Herr Reimann sich ausdrückte, besprochen.«

Ich schüttelte den Kopf. »Woher weißt du das? Und was heißt das jetzt?«

»Dale und ich waren gestern dort essen. Und Dale hat netterweise ein bißchen mit dem guten Herrn Reimann geplaudert. Der hat ausgesagt, daß Karge wenige Minuten vor uns anderen das Haus verlassen hat. Falls er also zufällig dasselbe im Sinn hatte wie Salzinger, könnten die beiden sich sehr gut auf der Bremer Straße getroffen haben.«

So wie er mich anschaute, schien er daran keinen Zweifel mehr zu hegen. Ich schenkte uns beiden Kaffee nach.

»Es ist ja wirklich beeindruckend, wie gut ihr auf einmal zusammenarbeitet, Dale und du.«

»Ich hab ihm geholfen, und er hilft mir. So einfach ist das. Auch wenn du Probleme damit hast, daß sich einmal nicht alles um dich dreht.« Mit einem kleinen, gemeinen Grinsen köpfte er sein Ei.

Damit lag er, wenn ich ehrlich war, nicht ganz falsch. Ich zupfte ein paar Trauben ab, bevor ich betont neutral fragte: »Also, was jetzt? Hat Salzinger Karge erpreßt? Oder haben sie sich zufällig getroffen, weil beide in der Nacht unbedingt noch Sex brauchten?«

»Das muß sich doch nicht ausschließen. Sie haben sich irgendwo auf dem Weg getroffen, sind in Streit geraten – wahrscheinlich wegen der Erpressung –, und dann ist es passiert. Denk dran: Karge hat kein Alibi für die Zeit, zu der er angeblich nach Hause gekommen ist. Seine Frau ist schließlich die erste Hälfte der Woche in Leipzig.«

Ich zuckte die Schultern und schob den Teller mit dem bereits zerfließenden Aufschnitt in den Schatten. Eine Wespe schwirrte so träge über dem Tisch, als könne auch sie die Hitze nicht mehr ertragen.

»Gut. Also was für eine Falle wollt ihr ihm stellen?«

Andreas lehnte sich zurück. »Ganz schlicht. Dale wird ihn anrufen und behaupten, er hätte ihn in dieser Nacht gesehen, würde aber für 5000 Euro sein Wissen für sich behalten. Das Geld soll Karge Sonntag nacht im Alaunpark in einen Abfalleimer legen. Dann haben wir ihn.«

10. Kapitel

Sollten sie, um Himmels willen. Vielleicht gab es ja eine Chance, daß sich Karge tatsächlich darauf einließ und damit quasi sein Geständnis lieferte. Da ich keine bessere Idee hatte, sagte ich sogar meine Mithilfe zu. Immerhin konnte ich mir gut vorstellen, wie in Andys Kopf das ablaufende Ultimatum des Chefredakteurs tickte. Dazu diese verpfuschte Wochenendausgabe ...

Vorerst aber wollte ich ein bißchen Entspannung. Also überredete ich Andreas nach dem Frühstück endlich erfolgreich zu einer Fahrradtour zum Waldbad Klotzsche.

Schon die Fahrt durch die Dresdner Heide war herrlich, wenngleich es stetig bergauf ging und wir beide bald unsere fehlende Kondition spürten. In dem schlichten, alten Freibad ließen wir uns zuerst ein wenig im kühlen Wasser treiben, bevor Andy sich für wenige Minuten ehrgeizig ins Bahnenschwimmen stürzte. Ich sah ihm vom Beckenrand aus zu und genoß den frischen Duft, den die Kiefern ringsum verströmten.

Warum konnte es nicht immer so sein, fragte ich mich, als wir später auf der Wiese im Schatten lagen und vor uns hin dösten. Wunderbar ruhig war es hier, da die meisten Familien wohl noch mit ihren Einkäufen beschäftigt waren, und beinahe wäre ich wieder eingeschlafen. Da strich mir Andreas über den Arm.

»Wenn du mit willst zu Dale, ich fahr jetzt.«

Einen Moment lang schwankte ich, da ich aber auch noch einige Zeit für die Zubereitung der Quiche brauchen würde, zog ich seufzend mein Kleid über den Bikini, und wir brachen auf. Auf dem Rückweg ließen wir uns einfach die Königsbrücker Straße hinunterrollen.

Dale hatte ebenfalls Sport getrieben – wie ich ihn kannte, sicher disziplinierter als wir. Er öffnete in Shorts und einem durchgeschwitzten T-Shirt die Tür und fragte, ob wir warten könnten, bis er geduscht habe. Ich dachte an mein Essen und schüttelte zögernd den Kopf.

»Gut, dann hoffen wir mal, daß euer Freund jetzt zu Hause ist. Seine Handynummer steht nicht im Telefonbuch, es wäre also ziemlich unlogisch, ihn darüber zu kontaktieren.«

Zu dritt gingen wir in Dales Büro, wo zum Schutz gegen die Sonne die hölzernen Läden geschlossen waren. Dale öffnete einen halb, blieb kurz davor stehen und massierte seinen rechten Oberschenkel.

»Ich hab zu lange ausgesetzt mit dem Laufen.«

Er zog eine Grimasse und setzte sich an den Schreibtisch, griff zum Telefon. Offenbar hob Karges Frau ab. Mit einer Stimme, aus der die amerikanische Färbung nahezu komplett getilgt war, die dafür ein wenig schmierig klang, fragte er nach ihrem Mann.

»Das tut nichts zur Sache«, wimmelte er sie ab. Nach einer kurzen Pause platzte er wie ein kleiner Gangster im Film heraus: »Ich hab Sie gesehen am letzten Montag.« Passend dazu ließ er das Feuerzeug klicken und sprach undeutlich mit Zigarette im Mund weiter. »Ich hab gesehen, was passiert ist, daß Sie dann einfach weg sind und ihn da liegengelassen haben. Sie wollen wohl kaum, daß Ihre Frau oder sonst jemand das erfährt, oder?« In der Pause nahm er die Zigarette aus dem Mund, kniff die Augen zusammen. »5000 Euro. Morgen nacht um elf im Alaunpark. Den Weg direkt gegenüber der Alaunstraße rein. Das Geld tun Sie in einen Umschlag und legen es in den Papierkorb links neben der ersten Bank.«

Dale wartete kurz, bevor er auflegte.

»Das gefällt mir nicht«, sagte er dann. Er nahm einen tiefen Zug von der Zigarette. »Keinerlei Nachfragen, woher ich seinen Namen hab, kein Versuch, Zeit zu schinden wegen des Geldes.«

»Deshalb haben wir doch extra nur 5000 Euro angesetzt«, sagte Andy. »Damit er das Geld überhaupt am Wochenende besorgen kann.«

»Für den kleinen Ganoven, für den so eine Summe viel ist«, vermutete ich.

Dale nickte geistesabwesend. »Da stimmt was nicht«, beharrte er. »Wir sollten es lassen, Andreas.«

Wir verbrachten einen wunderbar ruhigen Abend. Während ich kochte, räumte Andreas weiter die Wohnung auf, dann aßen wir sehr stilvoll an einem schön gedeckten Tisch, die Küche nur durch vier Kerzen erleuchtet. Im Wohnzimmer besang Tom Waits seine *Saturday Night*, die aufregender, aber auch frustrierender war als unsere. In stiller Übereinkunft tranken wir beide nur ein Glas Wein, gingen dann mit einem zweiten in der Hand den Flur entlang ins Schlafzimmer, hielten uns im Arm, als würden wir einen Boulevard entlangschlendern.

»If I exorcize my devils, well, my angels may leave, too«, befürchtete Tom Waits, ich schmiegte mich an Andy. Er roch nach Sommer und Ferien, seine Augen strahlten, als er mich küßte.

Durch das offene Schlafzimmerfenster sah man in weiter Ferne einen Blitz den Himmel durchschneiden, das Lachen und Reden der Jugendlichen auf ihren Streifzügen durch die Neustadt tönte herein. Ich knöpfte Andys knittriges weißes Hemd auf, er machte sich an meinem Kleid zu schaffen. Kurz dachte ich, wie glücklich ich doch war, dann fiel ich regelrecht über ihn her.

Als wir schließlich nah beieinander auf dem zerknüllten Laken lagen, versuchte ich ihn doch noch einmal davon abzubringen, Karge aufzulauern.

Er fuhr mit den Fingerspitzen auf meiner verschwitzten Haut zwischen den Brüsten entlang, den Bauch hinunter, zog einen Kreis um den Nabel und legte die Hand auf meine Hüfte.

»Ich wäre doch verrückt, wenn ich die Gelegenheit verstreichen lassen würde. Er war bestimmt einfach nur fassungslos, daß ihm jemand auf die Schliche gekommen ist, oder seine Frau stand noch neben ihm, und er konnte nicht sprechen.«

»Aber du weißt, daß Dale Profi genug ist, um einzuschätzen, wenn etwas faul ist.«

Andy ließ seine Hand, wo sie war, richtete sich aber auf und stützte sich auf den rechten Unterarm.

»Er muß es einfach sein, Kirsten. Wir sind doch jetzt alles tausendmal durchgegangen. Wenn er es nicht war, dann war es der große Unbekannte, und ich kann mir einen Strick nehmen.«

Am nächsten Tag überredete er sogar Dale, trotz aller Zweifel an der Aktion teilzunehmen. Bereits um halb elf fanden wir uns im Alaunpark ein, drehten eine Runde zu dritt über die Wiese, an den beiden Spielplätzen vorbei und wieder zurück auf die Straße. In der karibisch anmutenden Sommernacht lagerten sehr viele Leute auf dem Rasen und den Bänken.

»Ich hatte gehofft, an einem Sonntagabend wären es weniger«, sagte Dale, nach wie vor beunruhigt.

Ich fand die Anwesenheit der Menschen eigentlich ganz angenehm, gerade weil ich mich die ganze Zeit fragte, was uns wohl erwartete. Andreas zeigte sich nach außen hin ruhig und sicher, als er aber doch wieder von Dale eine Zigarette schnorrte, war klar, daß es in ihm anders aussah.

Wie verabredet, trennten wir uns und zogen alleine unsere Kreise in der Umgebung jener Bank, auf der momentan ein junges Pärchen saß. Die beiden tranken Rotwein aus der Flasche und sahen nicht so aus, als würden sie bald weitergehen. Andy sollte sich hinter den Büschen, die im Rücken der Parkbank standen, aufhalten, ich im Eingangsbereich, ebenfalls durch Gestrüpp verdeckt, und Dale, den Karge ja nur einmal kurz gesehen hatte, auf der Wiese gegenüber der angegebenen Stelle.

Die Minuten dehnten sich zu Ewigkeiten. Immer häufiger blitzte es am Himmel auf, das Donnergrummeln kam näher. Nachdem es tags zuvor kein richtiges Gewitter gegeben hatte, mußte es eigentlich an diesem Abend losplatzen. Ich hoffte bloß, daß das Unwetter sich geduldete, bis unser persönlicher Spuk vorbei war.

Eine Gruppe von Punkern drehte auf der Wiese ihren Kassettenrecorder voll auf, sobald es die ersten Proteste gab aber sofort wieder leiser. Etliche Liebespaare schlenderten trotz der späten Stunde von der Straße aus in den Park hinein. Es war zehn vor elf.

Ich versuchte Dale auszumachen. Es dauerte eine

Weile, bis ich ihn in der ruhig auf dem Rasen liegenden Gestalt erkannt hatte. Andy konnte ich von hier aus gar nicht sehen. Zwei Reihen Gebüsch trennten uns.

Endlich, da. Das war Karge. Tatsächlich. Nicht, wie sonst, im Anzug, sondern in Jeans und T-Shirt wie auf Ines' Party schlenderte er den Kiesweg entlang. In der Hand hielt er einen braunen DIN-A5-Umschlag.

Er näherte sich der Bank mit dem Liebespaar, zögerte kurz, legte dann aber, ohne nach links und rechts zu gucken, den Umschlag in den Abfalleimer und ging auf dem Weg weiter.

Langsam verließ ich meine Deckung, sah Dale, der sich von vorn der Bank näherte. Die beiden jungen Leute überlegten offensichtlich, ob sie den Umschlag hervorholen sollten. Andreas kam hinter seinen Büschen hervor, als Dale mit einem letzten großen Schritt auf den Mülleimer zusteuerte und das Kuvert an sich nahm.

Es war verabredet, daß wir, sobald das geglückt war, unabhängig voneinander den Park verlassen und uns in unserer Wohnung wieder treffen wollten. Ich stand noch immer im Schutz eines Busches, als ich im hellen Licht eines nahen Blitzes sah, daß Andy regungslos auf die Wiese starrte. Ich folgte seinem Blick und entdeckte Karge, neben ihm Heinz Weinberg, der seine Kamera mit einem gewaltigen Objektiv auf Dale und Andreas gerichtet hatte. Ohne Unterlaß betätigte er den Auslöser.

Er mußte einen äußerst lichtempfindlichen Film haben, dachte ich noch, dann machte ich einige vorsichtige Schritte rückwärts, bis ich wieder ganz hinter dem Busch stand. Ich duckte mich und hielt vor Schreck den Atem an, als ich zwei Streifenpolizisten von der Straße aus auf die vier Männer zukommen sah. Ein Donnerschlag krachte mit unglaublicher Lautstärke in die Szenerie.

Den Liebenden auf der Bank wurde die Situation anscheinend unheimlich. Sie standen auf und gingen den Weg hinunter, so nah an mir vorbei, daß ich sie hätte berühren können. Ich war näher am Geschehen als ein Theatergast in der ersten Reihe. Wenn ich Glück hatte, konnte ich Zuschauerin bleiben und wurde nicht in die Handlung einbezogen.

»Guten Abend, würden Sie mir bitte diesen Umschlag geben?«

Das war an Dale gerichtet, der das Kuvert sofort aushändigte. Andy fixierte Karge. Ich hoffte bloß, daß er sich gegenüber dem Redakteur nicht wieder vergaß.

Der sagte gar nichts. Auch Heinz Weinberg schwieg, lichtete die beiden noch einmal aus der Nähe ab, wobei ich mich instinktiv noch tiefer duckte, setzte dann die Schutzkappe auf das Objektiv, nickte seinem Begleiter zu und verschwand, ohne daß ihn jemand aufgehalten hätte. Wieder zuckte ein Blitz durch den Himmel, der Donner folgte direkt darauf.

»Sie haben diesen Umschlag hier aus dem Abfalleimer geholt. Ist das richtig?« fragte der ältere Polizist Dale.

»Ja.«

»Warum?«

Dale steckte sich eine Zigarette an, ehe er antwortete.

»Ich hatte beobachtet, wie der Mann«, er deutete auf Karge, »ihn dort hineinlegte und war neugierig.«

Der jüngere Polizist schrieb mit, der ältere fragte nach den Ausweisen und erkundigte sich bei Andreas, warum er sich in dem Park aufhalte.

Andy sagte, er habe mit dieser Geschichte nichts zu

tun, sein Weg zu einem Bekannten habe ihn durch den Park geführt. Der Beamte wollte den Namen und die Adresse des Bekannten wissen.

Ich überlegte fieberhaft, wie ich Dale und Andy aus der Klemme helfen könnte, mir fiel jedoch beim besten Willen nichts ein. Außer einfach unsichtbar zu bleiben. Ein starker Wind kam auf und verjagte die letzten Nachtschwärmer von der Wiese.

»Markus Fischer, Kamenzer Straße 45«, gab Andy ungerührt zu Protokoll.

Der Polizist wandte sich wieder an Dale, er mußte gegen den neuerlichen Donner ansprechen, und ich hatte Mühe, ihn zu verstehen.

»Wenn Sie so überrascht waren, daß dieser Herr einen Umschlag in den Abfalleimer gelegt hat, dann haben Sie vermutlich nicht am gestrigen Nachmittag bei ihm angerufen und ihn dazu aufgefordert?«

Dale schaffte es, sehr cool zu klingen: »Wieso sollte ich, nein.«

Die ersten Regentropfen platzten auf die Erde, die Beamten schienen unsicher, ob sie die Befragung fortführen oder aus dem Park flüchten sollten; mir wurde schlagartig kalt in meinen durchgeschwitzten, dünnen Sachen. Schließlich sagte der Wortführer zu Andy, er könne gehen, müsse sich aber zu ihrer Verfügung halten. Ich wollte schon aufatmen, als ich die nächsten Worte hörte und zusammenzuckte.

»Sie möchten Anzeige erstatten, nehme ich an?« fragte der Polizist Karge.

»Und ob ich das will«, antwortete er. »Und zwar gegen beide.« Seine Stimme klang grimmig.

Es regnete die ganze Nacht hindurch, und am nächsten Morgen war es mit der Hitze vorbei. Als ich kurz vor neun über die Carolabrücke radelte, war mir in dem frischen Wind kalt, obwohl ich Jeans und eine langärmelige Bluse trug. Vor dem Redaktionsgebäude wäre ich fast mit Peter Karge zusammengestoßen, der mich keines Blickes oder Wortes würdigte. Er betrat nicht die Redaktion im ersten Stock, sondern stieg die Treppen weiter hinauf. Ich befürchtete das Schlimmste und ging direkt zu Andy. Er sah genauso übernächtigt aus, wie ich mich fühlte.

Dale hatte noch nach Mitternacht angerufen, um uns mitzuteilen, daß er wieder zu Hause war, daß er auf der Wache bei seiner Darstellung geblieben war und Andreas das gleiche raten würde. Er war sauer, natürlich. Er hatte sich überreden lassen, seine Instinkte zu ignorieren, und nun drohte ihm ein Gerichtsverfahren wegen versuchter Erpressung.

Ich hatte ein schlechtes Gewissen ihm gegenüber und einen gewaltigen Braß auf Andy, den ich zu unterdrükken versuchte. Schließlich hatte ich ja auch nicht ernsthaft versucht, diese Aktion zu verhindern. Wir redeten kaum miteinander, lagen statt dessen stundenlang schlaflos nebeneinander im Bett.

Im Büro stand noch die Hitze der vergangenen Wochen. Meine Jeans klebte an den Beinen, ich krempelte die Ärmel der Bluse so hoch wie möglich. Ich berichtete Andreas, daß Karge wieder einmal auf dem Weg in die Chefredaktion oder zur Geschäftsführung war. Er nickte nur. Draußen heulte ein schwerer Motor einmal laut auf.

»Es ist vorbei, Kirsten. Ich habe alles falsch gemacht, was man nur falsch machen kann.«

»Unsinn«, sagte ich, als ich auch schon laute Schritte auf dem Flur hörte.

Das Klopfen an der Tür war energisch. Andy deutete auf den Waschraum, und ich beeilte mich, dorthinein zu verschwinden.

Erst als ich in den Spiegel über dem ersten Waschbecken starrte, kam mir der Gedanke, daß dieses Versteckspiel ja überhaupt nicht mehr nötig war. Dennoch war ich froh, mich nicht im selben Raum aufzuhalten, als ich hörte, wie eine mir unbekannte Stimme Andreas ohne Gruß mitteilte, »der Kollege Peter Karge hier« gehe davon aus, daß Andy zu dem Mann gehöre, der versucht habe, ihn mit einer ungeheuerlichen Anschuldigung zu erpressen; daß es Fotos gebe, »die das untermauern«, und daß er Andreas deshalb bitten würde, »seinen Platz jetzt für Herrn Staude zu räumen«, der zumindest kommissarisch die Leitung der Redaktion übernehme.

Mir traten Tränen in die Augen. Das war so unsagbar ungerecht. Andreas hörte sich sehr gefaßt an, als er zusagte, innerhalb der nächsten halben Stunde das Büro zu verlassen. Von Karge war nichts zu vernehmen, ich konnte mir jedoch sein Grinsen nur zu gut vorstellen. Ich schaute in meine grau-grün gesprenkelten Augen und fragte mich, was ich tun sollte.

Nachdem die Tür nebenan ins Schloß gefallen war, betrat ich das Büro wieder. Andreas hatte die Lippen aufeinandergepreßt, scheinbar konzentriert starrte er auf die Unterlagen vor sich.

»Das war Müller?«

Er nickte bloß. Ich hatte den Eindruck, er würde losheulen, sobald ich ihn berührte, deshalb blieb ich auf Distanz.

»Du mußt zu ihm gehen und sagen, daß du guten Grund für die Aktion hattest. Und was für einen Journalismus die hier praktiziert haben und wieder praktizieren werden, wenn er dich in die Wüste schickt und Staude auf deinen Platz setzt.«

Andy sah mich seltsam ausdruckslos an. »Ich hab's dir doch gesagt: Es ist vorbei. Das war kein Gerede. Ich kann nicht mehr. Und ich gehe jetzt. Bleib du hier. Versuch noch ein paar ordentliche Geschichten zu machen.«

Ich wollte ihn schütteln, überreden, zwingen, schließlich sagte ich aber nur: »Okay, mach ich«, gab ihm einen leichten Kuß und verließ das Büro.

Andreas ging ohne Verabschiedung. Vermutlich hätte er es nicht ertragen, vor die versammelte Mannschaft zu treten und seine Niederlage einzugestehen. Schon so war die Schadenfreude bei allen Kollegen deutlich spürbar.

Mich nahmen sie eigentlich kaum mehr wahr. Karge bedachte mich mit einem Blick, der wohl sagen sollte, daß ich mich auch nicht mehr lange halten würde, seinen Kollegen Staude schickte er direkt nach seiner Ankunft in die Chefredaktion. Ich hatte das unangenehme Gefühl, daß es jetzt zwei Lokalchefs gab, von denen ich den tatsächlichen als weniger gefährlich einschätzte.

Ob ich versuchen sollte, mit Herrn Müller zu sprechen? Morgen, nahm ich mir vor. Zuvor wollte ich wissen, was Dale meinte, wo man jetzt noch nach dem Verantwortlichen für Helmut Salzingers Tod suchen konnte. Peter Karge war es ja offensichtlich nicht. Oder sollte er tatsächlich so tolldreist sein, die Umkehrung unserer Falle wohlüberlegt inszeniert zu haben? Spontan schüttelte ich den Kopf. Das traute ich selbst ihm nicht zu.

In dem Moment betrat Markus Staude die Redaktion, die üblichen Zettel für die Konferenz in der Hand, mit einem gar nicht glücklichen Gesichtsausdruck.

»Ihr werdet es bereits gehört haben. Nun bin ich also Lokalchef – kommissarisch.«

Er wollte noch etwas sagen, das ging jedoch in dem von Peter Karge angestimmten Klatschen unter. Alle, bis auf mich, waren aufgestanden und feierten ihren Kollegen, den das allerdings wenig zu freuen schien. Sogar Martin Alex stand, allerdings klatschte er nicht, sondern schaute betreten vor sich hin. Als die Ovationen vorbei waren, räusperte Staude sich.

»Danke. Aber ihr wißt, daß ich das nie wollte. Und wir wissen alle, wem diese Ehre gebührt hätte.«

Scheinheiliges Pack, dachte ich, als alle ehrfurchtsvoll schwiegen. Staude ging zum Tagesgeschäft über, verteilte Termine und einige wenige Anregungen für Geschichten. Ganz eindeutig sollte wieder eine ruhigere Gangart eingeschlagen werden. Mich ignorierte er zunächst völlig, ganz zum Schluß gab er mir zwei harmlose Themen, mit denen ich niemandem auf die Füße treten konnte.

Gerade als er die Konferenz beendet hatte, kam Frau Hübner hinein. Eine Frau Linke, Mutter von Mandy Linke, sei am Telefon. Sie habe Herrn Rönn verlangt. Es ginge um die Geschichte über den Babystrich. Ob sie –

Staude schüttelte den Kopf. »Sagen Sie ihr, daß Herr Rönn uns verlassen hat und daß kein Interesse mehr an der Geschichte besteht.« Daraufhin verschwand er schnellen Schrittes aus der Redaktion.

Ich schaffte es, fast gleichzeitig mit Frau Hübner ins Sekretariat zu gelangen. Entschuldigend lächelte ich sie an und griff an ihr vorbei nach dem auf dem Schreibtisch liegenden Hörer.

»Bertram. Guten Tag, Frau Linke. Herr Rönn ist leider heute verhindert, ich bin jedoch mit der Geschichte vertraut. Genaugenommen war ich an der Befreiung Ihrer Tochter beteiligt. Wenn es Ihnen nichts ausmacht, würde ich also gerne den geplanten Artikel schreiben.« Dabei blickte ich die Sekretärin so durchdringend an, daß sie sich entschied, nichts gehört zu haben. Ich würde Andys Wunsch, »noch ein paar ordentliche Geschichten zu machen«, erfüllen, und wenn ich den Abdruck persönlich bei der Chefredaktion durchsetzen mußte.

Mandys Mutter zögerte zunächst, stimmte dann aber zu. Ich fragte, ob ich sie in der Klinik sprechen könne, da ich am Nachmittag ohnehin dort sein werde – schließlich sollte Jasmin entlassen werden, und ich wollte sie zu ihrer Therapie begleiten. Frau Linke schlug jedoch vor, da sie Mandy am Vormittag schon wieder nach Hause hole, sie in Reick zu besuchen. Wir verabredeten, daß ich um drei Uhr dort sein würde.

Danach konnte ich die stille Post meiner Kollegen verfolgen. Frau Leitmeyer verließ, kurz nachdem ich wieder an meinem Tisch saß, die Redaktion, kam wenige Minuten später zurück und ging zu Peter Karge, beugte sich weit vor, sprach leise mit ihm. Daraufhin ging er hinaus, und als danach mein Telefon klingelte und das Display Andys alte Nummer anzeigte, wußte ich, was kam.

Markus Staude war jedoch viel zu feige, mich für meinen Verstoß gegen seine Anordnung zu rügen, vielmehr erteilte er mir den Auftrag, um zwei aufs Gericht zu gehen, wo ein komplizierter Fall von Fahrerflucht verhandelt wurde. Aus Erfahrung wußte ich, daß man bei solchen Verhandlungen nie sagen konnte, wie lange sie dauerten. Ich schaute auf die Uhr. Es war noch vor elf. Ohne meine Kollegen eines weiteren Blickes zu würdigen, nahm ich meine Tasche und verließ die Redaktion, lief die Prager Straße hinauf zur nächsten Telefonzelle.

Ich hatte Glück, und Mandys Mutter war noch mit ihr in der Klinik. Sie mußte sich ziemlich veralbert vorkommen, dachte ich, während ich sagte, daß mir etwas dazwischengekommen sei, und ich es heute nachmittag nicht schaffen würde.

»Vielleicht könnten wir uns irgendwo in der Stadt treffen, wenn Sie Mandy nach Hause gebracht haben?«

Nach einigem Hin und Her einigten wir uns darauf, daß sie zu mir in die Redaktion käme. Gut. Danach würde ich bei der Polizei anrufen, die anhand der Aussagen der beiden Mädchen rekonstruiert hatte, wo man ihre Leidensgenossinnen möglicherweise gefangenhielt, und für Samstag eine Befreiungsaktion geplant hatte. Bislang hatte es keine Pressemitteilung dazu gegeben; da ich den Hintergrund kannte, würden sie mir jedoch etwas sagen müssen.

Sehr viel besser gelaunt als noch vor einer halben Stunde, kehrte ich in die Redaktion zurück, machte mich an die Routineaufgaben, die Staude mir zugeteilt hatte, war aber eigentlich mit der Frage beschäftigt, wo ich mich mit Frau Linke hinsetzen könnte. Vielleicht hatte sich ja der neue Chef selbst für eine Recherche hinaus bemüht, dachte ich schließlich und ging auf den Flur, um unauffällig nachzuschauen.

Tatsächlich schien er gerade im Begriff, sein Büro zu verlassen, er wechselte noch ein paar Worte mit Frau Leitmeyer, die wie immer in der Raucherecke saß, als eine Frau von knapp vierzig Jahren durch die Eingangstür kam, hinter sich das blonde Mädchen von Freitagabend, das jetzt, mit einer Cargohose und modernem Top, wie jedes andere Kind auf der Straße aussah.

Dann ging alles ganz schnell. Frau Linke grüßte in die Runde, wollte wohl nach mir fragen, vielleicht auch erklären, warum sie ihre mißhandelte Tochter mit in eine Zeitungsredaktion brachte. Das Mädchen blieb stehen, zur sprichwörtlichen Salzsäule erstarrt, mit offenem Mund, als wolle es gleich losschreien. Es blieb jedoch stumm, starrte nur voller Entsetzen Markus Staude an. Der hatte zunächst mit neutralem Blick zu uns herübergeschaut. Plötzlich, als er das Mädchen entdeckte, schien er wie vom Schlag getroffen.

Ich hatte nicht die leiseste Ahnung, was hier vor sich ging. Mandy begann leise etwas zu stammeln, die Mutter beugte sich zu ihr vor, das Mädchen riß sich los und rannte hinaus. Staude drehte sich mit einer hektischen Bewegung um und verschwand wieder in seinem Büro.

Frau Linke lief ihrer Tochter nach, ich stürmte in vier großen Schritten durch den Flur und wollte ins Chefbüro, das jedoch abgeschlossen war. Frau Leitmeyer versuchte mich zu besänftigen, ich schnauzte sie an, sie solle still sein und die Polizei rufen, stürmte zurück in die Redaktion, in den Waschraum, stieß den gerade aus einer Kabine tretenden Karge zur Seite und öffnete die hintere Tür.

Markus Staude stand auf dem Fenstersims und starrte hinunter auf die Prager Straße.

»Das reicht nicht, Herr Staude«, sagte ich und wunderte mich selbst über die Festigkeit meiner Stimme, die den Lärmpegel von draußen mühelos übertönte. »Sie werden überleben, mit gebrochenen Knochen, vielleicht querschnittsgelähmt, auf jeden Fall aber werden Sie zur Verantwortung gezogen.«

Aber wofür? fragte ich mich. Gehörte dieser unauffällige Typ etwa zu dem Zuhälterring? Oder war er ein gewöhnlicher Kinderficker? Ich tippte auf letzteres.

»Sie können sich in Behandlung begeben. Es gibt Therapeuten, die Ihnen helfen werden.« Das sagte ich ohne Überzeugung, die Vorstellung aber, daß der schmale, plötzlich sehr alt wirkende Mann tatsächlich springen würde und ich nicht alles getan hätte, um es zu verhindern, fand ich unerträglich.

Staude legte den Kopf mit dem schütteren blonden Haar an den Fensterrahmen und begann zu weinen, leise zuerst, dann laut und heftig. Wenigstens klammerte er sich dabei mit beiden Händen an dem Plastik des Rahmens fest. Ich glaubte nicht mehr, daß er wirklich springen wollte, und machte vorsichtig einen Schritt auf ihn zu. Hinter mir trat jemand in den Raum, ich tippte auf Karge, konnte mich in diesem Augenblick jedoch nicht umdrehen.

»Ich wollte das doch nicht«, schluchzte Staude. »Es war doch – ich hab ... Ich wollte es wohl einfach mal erzählen. Da war diese junge Kellnerin, und ich war, ich war ...« Er schluckte. »Ich hab angerufen, aber für die Nacht nichts mehr gekriegt. Und dann wollte ich zu den Frauen, wie er auch. Früher haben wir das öfter zusammen gemacht.« Diese letzten Worte gingen im Schluchzen fast unter. Er sackte auf dem Fensterbrett in sich zusammen, die Füße noch immer draußen auf dem Sims.

Kurz entschlossen durchquerte ich mit drei großen Schritten den Raum und packte ihn am Arm. Da merkte ich allerdings erst, daß Staude zwar schmal, aber alles andere als schmächtig war. Er ließ sich nicht mit einer Bewegung, wie ich gehofft hatte, vom Fensterbrett hinunterziehen, unter dem Stoff des Hemdärmels spürte ich harte Muskeln. Wenigstens machte er keine Anstalten mehr, hinunterzuspringen.

Er wollte dort sitzen bleiben, den vermeintlichen Ausweg vor Augen, und reden, beichten. Er wollte Absolution.

»Als ich es Helmut erzählt hab, haben wir uns gestritten. Er war so, so schrecklich selbstgerecht. Anzeigen wollte er mich, er hat mich einen Kinderschänder genannt, dabei hab ich ihnen doch nie was getan.«

Er heulte wieder, und ich dachte, daß ich niemals als Psychologin arbeiten könnte. Schon jetzt mochte ich nichts mehr hören, kein einziges Wort mehr.

»Er hat angefangen. Er packte mich plötzlich. Da hab ich ihn weggestoßen, so fest ich konnte. Und er ist hingefallen. Nach hinten, auf die Bordsteinkante. Hat sich nicht mehr gerührt.«

Peter Karge trat zu uns ans Fenster. Instinktiv machte ich einen Schritt zur Seite.

»Ich bin nach Hause gelaufen, so schnell ich konnte.« In sein Weinen mischte sich ein gruseliges Lachen. »So schnell, daß ich rechtzeitig für ein Alibi dort ankam. Ich bin ein guter Läufer.«

Ohne mich anzuschauen, griff Karge nach Staudes anderem Arm, und zusammen zogen wir ihn von der Fensterbank. Er war mit einemmal ganz schlaff, sein Gewicht fiel uns entgegen, als die Beine wie leblos über den Sims schlenkerten. Wir ließen ihn auf den Boden sinken.

»Bleiben Sie bei ihm«, sagte ich zu Karge, dann setzte ich mich an Andreas' Schreibtisch und rief bei der Polizei an, die jedoch schon informiert war.

Anschließend wählte ich unsere Nummer und bat Andy, in die Redaktion zurückzukommen, damit wir gemeinsam ein Gespräch mit dem Chefredakteur führen könnten, sobald ich meine Aussage bei der Polizei gemacht hätte. Dabei erwiderte ich Peter Karges Blick so lange, bis er seinen abwandte.